TENTER LE COUP

DEJOUER LE SYSTEME

Brenna Aubrey

Traduit par Suzanne Voogd

SILVER GRIFFON ASSOCIATES
ORANGE, CA, USA

Design de la couverture :(c) Vanilla Lily Designs

Traduction française : Suzanne Voogd
Révision française : Valérie Dubar

ISBN 979-8-88908-041-1
Silver Griffon Associates
P.O. Box 7383
Orange, CA, USA 92863
www.BrennaAubrey.fr

Remerciements

Aux merveilleux lecteurs, lectrices et fans de la série Déjouer le système. Merci, merci d'avoir partagé cette folle aventure avec moi. Votre soutien enthousiaste et votre amour pour ces personnages m'ont encouragée pendant ces années qui ont été à la fois incroyables et difficiles. Parfois, je dois me pincer en me demandant si c'est vraiment ma vie et vraiment mon travail ? Je vous aime et je vous suis très reconnaissante. Je n'ai pas les mots pour exprimer ce que vous représentez pour moi. J'espère que vous choisirez de rester pour d'autres histoires dans mes mondes reliés entre eux.

Ce livre ne serait pas possible sans les nombreuses personnes qui ont aidé et contribué à sa création. Mes remerciements les plus chaleureux pour toi, Kate Mckinley (alias « Docteur Obscénités ») et Sabrina Darby, partenaires de brainstorming et lectrices de premiers jets qui n'ont pas peur de poser les questions difficiles… même quand elles me font pleurer. À Kelly Allenby pour ses perles de sagesse et parce que c'est une fan merveilleusement encourageante. À Dayna Hart pour ses prouesses dans l'édition : son scalpel est très affûté et elle n'a pas peur de l'utiliser.

Merci beaucoup aux artistes et graphistes qui ont aussi contribué à ce projet. À Lindee Robinson pour l'excellente photo du véritable couple de mannequins Elena et Marcus Filip (et leur fils, Leonidas) pour le teaser et les images publicitaires ainsi que pour la couverture alternative du livre. Merci beaucoup à Kristie de Vanilla Lily designs pour la magnifique couverture fluo… et le nouveau design de toute la série. Merci encore à ma brillante amie Penny Reid, pour sa contribution généreuse à la nouvelle image des livres. Merci aussi à Sarah Hansen d'Okay Creations pour le design de la couverture alternative.

Enfin et pas des moindres, merci à ma famille qui comprend maintenant ce que cela implique de faire un livre et qui sait qu'à mesure que la date limite approche, l'urgence monte de quelques degrés, ou de cent. Merci à mon mari de supporter mes réponses sèches, mes regards signifiant « pourquoi tu viens là ? » et les quantités généreuses de café que tu apportes. Je t'aime. À mes enfants… eh bien, ce livre a été préparé pendant que vous deux étiez occupés à être de jeunes adultes et à conquérir le monde. Vous m'avez manqué et pas un seul jour ne passe sans que je souhaite que vous viviez encore à la maison et que vous interrompiez librement mon temps d'écriture. Comme le rêve de Mia, vous êtes tous les deux mes miracles et mon rêve devenu réalité. Je suis tellement reconnaissante d'être votre maman. Bisous.
Je dois admettre que je n'ai pas les yeux tout à fait secs en écrivant ceci. Cependant, n'oubliez pas que ce n'est pas un au revoir à vos personnages préférés de la série Déjouer le système. C'est plutôt « à bientôt ». Ils reviendront et parfois de manière vraiment surprenante. <3

CHAPITRE

UN

MIA

JE ME TROUVAIS AUX COTES D'AMIS ET DE COLLEGUES, FACE A la lumière brillante du soleil couchant, regardant vers mon avenir comme si c'était un monolithe placé sur l'horizon. D'accord, nous étions tous vêtus comme si nous venions de sortir du tournage d'un film Harry Potter. Il ne manquait que mon écharpe Gryffondor bordeaux et or pour compléter le look. Nos toges et nos chapeaux étaient noirs, décorés avec les rayures vert sombre de l'école de médecine. À nos chapeaux pendaient des pampilles vertes. Il était évident que nous nous étions cassé le cul – et peut-être d'autres parties du corps – pour être ici.

J'étais là, parmi la queue qui attendait de monter sur l'estrade. Moi, Emilia Kimberly Strong Drake, bientôt docteur en médecine.

C'était difficile à croire, et pourtant, j'étais là. Après un parcours académique – et personnel – ardu, j'étais arrivée.

J'étais là, enfin, face à mon avenir.

— C'est complètement surréaliste, me dit mon amie Louisa, à côté de moi. Tu y crois, toi ?

Je lui souris.

— Mon corps me donne l'impression d'avoir quatre-vingts ans et d'être passée dans une essoreuse. J'y crois tout à fait. Parce que si c'est encore un de ces faux rêves que j'ai eus dernièrement, je vais m'effondrer et faire un caprice tout de suite.

Elle me fit un grand sourire en montrant ses belles dents blanches et régulières. Louisa avait de grands yeux marron, une peau foncée et des cheveux bruns tombants en boucles serrées sur ses épaules. Elle paraissait aussi épuisée, soulagée et contente que moi.

— On est là, on a réussi. Je peux te pincer si tu veux, mais ne fais surtout pas de caprice. Pense à ta famille qui nous regarde. Et je suis à peu près certaine d'avoir aperçu ton petit mari sexy.

Je ris. Je l'avais vu, moi aussi. Il était au milieu d'une partie du public où les acclamations étaient les plus fortes, menées avec trop d'enthousiasme par ma mère, aidée de Jenna, qui deviendra un jour, je l'espère, ma belle-sœur.

— Tu as trouvé ton mari dans la foule ? lui demandai-je.

— Pas encore. Les gens du Midwest ne sont bruyants que pour les matchs de foot. Mais j'ai l'impression que ça va changer ce soir.

— Il y a quoi, ce soir ?

— Eh bien… j'ai un secret que je n'ai encore révélé à personne.

Je fronçai les sourcils.

— Ai-je le droit de connaître ce secret ? dis-je en chuchotant un peu fort.

— Je ne peux pas encore te le révéler, répondit Louisa.

Je levai un sourcil.

— Tu en es sûre ? Ne me dis pas que tu renonces à ton internat à Saint-Joseph, sinon je ne te le pardonnerai jamais.

— Oh, non. Sûrement pas. Nous allons être internes ensemble, c'est sûr. Mais après ça…

Elle haussa théâtralement les épaules en ajoutant :

— Qui sait ?

Je me tournai vers elle.

— Lou, s'il te plaît, dis-moi que tu ne me laisses pas tomber. Toi et moi, nous sommes les seules d'UCI à avoir correspondu au programme.

— Je n'ai pas l'intention de te laisser tomber. Cependant…

Elle se mordit la lèvre, me fit un sourire énigmatique et haussa encore les épaules. Ensuite, elle tapota son ventre avec un regard appuyé.

Je levai un sourcil.

— Une indigestion ? C'est à cause de tout le fast-food qu'on a mangé en étudiant pour les examens ?

Elle secoua la tête.

— Tu ne dois le dire à *personne*. Je n'en ai même pas encore parlé à Josh.

— Tu es enceinte ?

Elle sourit avec des étincelles dans les yeux.

— Comment as-tu deviné ?

— J'ai des pouvoirs de perception extrasensorielle stupéfiants et scientifiquement non vérifiables.

Elle ricana.

— Ou bien c'est parce que tu es rayonnante, ajoutai-je.

Elle balaya cette remarque de la main.

— Je t'en prie, je n'en suis pas encore à l'étape rayonnante. Je viens de l'apprendre et tu es la première humaine à qui je l'ai dit. J'ai fait pipi sur le test ce matin. La deuxième ligne est apparue tout de suite.

— On devrait faire une prise de sang et l'envoyer au labo pour que tu puisses vérifier.

Elle sourit.

— Je l'ai déjà fait en venant ici. Je devrais recevoir les résultats d'un instant à l'autre. J'ai marqué que c'était urgent… en rouge et souligné deux fois. Les types au labo ne tiennent jamais compte des urgences. C'est pénible.

J'éclatai de rire et reportai mon attention sur l'estrade tout en faisant un pas en avant pour tendre la main et serrer la sienne.

— Félicitations, Lou. Je suis tellement contente pour toi.

Et je l'étais. Cela faisait un moment qu'elle essayait, même si je me posais parfois des questions sur son sens du timing. Faire son internat, particulièrement en première année, tout en étant enceinte n'était pas une mince affaire… du moins, c'était ce que j'imaginais. Mais c'était une victoire après plus d'une année d'essais.

Ma joie pour elle était si grande que je ne ressentis qu'une toute petite pointe de pitié pour moi-même. Cela arrivait parfois. Et ça faisait plus d'un an que j'avais ouvert la discussion avec mon propre mari en expliquant que je voulais que nous recommencions à essayer. Jusqu'ici, c'était le silence radio de son côté.

Je n'avais pas insisté. Notre lutte précédente avait été difficile, et je n'avais pas été la seule à être affectée par le chagrin de notre perte. Malgré tout, je ravalais toujours une petite boule dans ma gorge quand je m'en souvenais, même un jour comme aujourd'hui, quand je réalisais un rêve de toujours.

J'étais maintenant à six personnes de monter sur scène, de recevoir mon diplôme et mon étole, de serrer quelques mains et d'être déclarée docteur.

Tant d'années et tant d'expériences avaient conduit jusqu'à ce moment dans le temps. J'étais reconnaissante pour tout, même les moments douloureux, parce que j'avais tant appris grâce à eux.

— Ça va ? demanda Louisa en voyant mon air pensif et en fronçant les sourcils.

Je plaquai immédiatement un sourire sur mon visage pour cacher la tête blasée naturelle qui avait dû s'installer.

— Je suis sur un petit nuage pour toi. Et particulièrement honorée d'être la première humaine à qui tu – n'as *rien* – dit.

Je ponctuai cela par un clin d'œil exagéré qui la fit éclater de rire. Le type devant nous, Del, se retourna et nous jeta un regard sévère. Mais quelle importance ? Il partait faire son internat dans le New Jersey, avant de se spécialiser en chirurgie orthopédique. Je n'allais sans doute jamais le revoir.

Je serrai la main de Louisa, mais on ne dit plus rien, car nous étions maintenant très proches de l'estrade. J'avais des papillons dans le ventre et pour être honnête, autre chose s'y agitait aussi.

L'envie. Je pouvais être heureuse en pensant à la nouvelle de Louisa tout en comprenant aussi que nous allions être internes en médecine ensemble au même hôpital. J'allais être aux premières loges de l'avancée de sa grossesse. Il y avait d'autres sentiments également : une petite pointe de quelque chose d'enfoui dans mon cœur. Ce n'était pas de la tristesse, mais plutôt l'impression qu'il manquait quelque chose. Je lui enviais le fait que Josh, son mari, ait été partant depuis le début. Il allait être aux anges.

Mon partenaire ? Il était toujours dans la phase où il fallait le « traîner contre son gré ». Étant donné son entêtement presque légendaire, ça n'allait pas changer dans l'immédiat.

Malgré ses défauts, je ne l'aurais échangé avec personne.

Ce fut mon moment de grimper sur les marches jusqu'à la scène quand on annonça mon nom. Je n'avais aucun regret ni la moindre trace de tristesse. Seulement de la gratitude pour tout ce que j'avais.

Peu de temps après, alors que la cérémonie arrivait à son terme, on nous demanda de nous lever, serrés les uns contre les autres, pour réciter le serment d'Hippocrate.

— *Je promets et je jure d'être fidèle aux lois de l'honneur et de la probité. Mon premier souci sera de rétablir, de préserver ou de promouvoir la santé... Je respecterai toutes les personnes... Même sous la contrainte, je ne ferai pas usage de mes connaissances contre les lois de l'humanité... Je ferai tout pour soulager les souffrances... je ne provoquerai jamais la mort délibérément.* Et avec un grand soupir collectif de soulagement et d'excitation, nous criâmes trois hourras au lieu de jeter nos chapeaux en l'air. Apparemment, les nouveaux docteurs en médecine étaient trop dignes pour ça.

Peu de temps après, Adam me trouva dans la foule, suivi par ma mère et Peter. Jenna et William arrivèrent ensuite et Heath, mon meilleur ami de toujours, ferma la marche. Mon mari incroyablement beau attira des regards qu'il ne remarqua pas en fendant la foule jusqu'à moi, et mon sourire devint encore plus éclatant quand il s'approcha. Son sourire illuminait son visage, les yeux sombres luisants de fierté. Nos regards se croisèrent et je me sentis fondre de l'intérieur comme le premier jour où je l'avais rencontré. Mon cœur fit un petit bond et je m'avançai vers lui.

Je poussai un soupir de bonheur quand il me prit dans ses bras, m'embrassa sur la joue et chuchota ses félicitations à mon oreille.

— Tu as réussi. Maintenant, je peux me vanter de jouer au « docteur » avec un vrai docteur chaque soir.

J'éclatai de rire. En effet, la gratitude et la joie de cet instant repoussaient tout le reste, et les sentiments de manque et d'envie furent bientôt oubliés.

Chapitre

Deux

Mia

MOINS D'UNE SEMAINE PLUS TARD, J'ETAIS EN ITALIE avec Adam.

Nous étions allés à l'aéroport alors qu'il faisait semblant de m'emmener pour un voyage d'affaires à San Francisco. C'était entièrement le style de mon mari de faire des surprises tout en détestant être surpris. Encore une des nombreuses dichotomies étranges de sa psyché.

Jusqu'ici, nous avions passé dix jours splendides. Nous avions fait le tour de quelques villes importantes, avions logé quelques jours en Toscane et goûté des vins tout en visitant de petits hameaux italiens pittoresques. Ensuite, nous avions fini dans la glorieuse Venise pour presque une semaine complète.

Qui l'aurait cru ? Que mon mari accro au travail, si peu impulsif, lâche tout pour m'emmener pendant les vacances entre la remise des diplômes et le début de mon internat de médecine ?

En réalité, je ne lui avais pas rabâché les oreilles au sujet de son addiction au travail, dernièrement. J'avais apparemment développé la mienne. Ainsi, continuer à l'ennuyer avec ça aurait semblé hypocrite. À la place, j'avais fait en sorte de souligner combien il était important de concilier le travail et la vie personnelle pour tous les deux. Et même si le concept de l'équilibre vie et travail alors que j'étais en voie de devenir docteur en médecine était presque risible, nous avions réussi à trouver un moyen, même si ce n'était que par petites doses pour l'instant.

Et il s'améliorait objectivement. Il rangeait son téléphone quand je le lui rappelais, au lieu de simplement faire semblant. Et nous entreprenions tous les deux des démarches pour apprécier le moment présent au lieu de nous inquiéter au sujet du futur ou de ruminer le passé.

Profiter de l'instant présent était exactement ce à quoi nous nous entraînions dans cette ville incroyablement romantique. Nous parcourions les petites ruelles main dans la main, en regardant les passants, prenant un taxi sur l'eau vers les îles toutes proches, faisant du lèche-vitrine et nous arrêtant pour des glaces quand nous en avions envie.

Nous avions déjà vu les principaux sites de la ville pendant nos premiers jours sur place, rejoignant les foules hallucinantes de touristes qui auraient pu rivaliser avec certains concerts de rock importants sur la place Saint-Marc. Nous avions profité d'une visite complète du somptueux palais des Doges et de la basilique Saint-Marc scintillante à côté. Nous avions emprunté le célèbre pont couvert de Ponte Rialto main dans la main, au-dessus d'un canal rempli de bateaux à moteur et de gondoles poussées par des gondoliers en tee-shirts à rayures noires et blanches.

Mais avant ça, au lieu d'insister pour faire plus de visites touristiques, je lui avais demandé si nous pouvions ralentir pour simplement profiter d'être dans la ville et nous imbiber de l'ambiance. Quand la majorité des touristes partait en fin d'après-midi, la ville se transformait, devenant féerique et tranquillement enchantée. Nous regardions alors un magnifique coucher de soleil – chacun était différent – et nous baladions dans les rues au crépuscule donnant sur le lagon étincelant et les îles voisines. J'étais complètement amoureuse de cet endroit, des plats délicieux, des habitants aimables, mais fatigués par les touristes, du vin de Vénétie. J'étais aussi complètement amoureuse de l'homme qui marchait à côté de moi, qui posait souvent un bras autour de mes épaules ou de ma taille.

Cet après-midi, nous avions traversé notre quatrième pont consécutif quand Adam commença à se plaindre.

— Bon sang, ces ponts vont achever mes genoux. J'ai une vieille blessure de guerre, moi.

Il se frotta le genou droit. En novembre dernier, lors de la guerre de paintball annuelle entre Draco Multimedia et Blizzard Entertainment – ou, comme j'aimais secrètement la surnommer : *Qui a la plus grande : La Bataille des geeks programmeurs* – Adam s'était fait une entorse au genou quand il avait perdu l'équilibre et roulé presque jusqu'en bas d'une pente raide.

Lorsque j'avais été informée que mon mari était aux urgences de l'hôpital, j'avais failli perdre une année de ma vie avant de comprendre que ce n'était rien de grave. On lui avait ordonné de ne pas s'appuyer sur son genou pendant les trois semaines suivantes. Devinez quel PDG ambitieux et accro au travail avait ignoré les ordres du médecin ? Même quand j'avais essayé de les faire respecter, il avait trouvé un moyen de les contourner.

Maintenant, j'observai presque sans pitié sa façon de boiter.

— Eh bien, tu es sénile maintenant, alors je vais faire des efforts pour ralentir. Je ne dois pas perdre papy.

J'aimais le taquiner parce qu'Adam avait maintenant la trentaine.

— Très drôle, dit-il avec un regard noir. Je suppose que ça fait de toi une jeune femme entretenue. Si tu continues à me faire traverser ces foutus ponts dans mon état, je vais avoir besoin de soins médicaux sérieux pour m'aider à supporter le reste de ma journée. Et aussi, d'un moyen très agréable de penser à autre chose qu'à ma douleur.

Je grimaçai.

— Je t'ai déjà dit que tu étais un vieux pervers ?

Il me regarda du coin de l'œil.

— Seulement chaque jour depuis que j'ai trente ans. Si je dois être vieux, alors la perversité est la seule voie à suivre.

J'éclatai de rire. Je l'aimais comme ça, moi aussi. C'était bizarre de découvrir qu'à la fin de chaque journée de ce voyage, mes joues me faisaient mal d'avoir trop souri. J'aimais cet homme… non seulement il était incroyablement beau et extrêmement intelligent, mais il était aussi hilarant, gentil et si amoureux de moi qu'il ne faisait attention à personne d'autre autour de nous.

Nos vacances devinrent une série de moments pendant lesquels nous profitions de la vue, du goût, des expériences, mais c'était surtout une occasion de passer des jours, des nuits et de longues heures silencieuses en présence l'un de l'autre, sans avoir besoin de parler. Les vacances s'étaient transformées en un rêve, un instant pendant lequel Adam n'était pas tiré dans une direction et moi dans l'autre, ayant à peine le temps de nous rencontrer au milieu.

C'était un temps pour nous. Pour redécouvrir qui nous étions l'un pour l'autre. Pour respirer avant de devoir repartir dans le stress quotidien.

Ce jour-là, le soleil de fin d'après-midi étira nos ombres sur les piazzas vides de la ville quand nous sortîmes de la troisième petite église que nous avions visitée. Nous traversâmes main dans la main l'étendue de pierres anciennes.

Adam poussa un long soupir.

— J'ai vu assez d'os de saints pour remplir l'Ossuaire du Temps.

Il avait un sourire enjoué et passa sa main libre dans ses cheveux, se rendant encore plus beau que d'habitude.

Je levai un sourcil et adoptai un ton pédagogique qui allait l'amuser :

— L'Ossuaire du Temps n'existe que dans Yondareth.

— Ma chère petite femme, si tu n'as pas encore compris que Yondareth est ma vraie vie, alors je ne peux plus rien pour toi.

Je m'esclaffai.

— J'aimerais bien que tu ne fasses que plaisanter, mais je te crois. C'est ton monde… nous autres les joueurs, nous vivons tous simplement dedans, n'est-ce pas ?

Nous marchâmes encore un moment avant de tourner au coin d'une rue en errant sans but dans une sorte de quartier résidentiel et en passant devant des magasins remplis de verre de Murano, de dentelle de Burano et d'autres produits locaux.

Comme il ne m'avait pas répondu, je jetai un coup d'œil vers Adam. Il avait un regard mélancolique, comme perdu dans ses pensées. Une brise se leva, agitant ma jupe et quelques mèches de ses cheveux sombres. Je fronçai les sourcils.

— Qu'est-ce qui ne va pas ? Tu as encore mal au genou ?

Il secoua la tête.

— Non, ça va. C'est juste que je réfléchis beaucoup.

— C'est ce qui arrive quand tu ne regardes pas ton téléphone en permanence. Tu es obligé de réfléchir.

— Je ne suis pas certain d'adorer ça, fit-il remarquer avec une grimace.

Je m'arrêtai de marcher et me tournai pour le regarder droit dans les yeux.

— Adam… ?

Il haussa les épaules. Un groupe de jeunes enfants sur une place à proximité jouait à un jeu de balle qui ressemblait à un croisement entre le foot et le ballon prisonnier, criant en italien et riant en se taquinant. Des mouettes crièrent au-dessus.

Il hésita, puis fourra les mains dans les poches de son jean.

— Je ne sais pas. Je crois que j'ai parfois l'impression que la vie réelle est un rêve. Un fantasme. Nous sommes si chanceux que j'ai parfois l'impression…

Il secoua la tête, ne voulant manifestement pas continuer ce train de pensée.

Je secouai la main, toujours serrée dans la sienne, pour l'encourager à continuer.

— L'impression que *quoi* ?

Il haussa ses épaules solides de manière exagérée.

— Parfois, j'ai cette angoisse au creux du ventre, comme si je m'attendais au pire.

J'écarquillai les yeux. Waouh. Mon mari avait parfois tendance à être sombre et morose. Cela faisait partie de sa nature. Les événements de son passé et de son enfance n'avaient pas aidé ce qui était peut-être une tendance naturelle chez lui. Il avait clairement du mal à s'en défaire, même dans les bons moments.

Je m'avançai vers lui et repoussai la mèche de cheveux sombres qui étaient tombés sur son front, puis je caressai sa joue, sa mâchoire biseautée, en contemplant ses grands yeux sombres, si sombres.

— Adam, n'oublie pas que nous avons déjà donné et même fait le tour de la question. On a subi des épreuves. On mérite ce bonheur. Profitons-en. C'est une bonne chose de vivre dans le présent. On est ici dans cet endroit magnifique et ancien. On est fait l'un pour l'autre. Je t'aime plus que le jour où je t'ai épousé. Ne peux-tu pas te détendre, te prélasser dans ce bonheur et en profiter ? Ne va pas te prendre la tête en redoutant une époque mythique où tout cela pourrait s'évaporer.

Je le vis déglutir. L'expression de son visage était extrêmement sérieuse. Je le dévisageai.

— Merde, tu me fais peur.

— Non, il n'y a pas à avoir peur. C'est juste cette impression vague que je devrais passer à l'étape suivante de quelque chose, et je ne sais pas de quoi il s'agit. Comme on a maintenant accompli les objectifs pour lesquels on a travaillé si dur pendant la vingtaine…

— Hé, parle pour toi. J'ai encore la vingtaine pendant deux ans et demi. Tu es la seule personne âgée ici.

Il me fit une grimace.

— Waouh, merci.

Je levai les sourcils avec un sourire espiègle.

— C'est ta faute, parce que tu as fait la sortie des écoles.

Il ricana et me reluqua alors ouvertement, tendant la main pour m'attraper les fesses. Je laissai échapper un petit cri et nous éclatâmes de rire.

— Je ne suis qu'un vieil homme pervers et ça fait longtemps que tu n'es plus en âge d'aller à l'école, bébé.

Après un délicieux dîner dans un petit restaurant à l'écart sur lequel nous étions tombés, où nous avions mangé sur la terrasse sous les étoiles et bu un litre entier de vin pétillant local de Rabosello, nous rentrâmes en trébuchant, passablement éméchés.

Heureusement, Adam n'était pas éméché au point de ne pas être performant quand je lui arrachai ses vêtements. Je crois que quelques boutons de sa chemise avaient sauté, car j'étais si impatiente de le déshabiller. Ça ne faisait pas très longtemps depuis la dernière fois – juste deux jours auparavant – mais nous étions l'un sur l'autre comme s'il s'agissait de notre visite conjugale annuelle et qu'il était un prisonnier purgeant une peine à perpétuité.

— Waouh, ma femme entretenue est...

— Ne finis pas cette phrase si tu ne veux pas tuer l'ambiance, mon vieux, marmonnai-je entre deux baisers fébriles et encore des boutons à défaire... et une ceinture.

Sans prévenir, il saisit mes deux bras et tomba en arrière sur le lit, me faisant venir sur lui.

Nous commençâmes tous les deux à rire de manière hystérique, comme si c'était la chose la plus drôle qui soit. Il s'arrêta ensuite avec un long soupir.

— Ce vin avait un goût de jus de fruits pétillant, mais je crois qu'un litre, c'est beaucoup trop pour nous deux.

Je le débarrassai de ses derniers vêtements et il se trouva joyeusement nu entre mes jambes. Je commençai à déposer des baisers le long de son torse dur et délicieux.

— Parle pour toi.

— Si je n'avais rien bu, je pense que je serais ivre rien qu'avec ton haleine. Comme quand quelqu'un sent l'herbe et qu'on plane juste en respirant près de lui.

Je m'esclaffai.

— Tu as encore passé trop de temps dans le Repaire avec tes testeurs de jeux.

— Sûrement pas. Je ne vais jamais là-dedans. Ces gamins sont des animaux. Même Kat n'arrive pas à les discipliner.

— On parle moins du travail et on touche plus mes seins, OK ? lui grognai-je en attrapant ses mains et en les plaçant là où je les voulais.

Il sourit, les caressant obligeamment.

— Tu n'es pas obligée de me le dire deux fois.

Comme il le faisait souvent, son doigt parcourut le contour du tatouage que j'avais fait faire l'année dernière, celui de la constellation de Draco couvrant la cicatrice de l'ablation de la tumeur mammaire.

Bientôt, nous fûmes enlacés, bouches et jambes entremêlées.

Ce fut rapide et fébrile. Nous fîmes ce que nous savions faire de mieux : improviser. Quand il se laissa enfin rouler à côté de moi, nous étions à bout de souffle et couverts de sueur. Il se laissa tomber sur le dos.

Je respirai profondément en regardant le plafond.

— Je n'étais pas au-dessus, quand nous avons commencé ?

Il soupira.

— On a beaucoup roulé. J'ai perdu le fil.

J'écarquillai les yeux en levant le bord du drap-housse qui avait auparavant été attaché autour du matelas.

— On a arraché les draps du lit.

Il éclata de rire et passa la main dans ses cheveux sombres et épais, ce qui les dressa sur sa tête.

— Ça, c'est ma petite femme entretenue excitée.

Je roulai sur le côté et aplatis ses cheveux ébouriffés d'une main. Puis je me penchai et l'embrassai longuement.

— Hé, dis-je, je veux te parler de quelque chose.

Il leva les sourcils et son sourire hésita seulement un peu.

— Oh oh. Eh bien, si c'est au sujet de ma femme, elle n'est pas encore au courant pour nous, et je…

Je posai un doigt sur sa bouche pour l'arrêter.

— Je suis sérieuse, malgré tout le vin que nous avons bu. C'est peut-être ce qui me donne le courage d'aborder enfin le sujet.

Il fronça un instant les sourcils, mais se calma et hocha légèrement la tête, m'enjoignant à continuer.

— Je crois qu'il est temps…

Voyant mon hésitation, il pencha la tête.

— Temps pour quoi ? m'encouragea-t-il.

— Pour essayer de fonder une famille.

Il lécha sa lèvre inférieure et me regarda comme s'il essayait de focaliser ses yeux. C'était sans doute une erreur d'aborder le sujet alors que nous étions tous les deux à peu près ivres.

— De quoi veux-tu *vraiment* parler ?

— Tu sais, j'y pense depuis un moment. J'ai abordé le sujet pour notre premier anniversaire. Nous avons ajourné la discussion parce que tu voulais faire des recherches sur tous les risques. J'ai été distraite par ma dernière année en École de Médecine. Comment se passent tes recherches ?

Sa mâchoire gonfla à l'endroit où il la serra et il se tourna pour regarder le mur opposé, sans doute pour éviter mon regard.

— Est-ce que c'est vraiment en rapport avec *moi*, Adam ?

Il fronça les sourcils et se retourna vers moi.

— Quoi ? Non. Mais nous sommes tous les deux très occupés. Je ne vois pas…

— Ou est-ce que c'est *toi* ?

Il leva les yeux au ciel avec un air exagéré et se redressa soudain dans le lit avant de se faufiler vers la salle de bains.

Je me levai pour le suivre et avant que je puisse l'aiguillonner davantage, il se tourna vers moi.

— Nous sommes beaucoup trop saouls pour avoir cette conversation maintenant.

— Au contraire, il nous faut peut-être un peu d'alcool dans le sang pour être sincères sur ce que nous ressentons, rétorquai-je.

Il se détourna en entrant dans la grande douche de notre chambre luxueuse, et il ouvrit le robinet avant de tendre la main pour tester l'eau.

— Alors, tu veux dire que je ne suis pas sincère ? cria-t-il par-dessus son épaule.

— Ce n'est pas ce que j'ai dit.

Après avoir rapidement utilisé les toilettes, j'entrai dans la douche derrière lui. Il s'avança sous le jet d'eau, me faisant savoir que je n'étais clairement pas bienvenue sous la douche avec lui si j'insistais encore sur un sujet dont il ne voulait pas parler.

Tant pis pour lui.

Je tendis la main pour tester la température de l'eau, et elle était plus froide que tiède.

— Qu'est-ce que tu fous ? Depuis quand prends-tu des douches froides ? *Après* le sexe ? À quoi ça sert ?

Malgré la température désagréable de l'eau, il passa la tête sous le pommeau. Je jetai un regard noir à son dos musclé.

— Alors c'est tout ? le défiai-je. Tu es en mode évasion totale ?

— Quoi ? Je ne t'entends pas, répondit-il.

Je plissai les yeux.

— Tu trembles, et on dirait que tu es à deux doigts de l'hypothermie.

Il se tourna vers moi, dominant toujours l'espace directement au-dessous du jet d'eau afin que je ne puisse pas partager.

— C'est vivifiant. Je me sens revigoré.

— Tes lèvres deviennent bleues. Tu vas commencer à rétrécir.

Nous baissâmes au même moment les yeux vers le membre en question et heureusement, j'avais tout juste assez de vin dans le sang pour être capable de rire de la situation. Sinon, la façon dont il avait tourné les talons et fui comme un lâche dès que j'avais mentionné « fonder une famille » aurait pu me faire pleurer... ou menacer le ciel avec le poing.

CHAPITRE TROIS
MIA

Notre discussion ne reprit pas avant notre vol de retour à la maison. J'essayai simplement de coincer Adam pour qu'il me donne un moment où nous pouvions en parler sérieusement. Il ne voulut même pas m'accorder cela.

Je me penchai en avant, m'appuyant sur l'accoudoir de nos sièges de première classe attenants.

— Dois-je appeler ton assistante et lui demander de noter un rendez-vous pour moi ? Mardi prochain, entre quinze heures et quinze heures vingt, par exemple ?

Confortablement enfoncé dans son siège, il avait les bras croisés sur la poitrine.

— Je veux vraiment regarder quelque chose, mais j'ai oublié de télécharger un nouveau film. Le Wi-Fi est gratuit en première classe, mais je suis sûr que le streaming est pourri.

— Adam…

— Tu te sers de ta tablette ? m'interrompit-il.

— Oh, j'ai téléchargé quelques films des années quatre-vingt. Exactement comme tu les aimes. John Hughes. Tu aimes ses films, non ? Celui avec Kevin Bacon ? *La Vie en plus.*

Adam avait perfectionné ses regards assassins depuis longtemps, très longtemps avant notre rencontre, et il m'en jeta un à ce moment-là. Et vous savez quoi ? Ça m'était complètement égal.

Je répondis par mon regard le plus sévère, ponctué par une véritable exaspération.

— Quand allons-nous parler de ça sérieusement ?

Il fronça les sourcils.

— Nous n'allons certainement pas le faire maintenant dans cet avion, entourés par deux cents de nos amis les plus proches pour les douze heures à venir.

Je levai les sourcils avec espoir.

— Alors, Maggie me notera sur un créneau de vingt minutes la semaine prochaine ?

Il leva les yeux au ciel.

— Emilia, je t'en prie.

Je fouillai dans mon sac et lui tendis ma tablette.

— Tiens, fais ce que tu veux. Profite de la tablette, parce que tant que tu ne me diras pas quand nous aurons cette conversation, je n'ai pas l'intention de te parler en dehors des besoins basiques pour ma survie.

Il me prit la tablette et me jeta un regard indéchiffrable, mais prudent.

— Les besoins basiques pour ta survie, hein ? Est-ce que ça inclut…

— *Non,* certainement pas. À ce train-là, tu ne deviendras jamais membre du club du septième ciel.

Il écarquilla les yeux, me jeta un autre regard assassin, puis déverrouilla ma tablette sans un mot de plus tout en mettant mes écouteurs.

Il avait dû aimer ma suggestion d'un John Hughes, en tout cas, car quelques minutes plus tard, le début de *La Folle Journée de Ferris Bueller* s'afficha à l'écran.

Je poussai un soupir exaspéré qu'il ne remarqua pas à cause des écouteurs. Avec un peu de chance, il comprit le message quand j'appuyai sur le bouton pour faire monter la petite séparation entre nos deux sièges.

Je tournai le dos pour faire une sieste, mais trop de pensées tournaient dans ma tête pour me permettre de somnoler. Il fallait bien qu'il cède un jour. *Un jour.* L'entêtement d'Adam était légendaire. Et j'avais beau essayer – comme je l'avais fait dans le passé – il fallait dire que je ne l'étais pas autant que lui.

Comme je devais être à l'hôpital toute la journée du lendemain pour mon intégration en tant qu'interne, je ne savais pas quand nous allions avoir le temps de nous parler. Sauf s'il faisait l'effort délibéré d'être à la maison pour le dîner ce soir-là… et il n'y arrivait que la moitié du temps, m'envoyant un message en début d'après-midi pour me dire si c'était bon, ou pas.

Le lendemain matin, luttant contre le décalage horaire, je me levai particulièrement tôt, mis ma blouse d'hôpital et un peu de maquillage, et partis jusqu'à la porte. J'acceptai qu'Adam me serre dans ses bras et dépose un baiser sur ma joue.

— Passe une bonne journée d'intégration. Essaie de ne pas t'endormir au milieu d'une présentation. Ça ne ferait pas sérieux.

Je levai un sourcil. Comme si j'allais m'endormir le premier jour où j'étais vraiment médecin. Combien d'années avait-il fallu pour en arriver là ? Et maintenant, j'y étais enfin.

— Tu me pardonnes ? demanda-t-il en penchant la tête d'une façon qui le rendait particulièrement beau.

Il m'implora avec ses yeux sombres et captivants. Ça devait être agréable d'être aussi irrésistible. Mais j'étais Mia Strong, capable de résister même à l'homme le plus sexy de la planète.

Pendant un petit moment, au moins.

— Tu seras pardonné dès que tu noteras notre discussion sur le calendrier et que tu iras au bout.

Je tirai sur ses bras pour me dégager et attraper mon sac.

Il ne relâcha pas son emprise.

— C'est ton premier jour en tant que docteur Mia. Ne va pas au travail en étant fâchée contre ton mari adoré.

— Je ne suis pas fâchée. Je suis... *exaspérée*. Je suis...

— Excitée ?

Il leva un sourcil et je faillis rire. À la place, je donnai une tape sur son torse, en plein sur ses pectoraux fermes.

— Arrête. Je suis irritée. Je suis... je suis... *déçue*.

Il fronça les sourcils.

— Déçue ?

Quand je hochai la tête, il ajouta :

— Ouille.

Je penchai la tête comme pour demander *ça t'étonne ?* Il relâcha lentement son emprise sur ma taille. Avant de m'écarter, je déposai un baiser sur sa joue.

— Je te verrai peut-être ce soir, en fonction de l'heure à laquelle tu peux te libérer.

— Passe une super première journée, docteur ! cria-t-il quand je fermai la porte en sortant.

Il était presque midi et après quatre heures en continu de procédures et de pratiques avec notre chef de clinique, plusieurs confrères et médecins traitants, nous étions plus que prêts pour aller déjeuner. Mon cerveau était fatigué. C'était drôle de voir que je pouvais supporter des heures et des heures à bachoter des termes médicaux, des dosages recommandés, et des compatibilités entre médicaments, et me sentir reposée après une courte pause, prête à y replonger, alors qu'un peu de jargon légal suffisait à me mettre en dérangement au bout de quelques minutes. Cela confirmait que la voie médicale était celle qu'il me fallait, et que je devais rester loin du droit si je décidais un jour de changer de carrière.

— Docteur Strong, vous avez une livraison, annonça une voix dans les haut-parleurs au moment où nous nous séparions pour aller déjeuner. Allez voir au service courrier.

Je me tournai vers Louisa, qui leva les sourcils en me demandant :

— Qu'est-ce que c'est ?

Je haussai les épaules.

— Aucune idée. Je n'ai rien commandé, même si j'ai maintenant cette liste pratique d'accessoires conseillés.

Je montrai sarcastiquement mes notes énumérant l'équipement que nous étions censés acquérir pendant notre internat : un stéthoscope, un otoscope, et ce genre de choses.

Son regard s'illumina. Elle s'était fait des tresses africaines depuis que je l'avais vue la dernière fois lors de notre remise de diplôme, et ça lui allait incroyablement bien. Elle prétendait que c'était simplement pratique.

— Allons voir ce que c'est, et ensuite, j'ai très envie de manger. J'ai du mal à croire que nous n'avons que trente minutes.

Je lui fis un sourire en coin pendant que nous nous rendions au service courrier.

— L'École de Médecine n'était que le début du masochisme, j'en ai peur.

Dès que nous arrivâmes dans le bureau, je sus quelle livraison était pour moi. Un gigantesque bouquet de fleurs… dans lequel dominaient des roses rouges.

Je grimaçai, gênée.

— On m'a dit que j'avais une livraison ? Docteur Strong.

— Oui.

La femme pivota, attrapa l'énorme bouquet par son vase lourd et se retourna pour le poser sur le comptoir entre nous. Sur son badge était écrit Elaine et elle me fit un grand sourire en penchant exagérément la tête pour me regarder derrière le bouquet.

— Quelle merveilleuse façon de commencer votre première journée en tant que médecin ! Quelqu'un vous aime, s'extasia-t-elle.

Je jetai un coup d'œil à la carte, et au lieu d'être écrite à l'ordinateur ou griffonnée par la main d'un fleuriste, je vis l'écriture caractéristique d'Adam. Il était écrit *Dr Emilia Strong* et en tout petit juste au-dessous entre parenthèses : *(alias Mme Drake).*

— Oh, regarde ça. Il a même mis vos deux noms de famille dessus, observa Louisa. J'aimerais que Josh soit aussi attentionné… et romantique. Waouh. Tout ça, et en plus il est canon.

— Oh, il est canon ? demanda Elaine, toujours impliquée dans la conversation depuis sa position derrière l'énorme bouquet. Dis-moi plus. Tu as une photo ?

Louisa sortit son téléphone et afficha une photo de nous avec nos maris lors de la remise des diplômes. Elle le désigna. Elaine se pencha pour regarder et écarquilla les yeux.

— Waouh !

Elle jeta un coup d'œil, se demandant peut-être comment j'avais fini avec quelqu'un d'aussi beau qu'Adam. Je n'étais pas vraiment à mon avantage avec ma blouse d'hôpital, les cheveux attachés en queue de cheval et un maquillage très léger.

— Oh, ce n'est pas tout, ajouta Louisa qui se pencha en avant pour ses commérages. En plus d'être super canon, c'est aussi un mil…

— Bon, il est temps d'y aller !

J'attrapai le vase en faisant passer mes bras autour du récipient encombrant pour ne pas le faire tomber.

— Merci beaucoup, Elaine, dis-je à la dame du courrier tout en jetant un regard appuyé vers Louisa.

Elle réagit en haussant les épaules avec un air un peu gêné.

Il me fallut transporter cette foutue chose pendant toute la queue de la cafétéria alors que tous les regards de la salle semblaient fixés sur moi.

— Tu ne vas pas lire la carte ? demanda Louisa.

— Après, répondis-je. Merci de t'occuper de mon plateau-repas. Je veux simplement une de ces salades Cobb avec un peu de sauce sur le côté.

Quand nous arrivâmes enfin à une petite table pour deux personnes, le fichu bouquet prenait tant de place que nous avions à peine de quoi poser nos assiettes.

— Vas-y, lis la carte.

Je poussai un soupir. Il y avait sans doute des excuses. Et je préférais ne pas avoir à expliquer exactement pourquoi il présentait des excuses, car elle se sentirait mal et – pire encore – elle s'excuserait d'être enceinte ou de parler de sa grossesse, ce que je ne voulais pas du tout.

Je pouvais simplement inventer ce qui était écrit, non ?

J'attrapai la carte dans sa petite enveloppe, mais avant que je puisse l'ouvrir pour lire, une présence se fit connaître, traînant près de notre table. Notre chef de clinique assistant, le docteur Craig Iverson, contemplait la gigantesque jungle de fleurs qui semblait grandir au fil du temps. *Mince.* Adam ne faisait jamais les choses à moitié et apparemment, cela avait aussi des retombées sur ses goûts en fleurs pour s'excuser. Merde.

— Docteurs Bluth et Strong ? Bien. Je voulais simplement vous faire savoir que je vous ai donné trois gardes de douze heures chacune cette semaine. Docteur Strong, vous travaillerez...

Il cliqua sur l'application de la tablette qu'il portait et fit dérouler la page.

— Vous travaillerez les trois prochaines nuits, à commencer par demain, et docteur Bluth, vous suivrez...

Il s'interrompit en jetant un autre coup d'œil vers le gros bouquet. Ses yeux atterrirent sur l'enveloppe dans mes mains et il pencha la tête pour la lire. Pour une raison qui m'échappait, je voulus la cacher.

— Attendez, quoi ? protesta Louisa. Mia et moi ne pouvons-nous pas travailler ensemble de temps en temps ? Allez-vous faire nos plannings à l'opposé ? s'étonna Louisa en écarquillant les yeux avec inquiétude.

Docteur Iverson marqua un temps d'arrêt.

— Eh bien, ceci n'est pas un club pour filles, docteur Bluth, mais je verrai ce que je peux faire la semaine prochaine.

Je me sentis immédiatement irritée par le ton de sa voix.

— Docteur Iverson, l'expression « club pour filles » me paraît un peu…

Je fis des gestes avec les mains pour me faire comprendre, car les mots risquaient d'envenimer la situation.

Il plissa les yeux.

— Un peu quoi ?

J'écarquillai les yeux. Il ne pouvait pas être ignorant à ce point, si ?

— Eh bien, comme nous sommes deux sur seulement cinq internes féminines cette année, je pense que ça paraît un peu sexiste de parler de club pour filles juste parce que nous demandons à faire quelques gardes ensemble.

Ses traits se figèrent. J'avais prononcé le mot en S. Il était évident que les hommes avec du pouvoir n'aimaient pas ce mot. Je poussai intérieurement un soupir.

— Veuillez m'excuser, docteur Strong. Je ferai attention à ne plus jamais utiliser ce terme dans quelque contexte que…

Je levai une main apaisante, même si cela me coûtait.

— S'il vous plaît, je faisais juste remarquer…

— Non, non. Vous avez raison. J'ai été repris. Maintenant, y a-t-il quoi que ce soit de sexiste dans la phrase : Vous travaillez les trois jours qui viennent, en gardes de nuit de douze heures ?

J'écarquillai les yeux, puis avalai ma salive avec difficulté.

— Euh. Non.

— Bien. Merci de me garder dans le droit chemin.

Il tourna les talons et partit, le dos raide. Il était évident qu'il était offensé. *Super, Mia.* Je savais vraiment choisir mes batailles, hein ?

— Euh, ce n'était peut-être pas une très bonne idée, suggéra Louisa en le regardant partir.

Je me tournai et le suivis du regard en fronçant les sourcils.

— Sans doute, mais je parie qu'aujourd'hui est un très bon jour pour lui faire savoir que tu es enceinte et qu'il te faudra des congés maternité dans environ sept mois. À mon avis, il n'osera rien dire à ce sujet.

Elle me fit une grimace.

— Pas faux.

Avant que Louisa puisse encore m'ennuyer avec ça, je sortis la carte de l'enveloppe, l'ouvris, la lus et la rangeai dans la poche avant de ma nouvelle blouse blanche.

— Alors ? Qu'est-ce que ça dit ?

Je fis à mon tour une grimace exagérée.

— Je ne peux pas te la lire. Cette cafétéria est pour tous les publics, et disons simplement que ce mot était dans la catégorie interdite aux moins de dix-huit ans.

J'agitai les sourcils pour accentuer mon effet.

Louisa rougit, bouche bée, les yeux écarquillés.

— Oh, tu as tellement de chance. Je donnerais n'importe quoi…

Je levai la main pour l'arrêter.

— Josh est incroyable. Arrête de dire ça.

Plus tard, pendant un cours particulièrement ennuyeux, je palpai la carte d'Adam dans ma blouse. Il promettait que nous allions avoir cette discussion dès qu'il serait de retour après un court voyage d'affaires.

Ce qui me convenait bien, parce qu'apparemment j'allais faire de longues gardes de nuit dans les trois jours qui venaient…

CHAPITRE

QUATRE

ADAM

J'AVAIS DU PASSER UNE PARTIE DE LA PREMIERE SEMAINE d'internat de Mia loin de la maison. De plus, il s'agissait d'un des endroits que j'aimais le moins – la Californie du Nord – dans un programme prestigieux de formation des PDG que mon conseil d'administration avait prévu pour moi. C'était un honneur, en réalité, de diriger une entreprise assez importante pour être envisagé dans cette formation. Et dans quelques mois, j'allais devoir revenir pour un plus long séjour comprenant un week-end.

Je le redoutais déjà, sans doute parce que toute cette formation commençait à me montrer combien j'avais dépassé cette histoire de PDG.

Heureusement, j'avais pu rentrer à la maison le vendredi soir, juste à temps pour voir ma femme se réveiller après sa troisième nuit de travail consécutive. Nous passâmes le long week-end de la fête nationale entre nous, juste nous deux dans cette grande maison qui semblait à la fois si vide et si pleine. Chef nous avait préparé quelques repas et acheté des ingrédients que nous pouvions cuisiner. Emilia allait essayer une nouvelle recette, ce qui me fit regretter de ne pas avoir acheté un de ces crucifix dans les boutiques de souvenirs près du Vatican. J'aurais pu envoyer quelques prières là-haut afin que sa préparation culinaire ne nous tue pas tous les deux. Je m'empêchai tout juste de faire la remarque à haute voix. Elle venait de recommencer à me parler. Il valait mieux ne pas faire de vagues, même si c'était pour me moquer gentiment.

— Tu veux manger au resto, ce soir ?

Elle attrapa un croûton dans le saladier et le croqua.

— Je me disais qu'on pourrait réchauffer la sauce puttanesca et ouvrir une de ces bouteilles de vin achetées en Toscane.

Du vin, hein ? Je lui jetai un regard en coin, me demandant si c'était une ruse pour m'obliger à me détendre. Allait-elle toujours essayer de me faire boire quand elle voulait aborder un sujet difficile ? La réponse à cette question me vint tout aussi rapidement : c'était tout à fait logique. N'aurais-je pas fait la même chose à sa place ?

Mon entêtement était célèbre. Ma femme ne me connaissait que trop bien. Compris.

— Hmm, dit-elle plus tard en mâchant une pâte. Chef ne déçoit jamais. C'est incroyable. Goûte-le avec un peu de chianti.

Je la dévisageai en buvant la plus petite gorgée possible. Elle m'observa, fronça les sourcils, puis retourna à son repas. Je regardai la table. Elle avait sorti une nouvelle nappe, mis la table avec une bougie solitaire et baissé la lumière extérieure. Le clapotis de l'eau de la baie sur notre petite plage privée, les reflets des bateaux qui passaient et l'éclairage de nos voisins fournissaient le reste de l'ambiance. Elle avait mis de la musique italienne en fond sur les écouteurs Bluetooth. C'était romantique, attentionné. Parfait quand on restait à la maison. Comme j'allais bientôt me remettre à voyager pour le travail et qu'elle ferait encore beaucoup de ces horribles gardes très longues, c'était un bref répit où nous pouvions profiter l'un de l'autre.

Nous avions appris à saisir ces occasions dès que c'était possible, d'où le voyage que nous avions fait en Italie.

— Alors, dit-elle. Quand a lieu ton voyage suivant dans le nord ? J'ai oublié de vérifier ton calendrier.

Je haussai les épaules.

— Dans quelques semaines. J'aimerais me défiler. Envoyer Jordan, peut-être.

Elle leva les sourcils.

— Ça ne fait pas partie de ce programme d'élite pour PDG ? Est-ce qu'ils accepteraient ton directeur financier à la place ?

Je respirai profondément avant de soupirer. Pourquoi est-ce que ça m'était si difficile à aborder avec elle ? Je ne le comprenais pas.

— Je, euh, j'envisage de mettre Jordan sur la sellette pour ça, et peut-être…

J'hésitai, puis ressentis soudain le besoin de boire plus de vin. J'attrapai le verre et le vidai d'une seule traite.

Emilia me regarda attentivement.

— Ça convient à Jordan, j'en suis sûre.

Je hochai la tête en remplissant à nouveau mon verre.

— Oui, oui. Enfin, je ne lui en ai pas encore parlé officiellement, mais je le connais assez pour savoir que ça lui conviendra.

Elle leva encore un sourcil.

— Et toi ? Que feras-tu à la place ?

— Eh bien, pour commencer, je ne serai pas obligé de prendre l'avion pour Palo Alto toutes les cinq minutes.

Elle ricana en ironisant :

— Tout le monde sait combien tu aimes cet endroit.

Elle leva son verre et but une petite gorgée. Je l'imitai. Un léger pli se forma entre ses sourcils.

— Tout va bien ? Tu as l'air… nerveux.

Je respirai profondément avant de souffler.

— J'envisage de prendre un peu de recul.

Elle écarquilla ses magnifiques yeux noisette.

— Par rapport à… ?

— À l'entreprise.

Elle cligna des paupières, visiblement perplexe.

— Pour faire quoi ? Te retirer sur une plage du Pacifique et siroter des cocktails toute la journée ?

Je haussai les épaules.

— Je ne sais pas. J'ai l'impression d'être allé aussi loin que je le peux dans ce travail. Et je sais que ça te paraîtra bizarre, mais tu commences à peine le travail de tes rêves. Moi je suis dans le même domaine depuis bien plus d'une décennie, maintenant. Et j'ai beaucoup, beaucoup travaillé.

Elle fronça les sourcils, posa son verre et couvrit ma main avec la sienne.

— Tu es certain de ne pas faire un burnout ? Tu as peut-être besoin d'un congé, ou de respirer un peu, ou d'avoir un nouveau projet qui t'enthousiasme.

Je poussai un long soupir.

— Pour être honnête, l'idée de créer un jeu complètement nouveau m'épuise.

Elle écarquilla les yeux.

— Eh bien, je sais qu'on aime se moquer de ton âge, mais je crois que trente et un ans, c'est un tout petit peu trop jeune pour la retraite, non ?

J'éclatai de rire.

— Je ne crois même pas être capable de prendre ma retraite. Mais c'est tentant de prendre du bon temps et de se détendre maintenant que j'ai une médecin pour m'entretenir.

Elle ricana.

— Je crois qu'un mode de vie entretenu par le salaire d'une interne ne te paraîtrait pas vraiment très amusant.

Il y eut une autre longue pause. Le vent se leva et l'eau ondula au bord de la rive. Emilia bougea sa main, entrelaça nos doigts et serra. Je me léchai les lèvres, contemplant nos mains liées. Nous étions à une étape si étrange de notre vie : émotionnellement, je ne m'étais encore jamais senti aussi proche d'elle, pourtant nous en étions à des points très différents dans nos vies, nos carrières. Chaque fois qu'elle parlait de partir au travail, même quand elle était fatiguée et qu'elle avait passé vingt heures là-bas la veille, elle avait un sourire rêveur sur le visage. Il était évident qu'elle était dans son élément. Je lui enviais cet enthousiasme.

Je n'avais pas ressenti cela pour mon propre travail depuis bien trop longtemps.

Emilia fronça les sourcils et me regarda comme si elle essayait de résoudre une énigme.

— Tu as des choix. Tant de choix. Cela fait peut-être partie du problème ?

Je haussai les épaules.

— J'ai toujours su ce que je voulais et cherché à l'atteindre de toutes mes forces. J'ai toujours été ambitieux, planifiant tout avec précision et stratégie. J'ai toujours aimé l'excitation de la chasse et du rachat. Cette sensation grisante du succès. Gagner et être au sommet, pas seulement de mes capacités, mais de l'industrie en général. C'est un plaisir qu'aucune drogue ne saurait reproduire. C'est juste que…

— Tu ne l'as pas ressenti depuis longtemps ? compléta-t-elle pour moi.

J'hésitai un instant avant de hocher la tête.

— Oui. Ça se voit beaucoup, hein ?

Elle secoua la tête.

— À vrai dire, pas du tout. Mais je l'entends dans ta voix, quand tu en parles. Et j'aurais aimé que tu m'en parles avant. Tu sais, puisque nous sommes partenaires dans cette vie.

Je lui souris.

— Comme dans *Destins : le jeu de la vie* ? Tu es le pion rose côté passager à côté de mon pion bleu ?

Elle écarquilla les yeux à cette référence et je compris un peu tard qu'il y avait d'autres pions dans les petites voitures. Des pions pour les enfants.

Elle se mordit la lèvre en réfléchissant.

— Parfois, c'est *moi* qui conduis. Foutu jeu.

Elle secoua la tête et ajouta :

— J'ai toujours trouvé que c'était nul de gagner en ayant le plus d'argent à la fin. L'argent, ce n'est pas le but de la vie. Le but est d'être *heureux*.

Je soupirai mentalement de soulagement, car ma référence ne lui avait pas rappelé les petits pions-bébé bleus et roses dans la voiture.

— S'ils le rééditent, ils pourraient ajouter des points de bonheur à la place.

Elle rit.

— C'est le nouveau projet génial de notre jeune prodige ? plaisanta-t-elle en levant joliment les sourcils.

Elle était si belle, je ne me lassais jamais de l'apprécier. Je m'appuyai contre le dossier de ma chaise, bus quelques gorgées de vin et la dévorai des yeux. Ce soir, elle allait être dans mon lit, entre mes bras. J'avais vraiment de la chance.

Et c'était exactement là qu'elle était moins d'une heure plus tard. Nous avions bu juste assez de vin pour être d'humeur enthousiaste, mais pas au point de nous rendre trop maladroits, et sans danger pour mon érection, ce qui était très important quand on voulait baiser sa femme après quatre longues journées presque sans la voir.

— Tu es tellement belle quand tu es nue. J'aimerais que tu puisses l'être tout le temps.

Je la reluquai après l'avoir étalée sur le lit entre mes jambes.

Elle rit entre deux baisers pleins de désir, les bras autour de mon cou.

— Cela remonterait sûrement le moral de certains de mes patients.

Je baissai la tête et capturai de nouveau sa bouche.

— Réflexion faite, j'aime être la seule personne à te voir nue. Le reste du monde ne le mérite pas.

— Mais toi, oui ? demanda-t-elle avec un sourire en coin.

— Carrément, oui. J'ai gagné de foutues enchères pour te voir nue.

Elle ricana.

— Tu sembles très attaché à l'idée de rappeler nos débuts sordides.

— Oh bébé, j'adore être *sordide* avec toi.

Ma bouche descendit sur la sienne et il n'y eut plus de discussion. Bientôt, elle se trémoussa et je profitai de ce corps doux et souple sous le mien.

Elle écarta les jambes et pris par mon propre désir, j'étais prêt à y plonger… presque au point de commencer sans préservatif.

Je m'arrêtai juste à temps quand la petite pensée s'immisça dans le désir brûlant de ma conscience comme un papillon errant au centre d'une tornade violente. Fallait-il vraiment que ça arrive à ce moment-là ?

Parce que quand je dus tout interrompre pour me lever et en attraper un dans le tiroir de la table de chevet, elle dit :

— Et si tu faisais… sans, cette fois ?

Je me tournai et lui jetai un regard acerbe.

— Hors de question. Soit on utilise un préservatif, soit on ne fait rien.

Elle fronça les sourcils.

— Mais…

— S'il te plaît, Emilia.

J'avais envie de baiser ma femme, pas de me disputer avec elle. J'attrapai le préservatif et me tournai vers elle, le visage interrogateur.

Elle soutint mon regard et ses traits magnifiques s'assombrirent. Je me sentais très mal de causer cela, mais à quoi s'attendait-elle ?

Elle roula sur le côté et posa la tête en appui sur sa main.

— Alors, on parle de ça maintenant ?

J'étais sur le point de m'énerver contre elle. J'étais debout, à moitié nu, tous les signaux étaient au vert, avec une femme splendide et nue sur mon lit. Avais-je envie de tout arrêter et d'avoir cette discussion ?

Oh, non. Non, certainement *pas.*

Apparemment, ça n'avait pas d'importance. Elle était bien décidée à insister. Mon espoir qu'il ne s'agisse que d'une envie passagère, que c'était un hasard dû à sa transition d'étudiante en médecine à interne fut anéanti.

— Emilia, ça ne fait que dix minutes que tu es médecin. Tu as fait trois services en tant qu'interne. Comment sais-tu qu'une telle chose serait possible ?

— Parce que d'autres l'ont fait. D'autres le font en ce moment même.

Je lui jetai un regard noir.

— En ce moment même ? Comme qui ? Qui est enceinte en ce moment ? Et les épouses ne comptent pas…

— Louisa Bluth. Elle le fait. Elle vient de le découvrir à la cérémonie de remise des diplômes. Elle est presque à la fin du premier trimestre.

Je me laissai tomber lourdement sur le lit à côté d'elle.

Cela expliquait tant de choses. Je me passai une main dans les cheveux. *Merde.* Je pouvais dire adieu à mon atout.

Je restai longuement assis en regardant le mur, puis elle tendit la main vers moi et la laissa retomber sans me toucher.

— Alors ? Tu ne vas rien dire ? Tu as dit que nous allions en parler.

Je poussai un long soupir et jetai tristement le préservatif encore emballé sur la table de chevet.

— N'est-ce pas ce que nous faisons ?

— On dirait qu'il n'y a que moi qui parle.

Je posai la tête sur mes mains, appuyant mes paumes contre mes paupières fermées, les doigts à la naissance de mes cheveux. Était-ce le début d'un mal de tête ?

— Emilia, tu ne vas pas aimer ce que j'ai à dire, alors je ne dis rien.

— Ça veut donc dire non.

Son ton était monocorde. Je sentis le lit remuer. Elle avait roulé sur le lit et poussait un long soupir de frustration évidente. Quand je levai la tête pour la dévisager, elle regardait le plafond.

Je me tournai à moitié vers elle.

— *Non.* La réponse est : tout ce sujet me fait mourir de peur. Je suis désolé. Je ne peux pas le contrôler. Si je le pouvais, je le ferais.

Elle tourna la tête pour me regarder dans les yeux.

— Alors, à la place, tu te fermes à toute discussion ? Et les recherches ? J'en ai des tonnes, d'ailleurs. Je peux t'envoyer des liens vers des études médicales. Ça fait des mois que je rassemble des informations. Mais à quoi ça sert que je te les envoie si tu ne veux pas les lire ?

— Je les lirai, répondis-je doucement, sans la regarder.

— Et ensuite ?

J'ouvris les mains avec un geste de frustration.

— Ce n'est pas parce que je suis d'accord pour les lire que je serai d'accord avec tout. Je suis désolé. Ça va te paraître bizarre venant de moi, mais ceci – et je veux bien l'avouer sans hésiter – est une réaction purement émotionnelle. Je le ressens au plus profond de moi.

— Qu'est-ce que tu ressens ?

— La *peur*, Emilia. Une peur écrasante, paralysante. Chaque fois que le sujet est abordé, il me ramène à ce moment-là, quand j'ai presque…

Je m'arrêtai, cherchant mes mots. Je ravalai ma salive avec difficulté avant d'ajouter doucement :

— C'était de ma faute.

Sa main ouverte frappe le lit à côté d'elle.

— Ce n'était la faute de personne. C'est la vie, et parfois, ça merde.

— Oui… ça merde. Et tu as failli prendre une décision qui m'aurait anéanti. Je n'avais aucun contrôle là-dessus… et c'est normal. C'est ton corps. Mais à ce moment-là, je n'avais aucun contrôle sur la situation et quand j'y repense, j'ai du mal à respirer. Ce n'est pas logique, juste… viscéral.

Emilia referma brusquement sa main autour de la mienne. Avec force. J'entrelaçai nos doigts et nos paumes fusionnèrent. Je poussai un long soupir, mais je ne pus toujours pas la regarder.

— Adam, souffla-t-elle.

— Oui, répondis-je d'une voix blanche.

— Viens là.

Elle me tira vers elle avec nos mains entrelacées.

Je me dépliai lentement et m'allongeai sur le lit à côté d'elle. Elle roula sur le côté et posa sa main libre sur ma joue. Je fermai les yeux.

— Regarde-moi.

J'ouvris les yeux et plongeai dans son regard. Son visage était plein de sincérité, de franchise. Compréhensif. Je ressentis à la fois un soulagement intense, mais aussi un terrible sentiment d'échec. Cette femme, cette femme que j'aimais plus que ma propre vie… je ne pouvais pas lui donner ce qu'elle voulait plus que tout. Parce que j'étais trop lâche.

Et elle avait les larmes aux yeux. *Merde.*

— Merci de m'avoir dit tout ça. Je sais que c'était très dur.

Sa voix était pleine de larmes non versées et ses yeux brillaient. Je sentis que ma gorge chatouillait comme si j'allais commencer, moi aussi. Heureusement, je résistai. Ç'aurait vraiment été la cerise sur le putain de gâteau de la lâcheté.

À la place, je tendis la main et séchai ses larmes avec le pouce.

— Je vais attendre, je peux attendre, chuchota-t-elle.

Et si tu finissais par attendre éternellement ? N'était-ce pas injuste de lui faire vivre ça ? Je reformulai cette pensée, car il était important de ne pas lui cacher cette possibilité.

— Et si dans un an je ressens la même chose ? Ou un an après ça ? Ou…

— Eh bien, on gérera le problème. On est encore jeunes. On a le temps pour que tu t'habitues à l'idée. Tu sais ce que je ressens, et je ne pense pas que ça changera.

— Il y a tant d'inconnues. Et je ne réagis pas seulement au passé. Et si tu tombais enceinte et que nous découvrions que ton cancer est revenu ? Prendrais-tu de nouveau la même décision ?

Elle détourna le regard pour contempler quelque chose que je ne pouvais pas voir, comme si elle cherchait à visualiser le scénario catastrophique vers lequel s'étaient immédiatement orientées mes idées sombres.

— Je ne sais pas. Je vais être franche. Je ne regrette pas cette décision que j'ai prise. Elle m'a sauvé la vie. Mais la probabilité que cela se reproduise…

— Ne dis pas qu'elle est presque nulle. Ça ne fait qu'un peu plus de trois ans que tu n'as montré aucun signe de la maladie. Cinq ans, c'est la référence. Ça, je le sais.

Elle fronça les sourcils.

— Statistiquement, oui, mais pour mon âge…

— Encore une fois, c'était une anomalie de développer ce type de cancer à ton âge. Statistiquement, tu es déjà sortie du standard, alors ne me cite pas des statistiques.

Elle me serra la main avec plus de force.

— Adam, ne t'énerve pas. Je dis juste… je suis sincère et je t'explique que je ne sais pas. Je. Ne. Sais. Pas. Et si nous poursuivons dans cette direction, il faudra que tu t'habitues à cette incertitude. Je crois que ce n'est pas confortable pour toi.

— Certainement pas.

Elle plisse le front.

— Je pense qu'il y a déjà beaucoup d'incertitudes pour toi, avec ta décision de prendre du recul au travail sans savoir ce que tu veux faire ensuite. Il nous faut réserver cette discussion à plus tard, quand tu auras résolu une partie des autres incertitudes de ta vie.

Je ne pus m'empêcher d'entendre la déception dans sa voix quand elle le dit, mais il n'y avait que de la compassion dans ses yeux. Je me sentis très mal. Pourtant, je n'avais pas l'intention de refuser sa proposition de remettre la discussion à plus tard, même si une petite voix au fond de ma tête me traitait de lâche, poule mouillée, mauviette, et ainsi de suite… et qu'elle ne voulait pas se taire.

Je posai mon bras libre autour de son corps et la serrai contre moi, déposant un baiser sur ses lèvres.

— Merci, ma belle femme sexy. Tous les jours, je me demande ce que j'ai fait pour te mériter.

Elle me fit un grand sourire, les yeux brillants.

— Pas assez, c'est évident.

Je l'embrassai encore et m'écartai pour la regarder de nouveau.

— C'est évident.

Elle passa le bras autour de ma nuque et me tira vers elle.

— Je sais ce que tu peux faire pour compenser ce manquement de ta part.

— Hmm. J'en suis sûr.

Sa main vint se poser sur la braguette de mon jean, mais je la repoussai gentiment avant d'attraper une de ses cuisses douces et de l'écarter de l'autre. Sans un mot, je descendis le long de son corps en déposant un chemin de baisers brûlants sur sa peau nue jusqu'à ce que ma tête et mes épaules se trouvent entre ses jambes. Dès qu'elle comprit mes intentions, elle inspira brusquement, excitée. Ce fut ça – et seulement ça – que je ressentis au fond de moi : une bonne dose de désir qui me fit bander et me rendit prêt pour elle en un instant. Mais son plaisir passait avant le mien, alors je l'embrassai, léchai et suçai jusqu'à ce que quelques minutes plus tard, elle cambre le dos et pousse un cri pendant l'orgasme.

Oh, oui. J'adorais lui faire cet effet. J'en avais besoin.

Et à ce moment-là, je voulus tout lui donner. Lui donner le monde entier. Lui donner tout ce qu'elle voulait. Cependant, le moment venu, je mis un préservatif.

Elle ne dit pas un mot et il n'y eut pas de jugement ni de déception dans ses yeux.

Et je lui en fus très reconnaissant.

CHAPITRE

CINQ

MIA

AU COURS DES JOURS QUI SUIVIRENT, NOTRE conversation ne fut jamais loin de mes pensées. Je la ruminai et la rejouai dans ma tête, me demandant quelle pouvait bien en être la solution.

Je ne pouvais cependant pas critiquer Adam pour la franchise dont il avait fait preuve. Il m'avait fait assez confiance pour m'exposer son âme et ses craintes. Si un miracle ne tombait pas du ciel, je ne voyais aucun moyen de contourner cette impasse.

J'étais prête à attendre, pour le moment. Mais pouvais-je attendre éternellement ?

C'était la question qui m'empêchait de dormir la nuit.

Il fallut seulement quelques semaines d'internat en médecine générale pour comprendre que je devais profiter de ma vie personnelle dès que je le pouvais. Comme Adam travaillait toujours – bien qu'il déléguait une partie de sa charge de travail à Jordan – je pris un de mes jours de congé pour voir la compagne de Jordan.

April arriva et laissa tomber un sac de grand couturier de la taille d'une petite valise sur le banc à côté d'elle.

— Oh, mon dieu, merci d'être arrivée tôt et d'avoir réservé une table. Je suis morte de faim.

J'écarquillai les yeux en regardant son sac.

— C'est pour quoi faire ? Te défendre contre les pickpockets ?

— Ha ha. J'ai beaucoup de bazar à trimbaler pour le nouveau travail. Beaucoup trop de bazar.

J'ajoutai du sucre dans le thé que l'on avait servi avant qu'elle arrive. Elle fit signe au serveur qui se dirigea vers elle avec un menu dans la main.

— Comment ça va, au fait ? C'est mieux ?

— Mon patron est un crétin qui ne croit pas que les jeunes gens qui viennent de sortir des études méritent d'avoir une vie en dehors de leur travail. Un soir, il m'a gardée au bureau jusqu'à vingt-deux heures. J'ai cru que Jordan allait exploser et se faire arrêter pour coups et blessures. C'est ironique, puisqu'il est lui-même capable d'être un patron infernal.

Je pousse un soupir.

— Et c'est aussi un pousse-au-vice... pour mon mari accro au travail. Tous les deux, ils s'encouragent. Si je n'étais pas certaine à cent pour cent de leur orientation sexuelle, j'aurais pu jurer qu'ils avaient une relation.

April écarquilla les yeux et pencha la tête sur le côté avec un sourire lascif.

— Oh. Mon. Dieu. Tu viens de me donner une image mentale incroyable... j'en bave.

Je m'esclaffai.

— Tu l'as visualisé ?

— Deux types extrêmement canon ensemble ? Évidemment. Et si ce n'est pas ton cas, il faut que tu lises plus de mon genre de livres et moins de revues médicales.

Notre rire fut interrompu par l'arrivée du serveur. April jeta un coup d'œil au menu et commanda rapidement. Il me fallut un peu plus de temps pour décider, mais je finis par choisir une salade de tacos. Dès que le serveur repartit, je me replongeai dans la conversation.

— Alors, Jordan a le droit de te tromper, tant que c'est avec Adam ? dis-je en riant encore.

— Eh bien, tant que je suis une spectatrice, oui.

— Juste une spectatrice ?

— Eh bien…

Elle pencha encore la tête sur le côté, fixant le même point, comme si l'image était toujours projetée là dans son esprit. Elle rougit légèrement.

— Je ne protesterais pas s'ils décidaient de m'impliquer.

Son sourire devint encore plus éclatant et je ne pus m'arrêter de rire.

— Je devrais sûrement être énervée que tu imagines un plan à trois avec mon mari, mais tu me fais trop marrer.

Elle se joignit à moi et une jolie fossette se forma à côté de sa bouche.

— C'est juste un fantasme. Et j'ajouterais qu'il est parfaitement sans danger. Ce qui est drôle, c'est que s'il y avait le moindre indice indiquant que ce scénario pourrait devenir réalité, je serais si terrifiée ou si gênée que je partirais en courant. Mais j'ai de la gueule tant que ça reste un fantasme.

Quand j'eus fini de rire, j'essuyai une larme avec ma serviette.

— Bon sang, tu es exactement le médicament dont j'avais besoin. Tu me fais mourir de rire moins de cinq minutes après m'être assise.

— Oh, si tu as envie de rire, je pourrais passer une minute ou cinq cents à radoter au sujet de mon patron idiot. Je compte les jours jusqu'à trouver un meilleur emploi. Il faut que je garde celui-ci juste assez longtemps pour que ça ne soit pas inquiétant sur mon CV.

Je touillai un instant mon thé avant de lever la tête.

— Et si… tu n'étais pas obligée de chercher un autre emploi après celui-ci ? Ou de t'inquiéter au sujet de l'anomalie sur ton CV ?

April écarquilla les yeux, puis aligna ses couverts.

— Que veux-tu dire ?

— Eh bien. Tu sais ce projet d'organisme non lucratif dont nous parlons tout le temps ? J'ai l'impression que ce serait peut-être le bon moment pour commencer à faire quelque chose au lieu d'en parler.

Elle se redressa et me regarda avec ses grands yeux bleus.

— La clinique à but non lucratif ? J'adore cette idée, moi aussi. Mais je n'imagine pas que tu es déjà prête à t'en occuper maintenant, si ?

Je haussai les épaules.

— Eh bien… *prête* est un mot relatif. Ça semble un peu fou de le faire maintenant, oui. Mais tu me connais, j'aime me surpasser et pendant l'année qui vient au moins, ce sera essentiellement de la planification et de la paperasse avant même que nous puissions lancer quoi que ce soit. Pourquoi ne pas commencer à y travailler dès maintenant ?

Après tout, il y avait de nombreuses autres façons de se sentir épanouie sans s'attarder sur l'idée de fonder une famille.

April cligna des paupières.

— Eh bien… l'argent, déjà. Les organismes caritatifs ne sont pas à but lucratif, mais il faut de l'argent pour les faire tourner.

Je hochai la tête.

— J'ai l'argent de mon héritage qui ne me sert à rien. Je n'ai pas voulu le toucher, étant donné la source.

— Tu te dis que l'utiliser pour l'association effacerait le côté dégoûtant de ton horrible père biologique ? Ce n'est pas une mauvaise idée.

J'entrelaçai mes doigts au-dessus du set de table.

— Exactement. J'ai voulu faire quelque chose de bien avec, mais je ne savais pas quoi. Et je n'y ai même pas pensé avant notre voyage groupé pour aller skier au Canada, quand toi et moi avons échangé des idées là-dessus. Bien sûr, ce serait un travail de longue haleine. Même avec toi à sa tête, il nous faudrait plus d'aide.

Elle hocha la tête en buvant une gorgée d'eau glacée.

— Effectivement. Un avocat, pour commencer. Peut-être l'oncle d'Adam ?

Je réprimai un sourire. Au moins, elle n'avait pas fait référence à Peter comme étant mon beau-père. Ce qu'il était. Mais nous n'aimions pas reconnaître cet élément étrange. Cela faisait presque quatre ans, et tout était parfaitement normal et naturel, maintenant. Pourtant, je ne disais jamais que Peter était mon beau-père, sauf si je voulais délibérément dégoûter Adam. Et dans ce but, c'était très efficace.

— Je crois que Lindsay Walker nous ferait une belle remise là-dessus. J'ai évoqué l'idée avec elle lors d'une fête l'année dernière et elle a dit qu'elle aimerait beaucoup travailler sur quelque chose de ce genre.

— Oh, d'accord, dit April froidement en détournant le regard.

Il était évident que l'idée de Lindsay ne l'enchantait pas.

Je fronçai les sourcils en me demandant d'où cela venait. Ce n'était pas comme si Jordan avait un jour couché avec elle. Malheureusement, je ne pouvais pas dire la même chose de mon mari.

April sembla percevoir la question non posée.

— Je ne la connais pas très bien, mais à une époque, elle était proche de Jordan. Ça me rend un peu…

Elle grimaça.

Je levai une main pour l'apaiser.

— Oh, ne sois pas jalouse. Il ne s'est jamais rien passé entre eux.

April rit alors.

— Je ne suis pas jalouse, même si j'ai parfois cette impression bizarre qu'il aurait aimé. Franchement, le fait qu'Adam et elle ont été en couple pendant plusieurs années me met encore plus mal à l'aise.

Je bus une gorgée de thé.

— Oh, oui. C'est bizarre, mais c'est devenu une bizarrerie lointaine, maintenant.

April fouilla dans son sac, en sortit un bloc-notes microscopique plus petit que mon porte-monnaie, et déboucha un stylo.

— Je prends toutes mes notes en analogique, maintenant. La technologie et moi, on ne s'entend pas, et j'ai perdu trop de fichiers sur mon téléphone. Comme si cet enfoiré avait besoin d'une excuse pour me crier dessus. Enfin, voyons. Nous avons une avocate. Avons-nous un délai pour ça ? Il faut déposer les statuts, mais nous devons aussi regarder les exigences du domaine pour faire quelques prévisions.

Elle griffonna un peu plus, et je la regardai faire en me sentant dépassée. Je supposai que si quelqu'un lui demandait d'écrire une ordonnance pour de l'amoxicilline, elle se sentirait comme moi.

Même quand nos plats arrivèrent, elle griffonna encore dans son petit bloc-notes. Elle avait à peine jeté un coup d'œil à son repas… une salade asiatique décorée de tranches de mandarine et de morceaux de wonton qui semblait délicieuse.

— Tu ne vas pas manger ? demandai-je.

— Si, si. Je vais manger. Ce n'est pas comme si la salade allait refroidir, hein ? Mais si je n'écris pas toutes ces idées maintenant, je vais perdre l'inspiration. C'est tellement enthousiasmant, Mia. Tu n'as pas idée. Je rêve de créer une organisation à but non lucratif de A à Z.

— Eh bien, pour le Z, les gens vont certainement nous traiter de zinzins, tu ne crois pas ? Surtout moi. J'ai encore trois années d'internat de médecine à finir avant de passer en postdoc.

— Tu finiras par devenir notre médecin de référence, mais nous pouvons employer un généraliste pour démarrer. Tu pourrais même faire une partie de ton internat sous sa tutelle ?

J'écarquillai les yeux. Pourquoi n'y avais-je pas pensé ?

— Tu es géniale.

Elle me sourit avec fierté.

— Eh bien, merci. Tu n'es pas mal non plus, Docteur Mia. Si on met plusieurs femmes intelligentes dans une même pièce, on commencera à faire des miracles… et potentiellement à dominer le monde. Pour l'instant, c'est toi, Lindsay et moi.

Je ricanai presque en imaginant la tête d'Adam quand j'allais lui annoncer que je faisais intervenir Lindsay pour m'aider à démarrer l'organisation de mes rêves.

— Tu veux l'installer dans une communauté sous-médicalisée, non ? Tu as des idées ?

Je me mordis la lèvre en réfléchissant.

— Quelque part dans les environs, évidemment.

April commença à manger sa salade.

— Les communautés immigrantes ont les plus grands besoins. Des endroits comme Santa Ana, Garden Grove, Fountain Valley. N'est-ce pas bizarre comme ces villes du Comté d'Orange ont des noms si paisibles et élégants ? Pourtant, elles ne ressemblent pas beaucoup à leurs noms. Il n'y a ni lac ni forêt à Lake Forest, tu vois ce que je veux dire ?

J'éclatai de rire. April était douée pour ça.

Elle poussa un soupir en arrivant à la moitié de sa salade qu'elle avait dévorée d'une traite.

— Waouh, c'est trop bon. Mais je l'avale si vite que j'aurais pu tout mettre dans un de ces sacs pour nourrir les chevaux avant de l'attacher à mon visage. Je suis désolée. Ne va pas croire que je t'ignore, c'est juste que j'avais super faim.

— Ce n'est pas comme si je faisais autre chose.

Après quelques fourchettes de salade et une longue bouchée pensive, April se remit à parler comme si elle ne s'était jamais arrêtée :

— Alors, le problème en plaçant ta clinique dans une de ces communautés, c'est que tu vas avoir besoin d'employés bilingues. À Santa Ana ce serait l'espagnol, à Garden Grove, le vietnamien, et ainsi de suite. Et puis il y a la compétition avec d'autres cliniques peu chères. Depuis que nous en avons parlé l'année dernière et que j'ai commencé un peu de prospection, je n'ai pu m'empêcher de remarquer qu'il y en a pratiquement dans chaque pâté de maisons de ces communautés. Ce qui est merveilleux pour la communauté, vraiment, mais pas génial pour nous qui cherchons un créneau sous médicalisé.

— Et si on créait notre propre créneau ? Si on en faisait une clinique pour femmes ?

Son visage s'illumina.

— Oooh, ça me donne tellement d'idées.

Elle parlait si vite qu'elle s'arrêtait à peine pour respirer. Elle était dans son élément, et j'étais là pour elle, lui posant des questions pendant qu'elle répondait et que nous clarifions ma vision de l'endroit et de son public.

Quand nous partîmes, elle avait déjà commencé une liste à puces avec au moins dix éléments que nous devions régler pour commencer. Je lui promis de lui envoyer mon planning pour les semaines suivantes afin que nous puissions nous revoir et potentiellement en parler avec Lindsay aussi.

Il était évident que j'avais fait le bon choix pour ma future associée et il me tardait de commencer.

CHAPITRE

SIX

MIA

POUR MON DEUXIEME JOUR DE CONGE CONSECUTIF, comme mon mari travaillait encore, je ne pus résister à l'occasion de rejoindre ma mère pour une expédition shopping afin d'aider Heath à redécorer son appartement.

Je ne savais pas trop ce qui était le plus amusant : réunir de nouveau notre trio ou taquiner Heath sans pitié au sujet de quelques possibilités fabuleuses pour redécorer.

— Pourquoi vous ai-je laissé me traîner à IKEA ? grommela-t-il quand nous longeâmes une autre allée remplie de suggestions ridicules pour sa chambre.

— Parce que c'est tellement amusant de choisir les meubles en se basant seulement sur des images mal dessinées, plaisantai-je.

— C'est pour nous donner des idées, Heath. Des palettes de couleurs, l'éclairage, les babioles, expliqua ma mère.

— Ce n'est pas à ça que sert Pinterest ? demanda-t-il, toujours pas convaincu.

— J'aime regarder les modèles en trois dimensions. C'est plus inspirant.

Ma mère s'arrêta pour prendre une lampe qu'elle aimait en photo avec son téléphone.

Il fronça les sourcils.

— Seulement si on aime le style danois moderne, ce qui n'est pas mon cas.

Je lui mis un faux coup de poing dans le bras.

— Comment va-t-on avoir des idées pour ton nid d'amour torride sans regarder un peu ce qui existe ? Je le vois maintenant, un gros canapé rose poilu…

— Poilu ? À cause de quoi ? La moisissure ?

Il leva un sourcil blond en me regardant.

— À cause de la fausse fourrure, m'esclaffai-je.

Il ricana.

— Ça ira très bien avec une chambre dans le thème donjon gris et noir.

Je fis un bruit de fouet.

— Je pense que tu devrais choisir des teintes de gris… peut-être quarante, voire cinquante nuances de gris ?

Nous éclatâmes de rire pendant que ma mère faisait la grimace.

— Arrêtez vos bêtises. Vous interrompez mon flux d'inspiration.

Je levai un sourcil en le regardant.

— Ton *flux d'inspiration,* maman ? Ça me paraît un peu… extravagant.

— Et alors ? dit-elle en levant le menton. Les efforts artistiques ont parfois besoin d'être un peu extravagants.

J'agitai les sourcils.

— À ne pas confondre avec tout les extravagances qui auront lieu sur le canapé rose poilu de Heath. Wou-hou !

— *Wouhou ?* Alors, on joue aux Sims, maintenant ? intervint Heath. Faut-il que je te place dans la piscine et que je retire l'échelle ?

— Comme tu veux. Tu vas tellement avoir un canapé rose pelucheux d'amoooouur dans ton salon.

Il me jeta un regard noir.

— Très drôle. Le rose n'est *pas* ma couleur.

Plus tard, après le grand tour des chambres de démonstration, nous montâmes à l'étage pour déjeuner. Apparemment, Heath aimait critiquer les meubles autant qu'il aimait les boulettes de viande suédoises IKEA.

— Alors, parle-nous de l'internat. Comment c'est d'être vraiment médecin ? me demanda Heath entre deux bouchées enthousiastes de purée trempée de jus de viande pour accompagner ses boulettes.

— C'est sympa, épuisant. Gratifiant. C'est un peu tout à la fois. Le planning peut être horrible de temps en temps. Mais travailler avec les patients, c'est très enrichissant.

— Mais les journées sont longues, ajouta ma mère.

— Oui, enfin, en général, on s'y habitue, même si les gardes longues finissent par me faire loucher.

— Les gardes longues ? demanda Heath.

— Les services de trente heures. C'est le purgatoire.

Je levai les yeux au ciel en ajoutant :

— Ce serait déjà beaucoup mieux si mon chef de clinique assistant n'était pas une vraie tête de con.

— Ce n'est pas plutôt Docteur Tête de Con ? ricana Heath.

— Docteur Tête de Con. Ça me plaît, dis-je en hochant la tête. Ça lui va bien.

Ma mère fronça les sourcils, manifestement inquiète.

— Qu'est-ce qu'il fait ?

Je racontai notre première journée difficile quand je l'avais énervé parce que j'avais fait remarquer son expression sexiste.

— Tout s'est détérioré à partir de là. Il est très sur la défensive et hyper critique. Il fait des commentaires au sujet de mes notes sur les dossiers médicaux, prétendant que c'est trop précis et que je passe donc trop de temps dessus, ce qui fait perdre un temps précieux. Mes médecins référents ont dit qu'ils aimaient mes notations, d'ailleurs. Mais ce type m'interpelle sur plein de choses, faisant remarquer des erreurs devant les autres internes, me désignant volontaire pour les choses répandues sur le sol. Et le pire, c'est que comme il est chargé d'assigner les plannings, il me fait suivre le même que lui. Je dois donc le supporter chaque jour et je ne peux même pas me dire que le mois prochain, je n'aurai pas à travailler avec lui. Au cours des mois qui viennent, je vais avoir trois stages cliniques à la suite avec le même planning. Un autre interne prétend que c'est parce qu'il pense que je ne représente pas de concurrence pour lui, alors ça le fait paraître à son avantage devant les autres référents. Gentil, hein ? Ça commence vraiment à m'énerver.

— Ha.

Heath poussa un soupir, secoua la tête et fourra plus de purée dans sa bouche.

Je lui jetai un regard noir, légèrement irritée.

— En quoi est-ce drôle ?

— À mon avis, je n'ai pas l'impression qu'il cherche à te coincer. J'ai plutôt l'impression que tu lui plais.

Je fronçai les sourcils.

— N'importe quoi.

Ma mère leva un sourcil et hocha lentement la tête.

— Moi aussi, c'est l'impression que j'ai.

— Quoi ? Non. Je suis mariée.

Je montrai ma main gauche.

— On ne pourrait pas rater cette pierre. Elle n'est pas du tout discrète.

— Ça n'a aucune importance, Mia, rétorqua Heath qui respirait après sa montagne de purée. Il pourrait se dire que tu attends simplement que quelque chose fasse basculer l'équilibre de votre mariage pour que tu t'enfuies et il pourrait bien être la personne qui... te ferait basculer.

Il me fait un sourire rusé et un clin d'œil.

Je fais un bruit de haut-le-cœur.

— Tu dis tout ça pour te venger des commentaires sur le canapé rose poilu ? Parce que tu me donnes vraiment la nausée, maintenant.

Maman secoua la tête.

— Mia, tu devrais au moins faire attention. La situation pourrait se détériorer et il faudra que tu le signales aux ressources humaines. Si j'étais toi, je documenterais tout ce qu'il se passe et qui te met mal à l'aise. La date, l'heure, le lieu, s'il y avait des témoins, tout ça. Ça n'aboutira peut-être à rien, mais s'il finit par se passer quelque chose, tu auras la confirmation de tes données.

Je me mordis la lèvre. Elle n'avait pas tort. Et pour ce qui avait déjà eu lieu, ça ne faisait que quelques semaines, et je pouvais faire la liste de la plupart des incidents de mémoire. Je me dis qu'il fallait que je prenne le temps de le faire ce soir.

— Je vais le prendre en considération. Pour l'instant, je crois pouvoir le gérer, mais on ne sait jamais, il pourrait devenir intolérable. Qu'il m'apprécie ou me déteste, la motivation derrière ses actes n'est pas mon problème. Je ne suis pas là pour le rendre heureux. Je suis là pour mes patients et mes médecins référents. Peu importe ses raisons.

— La raison est qu'il veut se mettre tout nu avec toi, lança Heath en agitant les sourcils.

Je lui jetai une frite et il comprit heureusement le message et se tut.

Malgré tout, disons que je n'étais pas très enthousiaste à l'idée de reprendre mon service suivant au travail.

Au bout du compte, le chef de clinique assistant n'était pas mon patron. Mes patrons étaient les médecins référents et c'était eux que j'essayais d'impressionner et auprès desquels je voulais apprendre.

Au cours des jours suivants, les choses ne s'améliorèrent pas. Docteur Iverson devint encore plus critique sur mes dossiers médicaux et m'attribua des heures supplémentaires pour que j'examine les dossiers de mes collègues… en étant supervisé par lui.

C'était totalement injustifié, car mon référent du moment avait spécifiquement fait des compliments sur les notes de mes dossiers médicaux. Iverson voulait cependant cette activité en tête-à-tête qui durait au moins une heure après un service. Je commençais à me demander si les soupçons de Heath n'avaient pas un fond de vérité.

Je notai tout, et après la première semaine, je fis en sorte de filer à la fin de mes services avant qu'il puisse me voir. S'il voulait se plaindre à mes supérieurs au sujet de mon refus de le rencontrer, j'avais des munitions contre lui.

Quand j'eus ignoré ses demandes pour me voir pendant une semaine, il laissa tomber.

En novembre, la fête de fin d'année me donna une occasion que je n'avais pas prévue, car tout le monde emmenait sa moitié. J'étais prête à saisir cette chance pour découvrir une bonne fois pour toutes si Heath avait raison. Pourquoi ne pas transformer un événement ennuyeux en mission pour découvrir la vérité ?

Je mis ma plus belle robe, noire, sans bretelles et tombant juste au-dessus des genoux, et je fus accompagnée du plus beau faire-valoir qui soit. Je n'étais pas du genre à refuser l'occasion de montrer mon mari incroyablement beau au reste du monde.

La fête était un événement élégant dans un hôtel juste en dehors des frontières de la ville, dans la zone d'Anaheim Resort. Il y avait de la musique live, des plats délicieux et un échange humoristique de cadeaux ridicules qui – je le découvris vite – quand on les combinait avec l'humour moyen d'un médecin, les rendaient carrément hilarants. Il y avait de tout depuis les tasses « un patient guéri est un client de perdu » aux tee-shirts déclarant « Comme un grand médecin l'a écrit un jour... » suivi par des lignes en écriture illisible.

À mon avis, cette plaisanterie n'allait pas durer beaucoup de générations avant de disparaître, car la plupart des médecins documentaient leur travail et envoyaient les ordonnances sous forme électronique. Je n'étais pas différente.

— Ça explique tant de choses sur la raison pour laquelle je n'arrive pas à lire tes mots d'amour, chuchota Adam dans mon oreille.

Je ris et me tournai vers lui.

— En dehors du fait que je ne t'en écris jamais ? Le seul moyen d'atteindre ton cœur, Monsieur, c'est par ton téléphone.

Il posa une main sur son torse.

— Aïe, ça fait mal.

Je me penchai vers lui et appuyai le bout de mon nez contre le sien.

— Je suis sûre qu'il faut bien plus que de critiquer ton téléphone pour te blesser.

Il me fit un sourire dévastateur.

— Tous les trois, nous avons tant de souvenirs heureux ensemble.

Je levai un sourcil.

— D'un certain point de vue… Certainement pas du mien.

Il fit semblant de faire la moue et éclata de rire avant de m'attirer à lui pour m'embrasser.

— Tu n'es pas en train de mourir d'ennui, si ?

Il secoua la tête.

— Non. C'est intéressant. Je suis rarement en dehors de ma bulle de gameur geek pour être sociable avec les gens normaux.

— Ceux-ci ne sont certainement pas normaux. Ce sont des geeks d'une catégorie différente. Au lieu de jouer, ils lisent de longues revues médicales ennuyeuses et ils parlent de diagnostics étranges, de symptômes bizarres, et d'hypocondriaques.

Il regarda sur le côté avant de reporter son regard sur moi.

— Dis-moi pourquoi ce type là-bas n'arrête pas de nous dévisager. Tu le connais ?

Afin d'être un peu discrète, je me tournai pour voir qui il montrait tout en attrapant quelque chose dans mon sac. Quand mon regard croisa celui du docteur Iverson, mon estomac se noua. Il détourna immédiatement les yeux vers l'animateur qui dirigeait l'échange de cadeaux.

Je plissai les paupières et je l'observai un instant, mais sa tête ne bougea plus. Je me retournai vers Adam.

— Il nous regardait ?

— Oui, de temps en temps, pendant un moment. Il a essayé de le cacher plusieurs fois quand j'ai essayé de confronter son regard.

Je feignis l'ignorance.

— Hmm. C'est peut-être un gameur hardcore ?

Adam leva les yeux au ciel.

— J'ai du mal à croire que même le gameur le plus hardcore qui soit puisse me reconnaître dans un contexte comme celui-ci.

Je souris.

— Eh bien, c'est ça ou alors il te trouve incroyablement canon. Si c'est le cas, je dois dire qu'il a très bon goût.

Il leva un sourcil en me regardant sans se démonter.

— Tu es sûre que ce n'est pas toi qu'il trouve incroyablement canon ? Et pareil pour ce que tu viens de dire.

J'avalai difficilement ma salive, mais je ne dis rien et m'efforçai de changer de sujet avant qu'Adam demande si je le connaissais.

J'y pensai cependant pendant le reste de la soirée, incapable de sortir ce que Heath avait suggéré de ma tête. S'il n'avait pas une sorte d'étrange espoir d'avoir une chance avec moi, pourquoi nous dévisageait-il ? Une fois que l'idée fut implantée, je ne pouvais plus la sortir de ma tête.

La seule chose qui me changeait les idées ? Ce fut quand le mari de Louisa sortit son téléphone pour nous montrer la dernière échographie. Je l'examinai, agrandissant l'image pour la regarder de près. Je fis un petit sourire dès que je le vis : le sexe du bébé. Cependant, je ne savais pas si Louisa évitait de regarder l'image pour ne pas le savoir.

Nous avions appris comment lire ces choses pendant notre stage de gynécologie et obstétrique.

— Euh, alors tu veux que le sexe reste secret où tu ne veux pas le savoir toi-même ?

Louisa sourit.

— Non, je voulais juste te tester pour voir si tu savais ce que ça allait être. On ne va pas faire une de ces fêtes insensées pour révéler le sexe du bébé, ne t'inquiète pas.

J'éclatai de rire.

— Je pense que l'équivalent chez un médecin d'une révélation du sexe, ce serait faire passer l'échographie haute résolution à tout le monde pour leur montrer.

Elle sourit. C'était peut-être son plan.

Adam avait sorti son téléphone, ne faisant qu'à moitié attention à notre conversation… ou cachant ainsi son propre malaise à cause du sujet de la conversation.

— Alors, demandai-je doucement afin de ne pas gâcher la nouvelle pour quelqu'un d'autre. Comment va-t-il s'appeler ?

— Nous avons fait une petite liste : on te le dira quand on aura décidé.

Je ne pus m'empêcher de remarquer comment elle frottait son ventre arrondi.

— Est-ce que tout va bien ?

— Il me donne beaucoup de coups de pied en ce moment.

Elle attrapa mon poignet.

— Tiens… sens ça.

Presque à point nommé, le bébé donna un coup de pied juste sous ma main. Tout le côté de son ventre tressaillit et je poussai un petit cri de surprise. C'était vraiment cool. Je souris.

— Il va avoir besoin d'un camarade de jeu, tu sais, me dit-elle avec un sourire rusé et un regard appuyé en direction d'Adam.

Je savais qu'Adam écoutait, même s'il ne nous regardait pas, parce que dès que Louisa dit cela, il se figea comme une biche surprise par les phares d'une voiture.

Je me penchai immédiatement vers lui en lui donnant un coup de coude.

— Je suis morte de soif. Tu peux aller nous chercher des boissons ?

Il bondit immédiatement de sa chaise.

— Bien sûr.

Louisa le regarda partir en fronçant les sourcils.

— J'espère n'avoir rien dit de mal. Si c'est le cas, je suis vraiment désolée.

Je souris et me tournai pour regarder Adam partir, espérant qu'il ne croyait pas que j'avais organisé cela pour atteindre mon objectif.

Je posai une main sur l'avant-bras de Louisa.

— Aucun souci. Mais nous ne sommes pas encore prêts.

Louisa grimaça.

— Pardon. Je ne recommencerai pas.

— Tu sais quoi, je te pardonne si tu me laisses encore le sentir donner un coup de pied.

Elle me fit un grand sourire.

— Marché conclu.

Elle attrapa ma main et la posa sur mon ventre, et je reçus très vite ce que je voulais.

Je dus l'admettre, même si ce n'était que pour moi, que je ressentis une pointe de jalousie. Parfois, peut-être un peu plus qu'une pointe. Mais il fallait que je me rappelle que nous aussi, ça nous arriverait un jour. Il fallait juste que je continue à y croire.

Chapitre

Sept

Adam

Je regardai notre table depuis le bar payant ou je faisais la queue pour les boissons. Je ne voyais pas de quoi elles parlaient, mais ça semblait convivial. Louisa attrapa encore la main d'Emilia et la posa sur son ventre rebondi. Je tournai le dos à la scène, irrationnellement furieux. Je n'avais pas besoin que Louisa retourne le couteau dans la plaie d'Emilia et même si cette dernière n'avait rien dit, je savais que ça allait la faire souffrir.

Cela lui rappelait que son mari était un lâche.

Je respirai profondément, m'avançai vers le bar, commandai nos boissons et attendis qu'ils me les préparent. Emilia avait raison. Nous avions le temps. Nous étions encore jeunes.

Ce qui voulait dire que j'avais le temps de surmonter ça. Un jour.

Quand je retournai à la table, Emilia racontait à Louisa et son mari, Josh, le nouveau projet dans lequel elle s'était lancée.

— Ça m'enthousiasme tellement, disait-elle. C'est encore le début et il y a tant de paperasses à faire avant tout. Merci, Adam.

Elle me fit un sourire lumineux quand je lui tendis un cosmopolitain. Je posai ma boisson à ma place et me tournai vers Louisa et Josh.

— Qu'est-ce que je peux aller vous chercher ?

Josh était sur le point de se lever, mais je lui fis signe de rester assis.

— Non, non. S'il te plaît. Je suis déjà debout. Dites-moi, qu'est-ce que vous buvez ?

— Une eau gazeuse avec du citron pour moi, me dit Louisa avec un sourire gêné, presque coupable.

— Ta bière à l'air bonne. La même, s'il te plaît ? demanda Josh.

— Aucun souci, dis-je.

Emilia me sourit.

— C'est étonnant comme les serveurs sont terriblement beaux ici, n'est-ce pas ?

— Tu pourras peut-être rentrer à la maison avec celui-ci, s'esclaffa Louisa.

— Ça, c'est certain, déclarai-je en souriant.

Je fis un clin d'œil à ma femme et fuis leur conversation pendant quelques minutes de plus. Dieu merci.

Un des gros avantages du fait de passer du temps avec Louisa et son mari, était qu'ils n'étaient pas des oiseaux de nuit et nous pûmes quitter cette fête de médecins assez tôt. Emilia semblait heureuse et nous bavardâmes comme d'habitude en rentrant à la maison. J'étais légèrement soulagé de voir qu'il n'y avait pas d'effets durables après toutes les histoires de bébé lâchées à notre table.

En fait, le sujet des bébés ne fut pas abordé de nouveau… jusqu'à l'heure du coucher. Je n'aurais sans doute pas dû vendre la peau du programme avant de le coder.

Elle était assise sur le lit en chemise de nuit, mettant de la crème sur ses bras et ses jambes après la douche.

Je me laissai tomber sur le lit à côté d'elle et elle regarda mon torse nu au-dessus de mon bas de pyjama.

— Jolie vue.

Je me penchai vers elle et l'embrassai.

— Elle peut être plus jolie, si tu veux.

— Je suis trop gluante pour le moment. Donne-moi quelques minutes, ensuite tu pourras me faire un strip-tease.

Je levai un sourcil.

— Avec de la musique ? Tu es très exigeante.

Elle me reluqua en se léchant les lèvres.

— Je sais comment faire pour que le mariage reste bien en vie et plein d'excitation.

Je ricanai.

— Tu parles comme si c'était toi qui allais faire le strip-tease.

Elle me fit un sourire en coin.

— Tu aimerais bien. Non, ce soir, c'est moi l'heureuse spectatrice. Je veux voir ces hanches se trémousser, sinon je ne te donnerai pas de bon point.

— Aucun souci, je vais te donner la poin*te… et davantage.*

Je parcourus du regard ses jambes délicieuses, bien que toujours glissantes.

— As-tu besoin d'aide pour frotter cette lotion sur tes belles gambettes ?

Sans un mot, elle me tendit le flacon. Oh, oui. J'étais là pour ça. J'étalai amoureusement de la crème sur ses belles jambes avec la paume de ma main et le long de ses mollets musclés. Elle poussa un très petit gémissement de plaisir, alors je n'étais pas le seul à être excité. Quand je passai à la deuxième jambe, j'étais déjà en érection.

— Hé… dit-elle doucement quand je finis en frottant mes propres mains glissantes ensemble et en me demandant combien de temps il faudrait pour en retirer l'odeur de gardénia.

Tant pis, si je pouvais coucher avec ma femme, ça valait bien la peine de sentir un peu les fleurs pendant quelques heures. Je levai un sourcil interrogateur.

— Oui ? Tu veux ce strip-tease maintenant ?

Elle attrapa une de mes mains et l'entoura avec ses doigts.

— Je voulais juste m'assurer que tu n'étais pas trop perturbé par toute cette histoire avec Louisa.

Je savais exactement de quoi elle parlait, mais je secouai la tête malgré tout, comme si je n'en avais aucune idée.

— Je ne savais pas qu'elle allait dire quelque chose du genre… au sujet du bébé qui avait besoin d'un camarade de jeu. Je sais que tu l'as entendu.

Je haussai les épaules.

— Je vais bien et je ne veux pas que tu me soupçonnes… reprit-elle.

Je tournai ma main dans la sienne, changeant ainsi qui tenait la main de l'autre. Mes doigts gras glissèrent sur les siens quand je les serrai.

— Je ne soupçonne rien. Ça va. Tout va bien.

Elle sourit et me jeta un regard appuyé en levant l'autre main pour caresser mon torse.

— Oh, c'est sur le point d'aller encore mieux… pour nous deux.

Elle me tira alors sur elle et je succombai, impuissant, à ses charmes ensorcelants. Le mieux ? C'était que je n'eus même pas à faire le strip-tease.

Le lendemain au travail, il y eut un tourbillon de réunions, de briefings et des tas d'e-mails auxquels il fallait répondre après qu'ils aient été soigneusement catalogués et placés en ordre de priorité par mon assistante. Sans Maggie, j'aurais déjà perdu pied depuis longtemps.

Jordan et moi partageâmes un déjeuner de travail sous la forme de sandwiches froids à la table de mon bureau tout en passant en revue les choses qu'il fallait faire aujourd'hui et au cours de la semaine à venir.

— Alors, parle-moi de ce nouveau programme de PDG auquel le conseil d'administration t'a inscrit. Ne m'épargne aucun détail.

Je m'adossai contre ma chaise et le regardai avec un grand soupir.

— Il faudra que j'y retourne bientôt pour une retraite d'un week-end entier. Franchement, la prochaine fois que le conseil d'administration veut me faire participer à une de ces conneries, je suis tenté de t'envoyer à ma place, à commencer par ce programme. Ça n'en vaut pas la peine si je reviens pour trouver une montagne de merdes à gérer.

— C'est vrai, dit-il juste avant de manger la dernière bouchée de son sandwich.

Il but ensuite une gorgée d'une boisson en bouteille qui ressemblait à une espèce de gadoue vert-marron.

— Qu'est-ce que tu bois ces derniers temps ? On dirait une potion pour les espoirs et les rêves perdus.

Il haussa les épaules.

— C'est bon pour la santé. C'est une phase d'April.

J'éclatai de rire.

— Je comprends ta motivation, maintenant.

Je le regardai boire une autre gorgée de vase avec un dégoût non dissimulé.

— Qu'est-ce qu'elle peut bien te donner en échange pour que tu boives quelque chose qui ressemble à ça ?

Il me fit un sourire en coin.

— Tu aimerais bien le savoir, hein ?

Je levai la main pour interrompre d'éventuelles informations que je ne voulais pas entendre.

— À vrai dire, je ne crois pas.

— C'est vrai. Tu serais sans doute beaucoup trop jaloux.

Je levai les yeux au ciel.

— Passons à des sujets plus sérieux.

— Comme le fait que tu m'envoies en tant que suppléant pour ton stage de PDG suivant. J'aimerais déclarer officiellement que j'approuve totalement ce plan.

J'attendis une seconde, puis je l'informai du reste :

— Est-ce que ça te plairait d'être mon suppléant en tant que PDG aussi ?

— Ha, ha. Très drôle. Je suis certain que le comité directeur serait ravi. Après tout, je suis dix fois plus beau que toi.

Je lui fis un sourire en coin.

— Et infiniment plus modeste…

— Et charmant. *Très* charmant.

Je m'esclaffai.

— *Prince* Charmant, même. Avec ta propre Blanche Neige au bras.

Il me jeta un regard lubrique.

— Nous sommes si doués que nous pourrions même gagner de l'argent en faisant du porno Blanche Neige et Prince Charmant sur Internet.

— Trop d'informations !

— C'est la règle 34 au travail, après tout. Si ça existe, alors, quelque part sur Internet, le porno en rapport existe aussi.

J'éclatai de rire.

— Pendant que Walt Disney se retourne dans sa tombe.

Il secoua la tête.

— Nous savons tous qu'il n'est pas dans une tombe. Il est dans une chambre cryogénique à Disneyland, sous le château de la Belle au Bois Dormant.

Je levai un sourcil.

— C'est à proximité du studio où ils ont tourné les faux atterrissages lunaires ?

— J'ai entendu dire que c'était de l'autre côté de la rue.

Parfois, je me demandais si les gens de l'autre côté de l'atrium des bureaux des directeurs se demandaient quelles idioties nous faisaient rire ici.

Jordan ouvrit son paquet de chips.

— Alors, en dehors des théories conspirationnistes…

Je lui jetai un regard désapprobateur.

— Est-ce que Celle-Qui-Fait-Boire-La-Vase approuverait les chips ?

Il me fit une grimace.

— Je ne lui dirai pas, et toi non plus. Maintenant, à quoi penses-tu au sujet de cette histoire de PDG ?

Je bus les dernières gouttes de mon thé glacé sans sucre. Certainement moins sain – mais beaucoup plus goûtu – que la vase marron vert.

— C'est mon entretien d'évaluation ? demandai-je en levant un sourcil.

Il haussa légèrement les épaules.

— À vrai dire, je te pose la question parce que tu me sembles distrait, ces derniers temps. Et aussi parce que tu viens de me demander de te remplacer. Tu sais que je le ferais en un clin d'œil si tu étais sérieux. Alors, je me demande ce que tu veux vraiment.

J'écarquillai les yeux.

— Laisse-moi revenir là-dessus plus tard. Bientôt. Sinon, pose-moi la question dans un mois ou deux.

— Tu sais que je le ferai.

— C'est pour cette raison que je te le demande.

Avec un sourire, nous arrêtâmes de raconter des bêtises et j'attrapai mes affaires pour filer à la réunion suivante.

Je n'avais jamais le temps de m'ennuyer ici, c'était certain.

CHAPITRE

HUIT

ADAM

J'ÉTAIS DE RETOUR DANS LE NORD POUR LE WEEK-END DE retraite des PDG et comme je m'y attendais, je n'étais pas ravi. Il n'y avait pas de meilleur endroit que la Silicon Valley pour des réunions d'entreprise ineptes et sans intérêt, la création de réseaux et les galas trop chers pleins d'hommes d'affaires qui s'ennuyaient et préféraient être à la maison en train de jouer aux jeux vidéo.

Ou bien ce n'était peut-être que mon cas.

J'étais maintenant à la fin du premier jour de notre week-end pour PDG de trois jours. Je savais déjà que le programme n'était pas pour moi. Mais pour me faire plus facilement remplacer par Jordan à la fin, j'avais l'intention de rester jusqu'à établir la transition et discuter des étapes suivantes.

Heureusement, j'avais un ou deux amis dans la formation avec moi, alors le week-end ne fut pas entièrement perdu. Et maintenant, à la manière typique du consumérisme d'entreprise flashy, notre groupe se faisait emmener dans un des restaurants japonais les plus luxueux de la baie de San Francisco. Il avait été réservé entièrement pour nous avec un étalage somptueux de plats et de décors pour nous accueillir, comprenant même des sculptures de glace pour la vodka, des fontaines de saké et des plateaux de caviar.

Les réunions de la journée m'avaient ennuyé et mis de mauvaise humeur. J'avais vraiment envie d'aller dehors.

Après ça, j'allais peut-être courir longuement sous le ciel nocturne.

De plus, ma femme me manquait. Nous pouvions déjà à peine nous voir avec nos plannings de travail normaux. Nous avions enfin eu la discussion ouverte et franche au sujet des bébés, et elle avait généreusement accepté mon point de vue. Pourtant, mon esprit en permanence en quête de quelque chose ne pouvait s'empêcher de s'attarder sur les conséquences de cette discussion… et nos points de vue différents.

Je craignais que ce problème grandisse et se solidifie et se transforme en séparation entre nous. Car, comme si je n'avais pas déjà quatre-vingt mille autres sujets d'inquiétude, je devais également ajouter celui-ci à la liste. C'était une critique constante et tenace au fond de ma conscience et qui me piquait de temps en temps avec une fourche.

Je mis cette pensée de côté pour le moment et parcourus le restaurant du regard en observant les différents hommes d'affaires qui y circulaient. Au moins, j'allais manger des sushis de très bonne qualité avant de quitter ces conneries.

Mon ami Dominic Fischer arriva peu de temps après moi, et nous marchâmes vers une table en contournant des aquariums de poissons tropicaux colorés éclairés par des néons.

Il avait toute une vie ici –, une grande maison, une voiture électrique, une garde-robe complète afin de voyager sans bagages – dans un endroit où il ne résidait que quelques semaines par an.

La vie célibataire d'un PDG qui avait très bien réussi était ainsi. J'aurais manifestement dû me lancer dans le domaine des voitures automatisées, car son entreprise, Tranxit, n'était même pas encore cotée en Bourse et pourtant elle avait été estimée à plusieurs milliards.

— Tu es prêt pour des sushis incroyables ? demanda-t-il.

J'éclatai de rire.

— Je suis prêt. Mais ça a intérêt à être stupéfiant.

— Tu n'as pas encore été stupéfait aujourd'hui ?

Il me jeta un regard. J'ouvris la bouche et la refermai, mal à l'aise, avant qu'il éclate de rire et me donne une tape sur le bras.

— Allez, je te connais, Adam. Tu t'es ennuyé toute la journée. Profitons du repas, d'un peu de saké. La nuit est encore jeune et on pourra éventuellement s'amuser un peu après.

Je levai la main gauche et montrai mon alliance.

— Le seul divertissement que j'aime ces temps-ci, c'est à la maison.

Il rit.

— Je ne parlais pas de *ce genre* d'amusement. Je pensais à un peu de FPS en tête-à-tête dans la salle de jeux chez moi.

Ah, on pouvait retirer le génie de la salle de jeux vidéo, mais on ne pouvait pas extraire le gamin gameur du génie.

Tout autour de la salle du restaurant, il y avait différents postes et un buffet élaboré et magnifique. Sur une des tables de service, une femme était allongée pendant que les hommes passaient devant, les baguettes à la main.

Je penchai la tête en observant la scène.

— Est-ce que cette femme… ?

Dom éclata de rire en voyant mon visage.

— Est nue ? Oui. C'est en réalité une forme d'art au Japon qui s'appelle *Nyotaimori.* Ça existe depuis des centaines d'années.

Je jetai un autre œil acerbe en direction des hommes qui faisaient la queue.

— Je n'ai pas l'impression que ces types sont du genre à aimer l'art. Et aux dernières nouvelles, ce groupe n'a rien d'une bande de guerriers samouraïs.

Il rit.

— Non, c'est certain. Tu as faim ?

Je me joignis à la queue et détournai les yeux de la femme nue exhibée en sachant combien mon épouse râlerait à mon oreille si elle était là. Et franchement, il y avait quelques PDG féminines. Pourquoi les organisateurs n'avaient-ils pas demandé à un mannequin masculin de servir de faire-valoir nu pour les sushis ? Pensaient-ils que nous autres les hommes, nous étions trop fragiles pour gérer la proximité d'un homme nu ? De toute façon, cela partait du principe que nous étions tous hétérosexuels.

J'espérais au moins qu'ils payaient bien la mannequin. Elle était allongée, parfaitement immobile, regardant droit devant elle. Elle était couverte de feuilles de palmier et de petites fleurs placées stratégiquement pour la pudeur, et pour servir de plateau hygiénique aux sushis, c'était au moins ça. Et je pus remarquer qu'elle était absolument magnifique. Malgré tout, je choisis les sushis disposés sur des plateaux normaux et non sur son corps.

Cela détournait tellement l'attention qu'il me fallut une minute pour remarquer que Dom ne me suivait pas. Quand je me tournai pour voir ce qui le retenait, je le surpris entièrement figé et dévisageant la mannequin à sushis, le visage blême. Il était raide et semblait visiblement perturbé. Ne venait-il pas de m'expliquer que ce *Nyo*-je ne sais quoi était une forme d'art acceptable ?

— Dom ? Ça va ?

Il cligna des paupières et arracha le regard de l'endroit où il était figé : sur le visage de la femme, et non sur le reste à peine couvert. Il se tourna vers moi comme s'il venait d'être tiré d'une rêverie.

— Hein ?

On aurait dit qu'il venait de voir un fantôme.

De retour à notre table, je le regardai en levant un sourcil.

— Est-ce que tout va bien ? Tu as semblé un peu effrayé, tout à l'heure.

Il haussa les épaules d'un air exagéré comme pour signifier que ce qui venait de se passer ne l'affectait pas du tout.

— Cette mannequin ressemble à quelqu'un que je connaissais autrefois.

Il haussa encore les épaules.

Je jetai un regard à son assiette. Apparemment, il avait perdu l'appétit. Et il fut étrangement silencieux pendant le reste du repas, même quand un couple de New-Yorkais bavards se joignirent à nous et commencèrent à lui poser des questions sur son modèle économique.

Je restai en retrait et mangeai mes sushis en le regardant éviter leurs questions souvent appuyées. Il semblait vraiment perturbé et les autres le remarquèrent aussi. Ils partirent peu de temps après.

— Tu es toujours partant pour jouer ? lui demandai-je en me levant et en fermant ma veste.

— Bien sûr. Attends une minute, tu veux bien ? Je vais juste transmettre mes compliments au chef.

Je fronçai les sourcils. Il avait à peine mangé. La mannequin avait depuis été ramenée en cuisine et j'espérais qu'elle était vêtue de quelque chose de chaud, car il faisait affreusement froid ici. Dom sortit plusieurs gros billets de son portefeuille et s'avança vers la caisse. Il avait peut-être oublié qu'il s'agissait d'une soirée d'entreprise, déjà payée par le prix exorbitant de la formation pour PDG ?

Mais au lieu de donner l'argent à la caisse, Dom prit l'enveloppe que la femme lui fournit. Je restai à l'écart, lui laissant l'intimité qu'il souhaitait manifestement, pendant qu'il sortait un stylo et griffonnait quelque chose sur l'enveloppe avant d'y fourrer plusieurs billets. Il s'avança alors pour tendre l'enveloppe au chef.

Je ne pensais pas que la mannequin était simplement quelqu'un qui ressemblait à une personne de son passé, mais plutôt qu'il s'agissait précisément de cette personne. D'autant plus qu'il venait de lui offrir un pourboire de cinq cents dollars en espèces.

Il y avait certainement un drame caché là-dessous. Quelque chose qui l'avait profondément perturbé. Je me demandai alors ce qui me passerait par la tête si c'était quelqu'un que je connaissais – ou pour qui j'avais vraisemblablement de l'affection – au milieu de cette scène choquante. Un souvenir me vint en tête : la première fois que j'avais vu les photos qu'Emilia avait postées d'elle-même pour les enchères en ligne. On ne distinguait pas son visage, mais on voyait son corps partiellement vêtu. Au moment où j'avais cliqué pour les voir affichées à l'écran de cet ordinateur comme un menu de marché à la viande, je m'étais senti physiquement mal.

Je me demandai si Dom se sentait ainsi et si ce gros pourboire était sa façon d'aider quelqu'un qu'il connaissait afin de se sentir mieux.

Il s'en tirait pour beaucoup moins cher que moi avec ma facture de sept cent cinquante mille dollars.

De nos jours, je plaisantais parfois avec Emilia au sujet des enchères. Et elle aussi, mais sans qu'il y ait de véritables émotions ou des souvenirs rattachés. C'était pourtant très facile de déclencher les souvenirs de l'époque tumultueuse où elle n'était pas avec moi. Quand je n'étais pas en mesure de la protéger.

Maintenant, je voulais simplement tout lui donner. La rendre heureuse me rendait heureux, alors, pourquoi étais-je bloqué par cette histoire de bébé ?

Quelques jours plus tard, je pus voir Jordan et lui racontai les moments les plus marquants de cette retraite inepte pour PDG. Il prit des notes et posa quelques questions avec beaucoup d'intérêt. Il fut particulièrement persistant au sujet de Dominic Fisher, cherchant à me tirer les vers du nez.

— D'accord, alors, comment je peux le rencontrer ?

Je poussai un soupir.

— Je vais voir ce que je peux organiser. Mais comme tu vas me remplacer, ça ne devrait pas être difficile.

Il leva les sourcils. Oui, il était temps d'avoir cette discussion sérieuse avec Jordan… de changer sa vie pour toujours.

— Bon, je crois qu'il est temps, puisque tu vas participer à cette formation de PDG, que nous te mettions en bonne voie pour devenir le PDG de Draco Multimedia.

Il éclata de rire et passa la main dans ses cheveux.

— C'est un peu drastique pour éviter de retourner à Palo Alto.

Je n'étais pas étonné de constater que Jordan avait déjà beaucoup de connaissances sur le processus. Personne ne pouvait l'accuser de ne pas être enthousiaste. La quantité de recherches qu'il avait faites m'indiquait que je laissais l'entreprise en de bonnes mains.

Et c'était un soulagement. Après tout, c'était toujours mon entreprise, et son sort m'importait.

Et même s'il me restait toujours un malaise profond à cause de mon avenir inconnu, je ressentais aussi du soulagement.

Un chapitre de ma vie arrivait à son terme, ce qui signifiait naturellement qu'il devait y avoir – bientôt, avec un peu de chance – un nouveau départ.

Quoi qu'il en soit, je me promis d'être prêt quand ce nouveau départ viendrait me trouver.

CHAPITRE
NEUF
ADAM

UNE SEMAINE PLUS TARD, J'ETAIS AU GOLF AVEC HEATH, contre toute attente. Nous nous étions rejoints sur un parcours de golf très chic dans les collines d'Anaheim et nous passâmes du temps à profiter de la nature et à nous donner des nouvelles.

— Mia est de garde aujourd'hui ? demanda Heath en plaçant sa balle sur le deuxième tee et en préparant son coup.

— Non. Elle ne travaille pas aujourd'hui.

Il leva les sourcils derrière ses lunettes de soleil. Il n'eut même pas besoin de poser la question.

— Elle a une réunion d'affaires pour son projet d'association à but non lucratif, expliquai-je.

Heath hocha la tête et fit quelques swings pour s'entraîner avec son bois N° 1.

— On dirait que tu n'es pas ravi à ce sujet.

Je m'appuyai sur mon club pour le regarder.

— À vrai dire, je crois que c'est une idée merveilleuse. C'est juste que je ne suis pas fan de son timing.

Heath hésita juste un instant, serra les mains autour de son club et fit son swing. Nous regardâmes voler la balle au-dessus du fairway et atterrir dans le rough.

— Foutu jeu à la con, maugréa-t-il quand la balle atterrit.

J'éclatai de rire.

— Tu n'es qu'au deuxième trou et tu jures déjà ?

Il haussa les épaules et fit un pas de côté.

— Mia a toujours été l'élève brillante typique, mais je suis d'accord que ça fait beaucoup pour son année d'internat. Je veux dire, son planning a été horrible. Ça ressemble sans doute un peu à ce que tu appellerais une semaine de travail normale, n'est-ce pas ?

Je ricanai.

— Ça fait longtemps que je n'ai pas fait de semaine de quatre-vingts heures de travail, sinon j'aurais déjà divorcé.

— Et maintenant, la situation est inversée ?

Il jeta un regard inquiet dans ma direction.

Je m'avançai pour poser ma balle sur le tee.

— Oh, pas de souci. J'ai été préparé pour ça. Je savais que ça viendrait. Elle a toléré mon emploi du temps, mes absences régulières. Je serais vraiment un gros trou du cul si je n'étais pas compréhensif avec son planning. Elle ne peut pas devenir médecin sans faire son internat.

Heath s'esclaffa.

— En fait, tu es déjà un trou du cul.

— Oui, mais je ne veux pas être un *gros* trou du cul.

Il acquiesça.

— Je comprends.

Je fis mon swing. Ma balle aussi atterrit dans le rough, mais une bonne dizaine de mètres au-delà de la sienne.

— Tu vois ? fit-il remarquer. Je vois déjà que tu vas gagner ce trou. Je confirme donc que tu es un trou du cul.

Quand nous eûmes conduit la voiturette de golf jusqu'au green, notre conversation reprit.

Heath m'offrit son point de vue.

— Je pense qu'elle est pressée de commencer, parce que démarrer une telle association prend longtemps, et elle veut que tout soit en place quand elle pourra commencer à exercer dans leur clinique. Et puis, il y a aussi une histoire d'émancipation, tu vois ?

Je fronçai les sourcils.

— D'émancipation ? Comment ça ?

Heath haussa les épaules.

— Le donneur de sperme biologique lui a donné tout cet argent à contrecœur, parce que sa propre femme et son fils ont insisté. Mia ne veut pas l'utiliser pour elle-même, car ce serait reconnaître l'existence de cet enfoiré. De plus, grâce à toi, elle n'en a pas vraiment besoin de toute façon. Cela lui donne l'occasion de faire quelque chose de bien avec. Elle peut lui faire un bon vieux doigt. Cet homme a plus ou moins détruit la petite famille qu'elle avait, tu sais ? Elle avait des demi-frères et sœurs qu'elle n'a jamais connus, un parent qu'elle n'a jamais connu. Il n'y avait qu'elle et sa mère jusqu'à ce que je tombe comme un chien battu et abandonné dans leur petite famille.

Il secoua la tête en faisant quelques faux putts, puis, au lieu de faire un swing, il posa son putter sur le côté et s'appuya dessus comme une canne quand il se tourna vers moi pour finir son récit.

— Tu sais ce qu'elle m'a dit, le jour où j'ai emménagé quand mon père m'a jeté de chez lui ? Elle a dit : « J'ai toujours voulu un frère. Je veux une grande famille. » Si elle en avait la capacité, elle aurait sûrement déjà ouvert un foyer pour enfants difficiles.

Il haussa les épaules et ajouta :

— Elle a toujours été comme ça. Alors, je comprends pourquoi elle est si passionnée au sujet de cette clinique.

Je respirai profondément et détournai le regard. Heath venait de me donner du contexte auquel je n'avais pas pensé. À vrai dire, cela expliquait beaucoup de choses.

Heath se tourna et fit son putt plaçant sa balle à quelques centimètres du trou. Il avança et la fit entrer facilement.

— Et avant que tu me poses la question, non, je ne crois toujours pas que tu la mérites.

J'éclatai de rire en attrapant mon sac que je ramenai jusqu'à notre voiturette. Selon moi, les vrais hommes n'utilisaient pas de caddies.

— Je n'allais pas te poser la question, parce que je sais que tu ne changeras jamais d'avis. Et pour être franc, je suis d'accord avec toi.

Alors que nous bavardions pendant les seize trous suivants, je ne pus chasser ses mots de ma tête. *J'ai toujours voulu un frère. Je veux une grande famille... elle aurait sûrement déjà ouvert un foyer pour enfants difficiles.*

Je savais tout cela. Il ne s'agissait pas d'une information nouvelle, mais d'un rappel. Elle m'avait dit exactement ces mots-là avec les larmes aux yeux, le jour où j'avais découvert qu'elle avait un cancer. Je le savais, et pourtant je choisissais maintenant de l'ignorer parce que ça m'arrangeait. Elle avait toujours voulu une grande famille, mais son souhait n'avait jamais été réalisé.

Je pouvais l'aider à accomplir ce rêve maintenant. Nous pouvions fonder une famille.

J'aimais Emilia plus que tout. Mais l'aimais-je assez pour affronter mes propres terreurs et lui donner ce dont elle rêvait ? L'aimais-je assez pour vouloir ce rêve pour moi aussi ?

Emilia et moi passâmes le reste de la journée ensemble à regarder des films à la maison en nous faisant livrer le repas. Nous restâmes blottis sur la même chaise longue pour y faire l'amour. C'était agréable d'être ensemble, juste tous les deux.

Mais quand j'eus un moment à moi, je découvris le lien vers toutes les recherches médicales qu'elle m'avait supplié de lire pendant des mois.

Et je commençai à lire.

Je décidai de prendre rendez-vous avec un spécialiste de l'oncofertilité : un médecin spécialisé dans la fertilité des patients atteints ou anciennement atteints de cancers. Parce que je n'avais pas l'intention de faire les choses à moitié.

J'allais être moi-même et minutieux. Je voulais toute la vérité, et tous les détails.

Il était impensable que je prenne le risque de la perdre, même si cela impliquait de lui dire qu'elle ne pourrait jamais accomplir son rêve.

CHAPITRE

DIX

MIA

— Salut !

April se laissa tomber en jetant son énorme sac sur la banquette à côté d'elle.

— Tu veux que je fasse signe à la serveuse pour commander quelque chose à boire ? dis-je en levant la main.

April fronça les sourcils en tirant un bloc-notes et un stylo de son sac.

— Je veux juste un Sprite ou un soda au gingembre. J'ai l'estomac tout barbouillé.

Je fronçai les sourcils.

— C'est le stress ? Tu veux un antiacide ? Je crois avoir quelque chose dans mon sac.

Je l'attrapai pour fouiller dedans.

Elle secoua la tête et balaya ma proposition d'un geste de la main.

— Non, non. Je pense que ça ira. C'est juste étrange.

Elle se pencha avec un air complice.

— Juste entre toi et moi, j'ai une semaine de retard pour mes règles.

J'écarquillai les yeux, mais ne dis rien, attendant qu'elle termine tout en remarquant que j'avais arrêté de respirer. Bizarrement, j'étais frappée par un sentiment d'envie encore plus fort que lorsque Louisa m'avait annoncé la nouvelle lors de la remise des diplômes.

April continua :

— Ça m'a fait affreusement peur, parce qu'avec les problèmes de ventre et le retard des règles… tu imagines. Et je suis tellement bête qu'il m'a fallu très longtemps pour comprendre.

Je respirai profondément en enfonçant les ongles dans mes paumes de main avant de me donner l'ordre de me détendre.

— Tu as fait un test ?

— Ce matin. Mais je n'ai toujours pas mes règles. Tu, euh, ne crois pas qu'il existe des faux négatifs, hein ?

Je secouai la tête.

— Non. Non, tant que tu as fait le test correctement, il est peu probable que tu aies un faux négatif.

Elle posa une main sur son ventre.

— Oh, Dieu merci. Parce que quand j'ai compris ce que ça pouvait être, j'ai failli faire une dépression nerveuse. J'ai demandé à Jordan de courir m'acheter un test pendant que j'attendais, paniquée, pendant une demi-heure.

Je fronçai les sourcils.

— Je suis sûre que Jordan a dû être encore plus paniqué.

April secoua la tête.

— C'est le plus bizarre. Il a été super calme tout le temps, même avant que le résultat s'avère négatif. Et quand je lui ai dit, il a semblé… Je ne sais pas, peut-être un peu déçu ? Ou en tout cas, pas aussi soulagé que je l'étais ni aussi soulagé qu'il allait l'être dans ma tête.

Je ne parvins pas à arracher mon regard à son visage, car je l'enviais soudain pour une tout autre raison.

— Tiens. Bizarre.

Jordan ? Je ne l'en croyais pas capable.

— Oui, hein ? Peut-être que des aliens ont enlevé son cerveau.

Je haussai les épaules.

— Vous avez parlé d'avoir des enfants ?

Elle agita la main.

— Sous forme hypothétique, oui, on en a parlé. Il en veut trois. Un de chacun et puis un joker, c'est ce qu'il dit en tout cas.

Je me mordis la lèvre pour réprimer un sourire.

— Ha, si seulement on pouvait choisir comme quand on commandait un menu.

Les grands yeux bleus et brillants d'April s'écarquillèrent.

— Il y a encore beaucoup de choses que je veux faire avant de me jeter dans la maternité, parce que j'ai envie de prendre un congé quand ils seront petits. Au moins pendant un petit bout de temps. Mais bien sûr, je ne pense pas vraiment vouloir un jour m'arrêter ou faire une pause dans ma carrière. Si je pouvais trouver un poste où je peux travailler chez moi tout en ayant une aide quotidienne à la maison, ce serait parfait. Je sais, ce sont des problèmes de riche.

La serveuse arriva à la fin de cette affirmation, déposant son soda et mon thé glacé. April plaça une paille dans son verre et but une gorgée.

— Encore une fois, ce ne sont que des hypothèses. Je ne pense pas pouvoir y arriver avant quelques années. Je pense vouloir mon premier avant trente ans, cependant, ce qui me laisse environ trois ans.

— Alors, il en veut trois, et toi, combien en veux-tu ?

Je levai un sourcil en buvant mon thé.

— Je ne sais pas. Un, sans doute. J'étais fille unique… du moins jusqu'à ce que mon père se remarie, puis il y a eu ma petite sœur et mon frère, mais j'étais déjà presque au lycée à ce moment-là. Je ne veux certainement pas de gros écart d'âge si j'en ai plusieurs. Si j'ai le choix, du moins. Ma *oma* n'aimerait pas m'entendre parler de cette façon. Elle est tellement superstitieuse. Tu ne peux pas prévoir ce qui ne t'a pas encore été donné, dirait-elle.

Je lui souris.

— Eh bien, il existe toujours la loi de l'attraction et le fait de manifester ce que tu veux.

Elle me jeta un regard rusé.

— C'est vrai que nous sommes plutôt douées pour ça, hein ? On a toutes les deux fait advenir des milliardaires canon. Le tien t'a même mis la bague au doigt.

— À ce sujet…

Elle leva une main.

— S'il te plaît. J'ai déjà eu une frayeur d'adulte aujourd'hui. On ne va pas parler d'une éventuelle demande en mariage de Jordan… pas encore.

Nous échangeâmes un regard entendu. April m'avait confié que pendant nos vacances de groupe au ski pour notre premier anniversaire de mariage, Jordan avait comploté pour mettre en scène une demande spectaculaire, et April avait saboté ses plans. Ce qui rendait la situation particulièrement drôle, c'était qu'April aimait lui faire peur en sous-entendant devant tout le monde qu'elle voulait se marier. Apparemment, elle avait été si convaincante que Jordan l'avait prise au sérieux. Elle avait pu le calmer en lui expliquant qu'elle voulait qu'il lui fasse sa demande quand il en avait envie, et pas parce qu'il avait peur de la perdre s'il ne le faisait pas.

Depuis, il n'y avait pas eu d'autres rumeurs de fiançailles de la part de Jordan. Et pas de plaisanteries sur le mariage de la part d'April, non plus.

Jusqu'ici, Katya était ma seule amie mariée et ça avait été une surprise totale : elle s'était enfuie pour se marier avec son ennemi juré, Lucas.

J'espérais que l'année à venir allait au moins nous apporter une annonce de fiançailles, de la part d'April et Jordan ou William et Jenna.

Oui, j'étais ce genre de personne… La femme mariée qui aime tant son état de bonheur matrimonial, même au bout de deux ans, qu'elle veut que tous ses proches en profitent aussi. D'accord, le mariage n'était pas facile, mais j'étais toujours fermement du côté de ceux qui pensaient que ça en valait la peine.

— Eh bien, qui sait, vous entendrez peut-être bientôt la voix de la raison, dis-je en souriant.

— À quel sujet ? demanda Lindsay qui venait de s'approcher dans mon dos.

April sourit et se décala vers moi sur la banquette pour lui faire de la place.

— Hé, Lindsay, comment ça va ? Ça fait longtemps qu'on ne s'est pas vues, dit April quand Lindsay lui fit un compliment sur son très grand sac.

Lindsay se glissa à la place d'April, posant sur le côté son grand bloc-notes à la couverture en cuir.

— Bonjour mesdames. Je vais très bien, April. Merci. De quoi parlez-vous ?

April me montra d'un geste de la main.

— Oh, elle fait sa femme mariée mièvre. On devrait vraiment changer de sujet.

Lindsay éclata de rire et jeta ses boucles blondes par-dessus son épaule. Elle était divorcée depuis environ quatre ans maintenant, et jusqu'à récemment, elle avait fréquenté beaucoup d'hommes à la suite. Désormais, elle vivait avec un homme qui avait à peu près son âge, pour une fois, et elle semblait heureuse.

— Oh, oui, elle m'a déjà fait le coup. On devrait trouver une espèce de signal entre nous pour changer de sujet quand elle fait ça.

Ma bouche en tomba.

— Waouh. Je suis assise *juste à côté de vous.*

Je commençais peut-être à devenir pénible ? Je me dis qu'il fallait que je fasse attention.

— On te comprend, répondit Lindsay. Tu ressens un bonheur délirant et tu souhaites la même chose à tes amies. C'est mignon.

Elle fronça le nez en me souriant pendant que je plissais les yeux.

— Je suis sérieuse. Ne sois pas toujours aussi méfiante. Alors, où est la serveuse ? Je ne déjeune jamais aussi tard et je suis morte de faim. Après ça, on pourra parler affaires. Après tout, on a un monde à conquérir.

Et elle avait raison. J'avais effectivement un monde à conquérir : un monde d'hommes. Et j'avais la chance d'être entourée par des femmes intelligentes qui pouvaient m'y aider.

CHAPITRE

ONZE

ADAM

APRES AVOIR PASSE DES SEMAINES A LIRE DES RECHERCHES et à faire encore d'autres enquêtes discrètes, je rencontrai la spécialiste en oncofertilité et déversai ma logorrhée de questions. Elle répondit patiemment à chacune, généralement jusqu'à ma satisfaction.

Ensuite, je fis de longues promenades et je réfléchis beaucoup.

Puis un jour, des semaines plus tard, je choisis de travailler à la maison le matin et de prendre l'après-midi de congé, parce que c'était le dernier jour libre d'Emilia avant les dix journées qui suivaient. Nous avions réussi à nous trouver du temps pour être ensemble et profiter de l'instant présent. Aucune distraction. Juste nous deux et la beauté sauvage de la nature.

J'avais même laissé mon téléphone à la maison pour marcher jusqu'à la plage avec elle.

Oui, c'était un vrai signe indiquant qu'Adam Drake était sérieux et qu'il voulait parler affaires. Enfin, pas d'affaires, mais d'un moment crucial dans ma vie privée… et dans notre relation.

Ça me faisait bizarre de mettre les choses en scène, mais je n'avais pas eu l'occasion de prévoir une demande en mariage… du moins, la deuxième fois, celle qui comptait vraiment.

Mais là, je voulais que ce soit un moment important.

Nous pique-niquâmes sur le sable avant de faire une longue promenade. C'était la fin de l'automne et l'air comme l'eau étaient trop frais pour nager.

Nous profitâmes de la vue sur la jetée du port de Newport tout au bout de la péninsule Balboa, à moins de trois kilomètres de marche de notre maison sur Bay Island. Les pêcheurs se tenaient en haut des rochers, lançant leur ligne dans la mer au-dessous et de temps en temps, la cloche sur la grosse bouée sonnait, avertissant que la mer allait être agitée. Des lions de mer aboyaient tout autour de nous depuis les rochers et leur perchoir sur la bouée. Des voiliers et des bateaux de pêche se dirigeaient vers le canal pour rentrer dans la baie pour la nuit.

Je refermai les doigts autour des siens et ressentis ce même pincement satisfaisant dans ma poitrine quand elle réagit en me serrant la main. Elle appuya le dos contre mon torse et posa la tête sur mon épaule.

Je me raclai la gorge pour parler après avoir passé presque une demi-heure à profiter en silence d'être ensemble pendant que nous marchions le long de la plage pour venir jusqu'ici.

— On dirait que le coucher de soleil va être magnifique. Il y a juste assez de nuages dans le ciel pour faire quelques feux d'artifice avec la lumière, mais pas trop pour la cacher.

Elle leva les yeux vers moi avec un sourire espiègle.

— Waouh, mon mari amateur de couchers de soleil… et il m'a caché ça pendant toutes ces années. C'est secrètement un romantique.

Je haussai les épaules, gêné.

— Romantique ? Je n'irais pas jusque-là.

Elle éclata de rire et me donna un coup d'épaule.

— Je te taquine. Je ne voulais pas t'insulter. Mais tu m'as paru presque poétique en le décrivant.

Je m'esclaffai.

— Je passe peut-être trop de temps avec mon cousin.

Elle leva un sourcil.

— Poétique ? William ? Eh bien, je vois le côté artistique. Quelle que soit la façon dont il est présenté, un coucher de soleil en Californie du Sud déçoit rarement.

Je l'attirai plus près de moi, serrant les bras autour de sa taille. Ensemble, nous regardâmes le jeu des lumières qui changeaient rapidement dans le ciel. Elle frissonna légèrement quand la brise se leva comme toujours, dès que le soleil plongea derrière l'horizon, laissant sur son sillage un ciel rempli de couleurs éclatantes… du doré et du bleu pâle traversés par des traits orange fluo et magenta. Les cheveux d'Emilia me chatouillèrent le visage en dansant dans la brise. Je baissai la tête et enfouis mon nez dans le nuage parfumé de ses cheveux bruns luisants, inspirant profondément, savourant l'odeur de vanille. Je fermai les yeux et me sentis très légèrement déstabilisé.

Elle se blottit davantage contre moi en poussant un soupir.

— J'adore vivre si près de la plage que nous pouvons simplement longer la côte ensemble pour profiter du coucher de soleil.

Je ris.

— Vu nos emplois du temps, ça arrive quand, tous les trente-six du mois ?

Elle soupira.

— J'aimerais bien que ce soit une plaisanterie, mais j'ai vraiment l'impression que les mois ont au moins trente-six jours, maintenant.

Je serrai les bras autour d'elle. Des enfants jouaient dans la baie au niveau de la Crique des Pirates sur la plage de Little Corona. Leurs rires nous parvinrent même quand les voix de leurs parents les avaient appelés pour annoncer qu'il était temps de rentrer à la maison. Sa tête retomba contre mon épaule. *Hmm...* J'adorais cette sensation.

— C'est tellement agréable, dit-elle en articulant précisément ce que je pensais. On devrait le faire plus souvent. Nous avons de la chance de vivre du côté du pays où le soleil se couche sur l'océan, au lieu de se lever.

— Je suppose qu'il nous faudrait être du matin si nous vivions sur la côte est. J'aime vivre ici, mais je ne peux pas m'empêcher de penser...

Ma voix s'estompa et je déglutis, comprenant que j'étais sur le point de prononcer des mots qui ne pouvaient pas être retirés. Une fois qu'ils allaient quitter ma bouche, il n'y avait plus de retour possible.

Merde. C'était vraiment bizarre.

— De penser quoi ? finit-elle par demander en penchant la tête pour me regarder quand j'hésitai trop longtemps.

Je haussai les épaules, puis j'avalai ma salive, ignorant la peur au creux de mon ventre. *C'est parti.*

— Je me demande simplement si c'est le lieu idéal... pour élever une famille.

Silence. Le vent agita ses cheveux et chatouilla mes joues. Elle devint complètement immobile dans mes bras. Cette fois, c'était elle qui marquait une longue pause. J'attendis.

— Tu n'es pas… tu n'es pas en train de dire ce que je crois.

Je réprimai un sourire.

— Quoi, donc ?

— Que tu penses à fonder une famille ?

Je me tournai vers elle pour la dévisager. Elle avait les yeux écarquillés, interrogateurs, sincères.

— Et si c'était le cas ?

Elle poussa un petit soupir… à la fois d'excitation et de frustration.

— Tu sais déjà que je suis partante.

— Alors… faisons-le.

Le vent se leva et m'aveugla presque avec ses cheveux, mais elle se tourna dans mes bras et me regarda, incrédule.

— Tu n'es pas en train de te foutre de moi, hein ?

Je joignis les mains au creux de son dos et la serrai contre moi.

— Si je me moquais de toi, je serais vraiment une merde, tu ne crois pas ?

Elle fronça les sourcils.

— Que… comment… je suis complètement perplexe. L'été dernier, tu étais si déterminé à repousser ça. Et j'aime penser que je ne t'ai pas mis la pression. Ta décision me paraît brutale. Ai-je fait quelque chose pour te mettre la pression ?

Je secoue la tête.

— Non, Emilia, tu ne m'as pas mis la pression.

— Mais… commença-t-elle avec une voix pleine d'émotion. Tu peux toujours changer d'avis. C'est une possibilité, tu sais. Ce n'est pas comme si je voulais te piéger dans ta décision.

Je la regardai dans les yeux avec insistance, puis je caressai la peau si douce de son visage. Elle ferma les paupières et mon pouce longea le creux de sa joue.

— Oui, c'est possible. Mais tu sais que je suis extrêmement têtu et que quand j'ai décidé quelque chose, c'est difficile de me refaire changer d'avis.

Elle rit, les yeux toujours fermés.

— Oui, c'est vrai. Tu es très têtu.

— J'espère que ce n'est pas toujours malvenu.

Elle secoua doucement la tête et je fus surpris de voir une petite larme s'échapper de sa paupière fermée. Je l'essuyai, puis embrassai la partie froide et salée de sa joue où elle était tombée.

Elle ouvrit les yeux et je vis d'autres larmes non versées y luire. J'étais captivée par l'étrange mélange d'émotions dans ses yeux magnifiques.

Elle s'éclaircit la gorge.

— Qu'en est-il de toutes tes réserves et tes doutes ? Tu avais de bonnes raisons pour…

— J'ai lu les recherches. J'ai parcouru les études médicales dans le dossier que tu m'as envoyé en ligne. Et juste pour être certain que tu ne choisissais pas les études corroborant ce que tu voulais, je suis allé en chercher d'autres… celles que j'ai pu comprendre, en tout cas. Ensuite, j'ai rencontré une spécialiste de l'oncofertilité à UCLA.

Elle leva les sourcils et écarquilla les yeux.

— Waouh. Tu t'es vraiment bien renseigné.

Je lui souris et penchai la tête comme pour dire qu'elle aurait dû s'y attendre. De nouvelles larmes coulèrent sur ses joues alors qu'elle riait.

— Je suppose qu'ils ont dit quelque chose pour te rassurer.

Je hochai la tête.

— D'après le médecin, le risque est assez minime pour ne pas m'inquiéter. Pendant un moment, en tout cas.

— Combien de temps ?

Je haussai les épaules.

— Ça dépend. Si ça traîne un peu, je te demanderai peut-être de faire une autre radio. Et si on doit envisager des médicaments contre la stérilité, eh bien, il faudra une toute nouvelle conversation.

Elle hocha lentement la tête.

— Nous aviserons le moment venu. Ou bien on explorera un autre moyen d'avoir une famille si on décide de ne pas s'engager dans cette voie.

Je fis passer une longue mèche de ses cheveux derrière son oreille.

— J'ai fait des recherches là-dessus aussi.

Elle éclata de rire.

— Je n'en doute absolument pas, Adam Drake. Je te connais assez bien pour le savoir.

D'autres larmes coulèrent sur son visage, même si elle semblait calme et rationnelle, comme si sa partie émotive et sa partie logique étaient en guerre sans savoir qui allait gagner.

Elle se mordit la lèvre et resta silencieuse un long moment. Je lui donnai un petit coup de coude, l'encourageant à dire ce qu'elle avait sur le bout de la langue.

— Et tu n'as plus peur ? demanda-t-elle avec de grands yeux interrogateurs.

— Non, je ne peux pas dire ça. À vrai dire, je suis terrifié. Mais je veux que tu sois heureuse.

Elle fronça les sourcils.

— Je ne peux pas accepter d'avoir un bébé juste pour me rendre heureuse. Tu dois le vouloir aussi.

Je caressai le dessus de sa lèvre avec le pouce.

— Je le veux. Je ne peux pas te promettre que mon envie de tout contrôler n'interviendra pas de temps en temps. C'est la façon dont je gère la peur de l'inconnu. Et ceci représente un énorme événement inconnu pour moi. Mais je te fais confiance. Et j'en ai envie aussi.

Face à sa joie évidente, ma terreur s'était estompée, mais elle n'était pas oubliée. Elle était toujours là, comme un croque-mitaine, au fond de ma psyché. Observant. Observant toujours.

Je l'ignorai, ravalai ma salive et rassemblai mon courage.

— Faisons-le, Emilia. Faisons un bébé.

Chapitre

Douze

Adam

Nous fimes les trois kilometres du retour a pied, main dans la main. Et en arrivant à la maison, comme pour consolider immédiatement cette décision capitale, nous fîmes l'amour. Nous n'arrivâmes même pas jusqu'à la maison. Dans l'obscurité, elle m'attira vers une chaise longue.

Quand elle me fit asseoir à côté d'elle, nos lèvres se rejoignirent pour un baiser et je marmonnai contre sa bouche, urgemment et à bout de souffle :

— Tu te souviens de la première fois que nous avons été ensemble sur cette chaise ?

Elle sourit contre mes lèvres.

— Oh oui, je m'en souviens bien.

— Il me semble que j'avais détruit ta culotte… murmurai-je d'une voix rauque contre son cou tout doux qui sentait bon.

— C'était le premier d'une longue lignée de massacres de culottes perpétrés au cours des années, répondit-elle d'une voix rêveuse.

Sous sa polaire, je posai la main sur un sein et caressai son téton à travers son soutien-gorge et le tissu soyeux de son chemisier. Elle se trémoussa contre moi et fit un bruit qui m'embrasa immédiatement.

Depuis combien de temps n'avions-nous pas profité d'être ensemble sans plan, sans planning ou objectif… sans chercher un putain de préservatif ?

Mia tendit la main vers le petit meuble juste à côté de la chaise longue et en sortit deux couvertures. Elle les déplia rapidement et les posa sur moi pendant que j'ajustais l'arrière de la chaise longue pour l'allonger à plat. Les couvertures étaient sur moi et moi, j'étais sur elle.

Et pour la première fois depuis ce qui me semblait une éternité, nous prîmes notre temps. Quand j'eus enlevé son jean, je remontai la main le long de sa cuisse en l'embrassant, savourant la sensation soyeuse de sa peau, son odeur. Ma magnifique, magnifique épouse.

Je goûtai sa peau et arrachai sa culotte en prenant soin de ne pas la détruire… seulement parce qu'elle me l'avait demandé.

Mais pendant que nous nous embrassions et chuchotions des choses, je me sentais présent dans l'instant. Avec son corps doux et souple sous le mien, nos longs baisers et nos souffles bruyants, je n'avais pas peur. J'étais là. Et cela me surprit plus qu'à peu près tout le reste.

Quand je m'arrêtai pour réajuster la couverture qui avait glissé, Emilia saisit l'opportunité pour passer sur le dessus. Elle fit une moue exagérée.

— Ce n'est pas juste, tu n'es pas encore nu.

— C'est un problème qui peut être résolu rapidement, rétorquai-je en attrapant la boucle de ma ceinture.

— Oh, non. Il est temps que je te renvoie l'ascenseur en t'aidant à te déshabiller.

Elle me fit rire en agitant les sourcils. Elle posa la main sur mon entrejambe, les doigts autour de mon érection. Je retins mon souffle et tombai en arrière, à plat sur la chaise longue, prêt à la laisser mener cette barque pendant un petit moment. J'étais disposé à profiter de ses caresses, de ses indications. Prêt à aller aussi lentement qu'elle le voulait.

Plus c'était long, plus c'était facile de savourer l'instant.

Je l'aidai en soulevant mes hanches et elle retira mon jean, faisant vite de même avec mon boxer. Elle remit les plaids pour nous couvrir tous les deux, parce qu'il commençait vraiment à faire frais.

Puis elle pencha la tête.

Quand sa bouche toucha mon sexe, j'étais si excité que je faillis tressaillir de surprise à cause du plaisir soudain. Oh, merde, je ne voulais pas que notre première tentative de faire l'amour pour un bébé se finisse prématurément parce que j'avais joui dans sa bouche à la place. Mais sa langue me faisait courir trop vite à ma perte. Je repoussai sa tête avec douceur, mais à contrecœur.

— Ça suffit, dis-je d'une voix rauque. Sinon, certaines substances n'iront pas là où elles doivent aller.

Elle déposa des baisers sur mon ventre, mon torse, jusqu'à ce que nos visages soient de nouveau à quelques centimètres l'un de l'autre.

— Eh bien, il ne faudrait pas que ça arrive, sinon on va devoir recommencer.

Je passai un bras autour de sa taille et la tirai sur moi.

— Et encore, et encore. Comme ce serait dommage.

— Hmm, oui.

Sa respiration fut entrecoupée lorsque je la pénétrai, puis je n'eus plus conscience de rien quand je me sentis en elle, sans barrière entre nous. Elle était moite et prête et si chaude, que sa chaleur me suffoquait presque de bonheur. D'accord, si je jouissais maintenant, au moins cela se passait comme il fallait, mais en quoi était-ce amusant ? J'immobilisai longuement ses hanches, savourant les sensations, afin de laisser passer l'excitation initiale.

Quelque chose me semblait différent, et ce n'était pas seulement l'absence de préservatif.

Non, quelque chose avait changé dans ma tête. Quand je relâchai enfin ma prise sur ses hanches et qu'elle les fit lentement glisser sur les miennes, je compris ce que c'était. Moi, le perfectionniste ultime, je venais de recevoir une mission et j'étais bien décidé à l'accomplir, et à le faire bien. Nous baisions avec un objectif qui dépassait de loin le fait de nous amuser et de faire plaisir.

Non, j'avais maintenant un troisième but dans la tête. Et chaque fois que j'y pensais, cela faisait douloureusement gonfler mon sexe.

Merde.

Il fallait que j'arrête d'y penser, au risque d'avoir l'effet exactement opposé à celui de prendre son temps en pensant à sa grand-mère. Mais j'avais terriblement envie de mettre mon bébé en elle tout de suite.

Emilia s'assit, ses seins et son long cou illuminés par la lumière de la lune quand elle pencha la tête en arrière, profitant du moment. Je déglutis en la regardant. Elle était la plus belle femme au monde à mes yeux.

Et elle était toute à moi.

Et bientôt, elle serait la mère de mon enfant. Et ça, ça m'excitait. Je le voulais. Je *la* voulais. Pour toujours.

Quelques minutes plus tard, quand je ne pus me retenir une seconde de plus, je lui saisis à nouveau les hanches et je les immobilisai, donnant des coups de reins jusqu'à l'orgasme, baigné du plaisir le plus pur. Elle poussa un long gémissement et me rejoignit pour franchir le sommet ensemble. Sa peau, trempée de sueur malgré la fraîcheur, colla à la mienne et nous partageâmes longtemps nos souffles chauds en profitant du contrecoup.

Je me sentais vivant, l'esprit clair, et fabuleusement satisfait.

— Merde, dis-je en cherchant toujours à reprendre mon souffle. Maintenant, je n'ai pas envie de bouger. Attrape-moi une couverture, peut-être un oreiller, et je vais dormir ici.

Elle appuya la joue contre mon torse.

— Ça ne va pas le faire. Je refuse de dormir toute seule dans notre lit.

Je fis courir mes doigts dans ses cheveux.

— Tu le fais tout le temps, quand je ne suis pas là.

— Changement de plan. Je vais t'enchaîner au lit jusqu'à ce que le Projet Bébé soit en route.

— Hmm. Ça veut dire que je peux commencer à exiger de l'argent pour l'insémination ?

Elle me dévisagea en se mordant la lèvre.

— Il se pourrait que je commence à te facturer pour le sexe, dans ce cas, pour que nous soyons quittes. Sinon, je pense que ton sperme de jeune prodige génial de grande valeur pourrait bien être trop élevé pour mon budget.

Je fronçai les sourcils comme si j'envisageais cette transaction.

— J'ai bien peur que le tarif en vigueur du sperme de jeune prodige génial ait deux fois la valeur de l'or, et donc…

— Si tu oses prétendre que ta « pâte à bébé » a plus de valeur que le sexe torride avec ta femme, alors je me servirai de mes dents la prochaine fois que je te taillerai une pipe.

J'éclatai de rire, ce qui fit rebondir sa tête sur mon torse.

— Ne fais surtout pas ça. Tu endommagerais l'équipement pour fabriquer les bébés.

Elle sourit et m'embrassa sur le torse.

— Tu vas en profiter pour m'exploiter autant que tu peux, hein ?

— Oh oui, je vais te téter jusqu'à la moelle, dis-je en caressant tendrement son sein.

J'étais peut-être allé légèrement trop loin. Elle me donna un coup de coude dans les côtes… *violemment.*

Eh bien, ça allait être sympa. Je pouvais me réjouir à l'idée de nombreux mois avec tout le sexe dont j'avais envie, quand je le voulais. Sans préservatif. À mon avis, c'était tout bénef.

Jusqu'à ce que ça ne le soit plus…

Parce que bon sang, faire l'amour était aussi épuisant et carrément ennuyeux quand on n'était pas particulièrement d'humeur.

— Quoi, *encore* ? m'exclamai-je un soir, environ un mois plus tard.

Elle venait de me sauter dessus alors que j'étais en train de lire un livre sur ma tablette.

— Tu es une vraie esclavagiste.

Elle me regarda en levant un sourcil.

— Je suis une opportuniste. Et tu es sur le point de quitter le pays, alors je dois profiter de tes parties du corps cruciales ainsi que de tes gènes.

J'écarquillai les yeux.

— Je me sens exploité.

Elle se pencha pour embrasser mon torse nu, léchant un téton en passant, ce qui envoya une décharge jusque dans mon entrejambe.

— N'est-ce pas le rêve de tout homme ?

— Pas alors que tu me l'uses plusieurs fois par jour, rétorquai-je en posant la tablette sur le côté avec un long soupir.

Elle me regarda.

— Tu as raison. Je suis vraiment désolée. Je n'avais pas pensé à ton grand âge. Heureusement, j'ai le droit de te prescrire une ordonnance pour du Viagra afin de régler cet ennuyeux problème érectile.

Je l'attrapai, roulai sur elle et appuyai mon érection contre sa jambe.

— J'ai ton problème érectile juste ici, bébé.

Elle éclata de rire en laissant tomber la tête en arrière.

— Eh bien, dépêche-toi. Sors-le et faisons ça.

Je fis semblant d'être vexé tout en me plaçant entre ses jambes.

— Tu sais vraiment comment exciter un homme.

Elle leva les sourcils en passant les bras autour de mon cou.

— Je croyais qu'il me suffisait de montrer un sein.

Je détournai le regard en réfléchissant.

— Oui, ça peut marcher aussi, si je ne suis pas trop éreinté.

Elle se lécha les lèvres.

— Il se pourrait que j'ovule.

— Il se *pourrait*? Tu ne le sais pas encore ?

— Je n'ai pas encore commencé à prendre ma température basale. J'attends que mon cycle reprenne pour le faire.

J'écarquillai les yeux en demandant :

— Tu es certaine que tu ne veux pas que je jouisse dans un gobelet pour que tu puisses le réfrigérer quand je ne serai pas là ?

Elle me frappa le bras.

— Ne sois pas dégoûtant.

Je penchai la tête et dévorai son cou.

— C'est toi qui as commencé avec toute cette histoire de température basale du corps.

Elle se trémoussa au-dessous de moi et entoura mes hanches avec ses jambes.

— Montre-moi ce dont tu es capable.

— Je te l'ai déjà montré… des centaines de fois.

Elle se mordit la lèvre et pencha la tête en me faisant un regard aguicheur.

— Mais là, c'est du sexe pour faire un bébé. C'est encore plus sensuel. Allez, allons-y.

Elle me caressa le torse.

— Allez, viens, mon petit vieux.

Oui, ça se transformait en préliminaires par provocation.

Ça fonctionnait. Mais encore une fois, ce ne fut pas mon moment le plus glorieux.

Après, nous nous nettoyâmes et nous préparâmes enfin à dormir. Elle se laissa tomber sur le matelas à côté de moi, étalant les bras au-dessus de sa tête.

— Je suis *tellement* fatiguée.

Je l'embrassai sur le front.

— Ce n'est même pas toi qui fais tout le travail.

Elle leva les yeux au ciel.

— *Tout le travail.* Tu n'as plus d'énergie ?

Je secouai la tête.

— Tu ne m'auras pas en me défiant. Je suis crevé. Tu ne vas pas pouvoir me convaincre de faire encore l'amour ce soir. Même si tu essaies.

— Ça va, je n'essayais pas vraiment. Mais tu as intérêt à être prêt quand tu reviendras de ton voyage.

Je lui caressai la joue et sentis son sourire sous ma main.

— Oh, je le serai, ma petite femme entretenue, tu peux compter là-dessus.

Elle m'embrassa sur la joue avant de rouler sur le côté.

— Ne ramène que tes meilleurs nageurs.

Je ris, mais j'espérais secrètement que cette phase du processus ne dure pas très longtemps. Tout le plaisir du sexe commençait à s'amenuiser, merde.

Chapitre

Treize

Mia

Notre groupe de copines se rassembla pour feter l'anniversaire d'April trois semaines après la date, parce que ce n'était pas facile de se mettre d'accord sur un jour pour cinq femmes qui travaillaient. Mais au début de l'hiver, un samedi après-midi, nous nous retrouvâmes dans une petite boulangerie de Villa Park, une ville huppée près d'Orange.

Là, nous apportâmes nos cadeaux et nos cartes et nous nous saluâmes en nous serrant dans les bras. Je voyais Jenna assez souvent, car son homme, William, était le cousin d'Adam et – argh – je devais sans doute dire que c'était mon beau-frère aussi, si nous devions vraiment faire des catégories. D'un autre côté, malgré le même facteur d'étrangeté parce que Peter, le père de William, était marié avec ma mère, je ne voyais jamais William de cette façon.

— Quelqu'un sait si Heath va venir ? demandai-je.

— Oui, répondit Kat, mais il va être en retard, alors il a prévenu que nous devions commencer sans lui.

C'est donc ce que nous fîmes.

Le petit déjeuner fut servi rapidement : des œufs brouillés, des muffins, du pain grillé, des fruits et plein de bonnes choses.

Et des mimosas. Mince. J'avais oublié les mimosas. Quand le serveur vint à côté de moi et pencha une bouteille de champagne au-dessus de mon verre, je levai la main.

— Juste du jus d'orange, pour moi.

Cela attira immédiatement l'attention.

Double mince. Je regardai autour de la table et tous les yeux étaient rivés sur moi. Je haussai alors les épaules et fis un sourire gêné.

— Je suis d'astreinte. Je ne peux pas boire.

Techniquement, ce n'était pas un mensonge. On pouvait faire appel à moi si le médecin d'astreinte avait besoin de renfort, mais elles n'avaient pas besoin de le savoir. Elles n'avaient pas non plus besoin de savoir que j'essayais de tomber enceinte.

Il fallait cependant que je lance ces limiers sur une autre piste, sinon la chasse allait prendre fin avant même qu'elle commence.

Jenna pencha la tête pour m'examiner ouvertement. Elle utilisait peut-être son reiki ou ses pouvoirs ésotériques pour déceler un mensonge.

Je saisis l'occasion de changer de sujet.

— Comment ça se passe avec ta propriété dans les montagnes ? demandai-je. Quand puis-je monter et voir ton jardin ?

Jenna leva un sourcil et me jeta un regard indiquant qu'elle savait exactement ce que je faisais, mais elle joua le jeu malgré tout.

— Eh bien, c'est l'hiver, alors il n'y a pas encore grand-chose à voir au jardin. On fera peut-être un petit rassemblement au début de l'été, quand les papillons seront sortis et que les abeilles butineront.

— On dirait une remarque cochonne, fit remarquer Alex en fourrant des œufs brouillés dans sa bouche avant de les mâcher et de les faire descendre avec sa dernière gorgée de mimosa.

— J'aimerais être là pour le voir.

Jenna lui jeta un regard interrogateur.

— Tu pars encore ?

Elle hocha la tête.

— Oui. En Espagne, cette fois. *El Camino de Santiago.*

Le regard de Jenna s'illumina.

— Ooh, le chemin de pèlerinage ? C'est fabuleux. Mais je suis surprise que tu attendes le mois de mai pour partir.

— Oh, non, je pars en mars et jusqu'à septembre. Six mois en Europe. L'avantage d'être une nomade numérique.

Alex avait réussi à obtenir un très bon travail après la fac, et depuis la pandémie elle était à cent pour cent en télétravail.

— Comment se fait-il que ta mère ne se plaigne pas tout le temps de ton absence ? demandai-je en secouant la tête.

Alex haussa les épaules.

— Elle se plaint, mais je ne suis pas là pour l'entendre. Et je l'appelle chaque semaine, sans faute.

Elle fit signe au serveur de remplir une fois de plus son verre de mimosa.

— Léger pour le jus d'orange, murmura-t-elle quand le serveur se pencha.

Je plissai les yeux en me posant des questions, et quand je levai la tête, je croisai le regard bleu clair de Jenna. Elle avait sans doute aussi remarqué le comportement inhabituel d'Alex. Elle buvait plus que d'habitude, était nonchalante par rapport à sa mère... ça ne lui ressemblait pas. Je levai les sourcils en regardant Jenna et elle les fronça en secouant la tête.

Elle allait peut-être découvrir pourquoi.

— Hé, je crois que nous serons en Europe en même temps que toi, annonça Kat à Alex quand elle termina son petit bol de mélange de fruits frais tropicaux : de l'ananas et de la banane avec de la noix de coco râpée sur le dessus. La famille de Lucas va recevoir du monde dans sa maison ancestrale aux Pays-Bas.

— Ooh, s'exclama April en écarquillant les yeux. Le baron et la baronne seront en résidence, alors ?

Kat lui fit un sourire en coin.

— Oui, nous avons pu nous réserver trois semaines de vacances entre nos dates limites et le début des nouveaux projets. J'aimerais bien me plaindre davantage au sujet de mon patron esclavagiste, mais vous savez, sa femme est assise juste en face, et ça pourrait être gênant.

Kat me fit un sourire espiègle et j'éclatai de rire.

— Je meurs d'envie de voir Amsterdam, affirma Alex. J'aimerais bien voir où vous logez là-bas.

— Eh bien, la maison est à Utrecht, mais en réalité, je ne crois pas que les Pays-Bas soient très grands, alors on pourra certainement se rejoindre.

Pendant qu'elles discutaient d'une façon de se voir à des milliers de kilomètres de l'autre côté de l'Atlantique, April me donna un coup de coude et me parla tout bas :

— Adam a-t-il mentionné une date pour tout ce changement de PDG ? Je n'arrive pas à obtenir une réponse claire de la part de Jordan.

Je cassai un morceau de muffin aux cranberries et le portai à la bouche.

— Je pense que si tu n'arrives pas à obtenir de réponse claire, c'est parce qu'il n'y en a pas. Une fois qu'ils auront reçu l'approbation du conseil d'administration pour ce changement, une chronologie sera mise en place. Je pense que cette réunion aura lieu au cours du mois prochain.

April hocha la tête et fronça les sourcils en picorant son bol de fruits.

— Est-ce que tout va bien ? demandai-je.

Elle haussa les épaules.

— Rien de vérifiable scientifiquement. Juste une vague impression de catastrophe imminente.

— Comment ça ?

— Devenir PDG représente un gros changement.

Je lui fis un sourire ironique.

— Eh bien, ça fait un moment que je suis mariée avec le PDG, alors je peux t'assurer que ce n'est pas si terrible.

— On ne se voit déjà pas beaucoup, et je travaille à la maison, alors… je ne sais pas. Je m'inquiète peut-être pour rien.

Je posai la main sur son bras pour la rassurer.

— Adam sera présent pour le processus de transition et ils travaillent ensemble depuis une décennie. Adam a tout intérêt à ce que ça se déroule sans accroc. Mais si tu veux, je peux lui en parler.

April écarquilla les yeux et me regarda avec une reconnaissance sincère.

— Tu es incroyable de me proposer ça. Laisse-moi juste un peu de temps et si les choses commencent vraiment à m'inquiéter, je te ferai signe, mais en attendant, ne dis rien à Adam.

Je hochai la tête.

— Compris. Je n'en soufflerai pas un mot. Mais… si tu veux juste une oreille pour écouter tes inquiétudes, je ne suis peut-être pas la meilleure personne à laquelle t'adresser, tu sais ? Je ne suis pas vraiment impartiale.

April se mordit la lèvre et acquiesça.

— Oui, tu as raison.

Je respirai profondément avant de souffler.

— Et puis, je ne veux pas que ce qui se passe entre nos deux moitiés affecte notre propre projet ensemble, tu vois ?

Elle leva les sourcils comme si elle venait juste d'y penser.

— Tu es pleine de sagesse, docteur Mia. Tu es sûre que tu ne ferais pas mieux de te spécialiser dans la psychiatrie ?

Je souris.

— Je n'ai pas spécialement aimé mon stage clinique en psychiatrie. Pour moi, ce sera la médecine interne jusqu'au bout.

À ce moment-là, nous reprîmes la conversation autour de la table : Jenna nous parlait d'un gamin qui avait failli faire sauter la salle de classe pendant son labo de physique.

— Tu aimes toujours l'enseignement, en général, malgré les incidents ? lui demanda Alex.

Jenna se tourna vers sa meilleure amie et ancienne colocataire.

— Oui, le plus souvent. L'enseignement est le travail le plus difficile que j'ai pu faire, et je dois ramener du boulot avec moi presque chaque soir…

— Mais rien ne vaut les vacances d'été ! lui dis-je avec un clin d'œil.

— Oui, c'est agréable, mais ce serait encore mieux si nous étions payés à ce moment-là. Ça me donne quand même du temps pour le projet de jardin sur notre terrain et la construction de la maison là-haut.

— J'ai entendu une rumeur selon laquelle une certaine personne pourrait bientôt faire sa demande, lâcha Alex, qui comme d'habitude, n'avait pas de filtre.

Jenna rougit.

— Qui dit que c'est lui qui fera la demande ? C'est peut-être moi qui vais lui poser la question.

Une bouffée de joie me foudroya.

— Oh, Jenna, tu vas le faire ?

Elle se tourna vers moi avec un clin d'œil.

— C'est à moi de le savoir et à vous toutes de le découvrir.

— C'est juste que je veux que tu deviennes ma… qu'est-ce que tu serais ? Belle-cousine ? répondis-je.

— Belle-sœur, je dirais ?

Alex hocha la tête avec enthousiasme, ravie par cette idée.

Kat les désigna toutes les deux en s'esclaffant :

— Elles n'admettent pas cette partie de la relation. William et Mia ne sont *pas* demi-frère et demi-sœur, même s'ils le sont vraiment.

— Je ferai une exception et dirai que Jenna est ma belle-sœur.

— Oui, mais ne va pas cracher le morceau, indiqua Jenna en pointant le doigt vers moi, puis vers les autres. Ça vaut pour vous toutes.

— Je serai muette comme une tombe, mais tu as intérêt à vite lui mettre la bague au doigt. J'ai besoin d'une sœur, dis-je en souriant.

— Eh bien, tu as une belle-sœur… Britt, rétorqua Jenna.

Je hochai la tête.

— C'est vrai. Ma famille devient de plus en plus grande.

Et je ne pus cacher une bouffée de joie à l'idée d'avoir peut-être encore une nouvelle membre de la famille parmi nous. Même si ce n'était pas pour tout de suite, c'était apparemment pour très, très bientôt.

Chapitre

Quatorze

Adam

L A SEULE CHOSE PIRE QUE DE DEVOIR ETRE A LA HAUTEUR du sexe à la demande était de voir la déception d'Emilia quand elle n'obtenait pas de résultats.

Elle se tenait devant l'évier de la cuisine qu'elle contemplait pendant que je préparais mon café matinal en me rappelant de ne pas poser de questions ou faire de commentaire au sujet du dernier test de grossesse. S'il avait été positif, elle me l'aurait dit. Et franchement, son visage frustré – et même perplexe – était assez expressif.

— Alors, quel genre de garde as-tu, aujourd'hui ? Tu fais le matin, la nuit ou une garde longue ? demandai-je en buvant avec précaution une gorgée de café brûlant qui venait de sortir du percolateur.

Elle secoua la tête.

— Je ne comprends pas.

— Quoi, donc ? Je voulais simplement savoir si je devais faire en sorte d'arriver tôt à la maison ou...

Elle agita la main, et c'est alors que je vis le test de grossesse. Elle se pencha pour le jeter à la poubelle sous l'évier.

— Non, je veux dire *ça*. Je devrais avoir mes règles demain, et je n'ai aucun symptôme prémenstruel.

Je fus d'abord frappé par le soulagement de savoir que nous étions bien en dehors de la période fertile, ce qui signifiait qu'elle n'allait pas me solliciter ce soir.

Ce n'était pas vraiment une épreuve quand ma belle épouse voulait coucher avec moi, mais je commençais à me sentir comme le meilleur taureau dans le pré des vaches. La pression d'être à la hauteur devenait… de plus en plus intense. Et maintenant, il semblait que même mes petits nageurs devaient faire des efforts.

Je finis de mélanger un peu de sucre dans mon café, puis je m'avançai vers elle pour poser la cuillère dans l'évier. Elle attendit, puis se lava les mains. Je la serrai contre moi pendant qu'elle les séchait et je déposai un baiser dans ses cheveux.

— Ça ne fait que quelques mois que nous avons commencé, et nous avons passé toutes nos vies d'adultes à empêcher ce que nous recherchons activement maintenant. Nos corps sont peut-être juste un peu… lents.

Elle poussa un soupir et leva les yeux au ciel.

— Ce n'est pas un diagnostic médical, et tu n'es pas…

— Docteur en médecine. Oui, j'en ai conscience.

Je levai un sourcil en la regardant. Elle écarquilla les yeux.

— Ah, je dis ça souvent ?

Je déposai un baiser sur son nez.

— De temps en temps, oui. Je dis juste qu'il faut peut-être se détendre avec toute la pression qu'on se met. Ce n'est pas une course. Nous sommes jeunes et…

— Je sais que j'ovule en me basant sur l'augmentation classique de la température, la longueur de ma phase lutéale et…

Je la fis tourner vers moi en prenant ses mains humides entre les miennes.

— Emilia, respire, s'il te plaît. Je sais que c'est important pour toi, mais on n'a pas la moindre raison de croire que quelque chose ne va pas.

Elle fronça les sourcils, creusant un profond sillon au milieu de son front.

— Mais ça aurait pu être la chimio. Quelque chose a pu mal se passer. Je vais prévoir un rendez-vous pour me faire examiner.

Je m'écartai un instant.

— Je croyais que tu l'avais déjà fait ? Nous avons rencontré le médecin. Elle a dit que tout allait bien.

Elle secoua la tête.

— Non, pas l'oncologue. Un spécialiste de la fertilité ou ce médecin en oncofertilité que tu es allé voir à l'université de UCLA. Ils pourraient faire quelques tests, juste pour vérifier que nous ne faisons pas tout ça pour rien.

Je penchai la tête et lui jetai un regard appuyé.

— Enfin… pas pour rien. On est quand même plutôt doués.

Elle leva les yeux au ciel, puis m'attira vers elle pour m'embrasser.

— Je dois partir. J'ai une longue journée.

Longue journée. Compris.

Elle s'avança vers le frigo et attrapa la gamelle isotherme que Chef avait préparée pour son déjeuner et son repas du soir.

Nous marchâmes ensemble vers la porte, puis, après l'avoir fermée à clé derrière nous, nous traversâmes Bay Island jusqu'au parking de l'autre côté du petit pont. Je regardai les jardins parfaitement tenus de nos voisins et les espaces publics et pour la première fois, je me rendis compte qu'il n'y avait pas de jeunes enfants qui vivaient ici. Soit les gens achetaient plus tard dans leur vie, soit ils faisaient le choix de ne pas avoir d'enfants, mais il était certain que ceci ne semblait pas être un endroit jugé approprié pour élever sa progéniture.

Je me demandais ce qu'ils savaient que nous ignorions.

Pendant que nous traversions le pont jusqu'à la péninsule, Emilia se tourna vers moi et reprit le fil de la conversation.

— Alors, si de mon côté tout va bien, tu sais ce que ça signifie, n'est-ce pas ?

— Hmm ? dis-je, toujours distrait, perdu dans mes propres pensées.

— Ça signifie que tu devras te faire examiner pour vérifier si tes petits nageurs sont à la hauteur.

Je fis une grimace.

— Mes petits nageurs sont à la hauteur. Ils sont au sommet, même.

J'ouvris le portail au bout du pont et je lui fis signe de passer devant pendant que je le refermais et le verrouillais avec le clavier.

— Il existe beaucoup de facteurs… la motilité, la capacité à pénétrer…

— Je crois avoir amplement prouvé que je pouvais pénétrer.

Elle soupira et leva les yeux au ciel avec un air théâtral.

— Bizarrement, je savais que tu allais dire ça même avant que les mots quittent ta bouche. Cependant, je suppose que comme tu es un homme fort et viril, tu seras prêt à te soumettre à tous les tests nécessaires. Même celui avec l'aiguille géante qu'ils mettent dans ton…

— *Quoi ?*

Je me tournai vers elle, alarmé.

Elle éclata de rire.

— Je plaisante. Les tests pour les hommes sont faciles et pas du tout invasifs. Et – attention aux spoilers – ils nécessitent que tu prennes un peu de temps pour toi, un gobelet et quelques magazines cochons.

— Oh, un samedi soir très excitant, quoi ! dis-je d'une voix traînante en retirant le casque de ma moto et en fourrant mon ordinateur portable dans la sacoche.

Emilia fit une grimace et se figea à côté de la portière du côté conducteur de sa Tesla.

— Pourquoi prends-tu cette chose-là pour aller au travail ?

Je regardai ma moto en tapotant la selle.

— Elle n'est pas sérieuse, ma chérie. Elle est juste jalouse parce que j'aime aussi *te* chevaucher.

Emilia souffla.

— Très drôle.

— En quoi ça t'embête que je prenne la moto ? Tu n'es quand même pas de nouveau inquiète pour ma sécurité, hein ? Je crois avoir prouvé que je suis un conducteur pru...

Elle pointa un doigt vers mon entrejambe.

— C'est pour *leur* sécurité que je m'inquiète. Si tu insistes pour les écraser contre ton corps, alors cela va affecter leur nombre et...

Merde. Ça commençait à devenir pénible.

— Écoute, tu pourras me dire quoi faire avec mes bourses quand j'aurai le droit de te dire ce que tu peux faire avec tes seins, d'accord ?

Elle leva les yeux au ciel.

— Fais juste… attention.

— Mes couilles et moi allons très bien nous en sortir, merci beaucoup.

Et là-dessus, j'enfilai mon casque.

Je lui fis un clin d'œil en levant les pouces vers elle, puis je baissai la visière. Elle rit et se glissa au volant de sa voiture.

Alors maintenant, en plus d'être l'étalon devant fournir le sexe à la demande, je devais également subir des tests en laboratoire, parce que nous avions essayé sérieusement depuis seulement deux mois et demi.

Je priais pour que ça arrive bientôt, parce que je ne savais pas si j'allais encore supporter longtemps ma femme douée et déterminée qui microgérait anxieusement ce sur quoi nous n'avions aucune maîtrise.

Bon sang, cette histoire de faire un bébé était difficile malgré les orgasmes.

Je fus content de remarquer que mes bourses et moi arrivâmes en sécurité au travail moins de vingt minutes après, sans avoir été endommagés pendant le trajet à moto.

Quelques jours plus tard, je rentrai de la conférence des développeurs de jeux à San Francisco, avec mon futur remplaçant. Nous prîmes la navette pour le voyage de quatre-vingt-dix minutes jusqu'au Comté d'Orange. Jordan aimait appeler ce genre de voyage un « demi-tour en vol » parce que nous pouvions tout faire en une journée sans avoir à rester la nuit, grâce à un vol pris très tôt le matin et un retour après le dîner. J'en avais assez de ne pas pouvoir dormir dans mon propre lit.

Quand je le mentionnai à Jordan après le décollage et l'arrivée de nos boissons, il secoua la tête.

— Tu sais que c'est un signe de vieillesse, hein ? Quand tu es ailleurs et que tu ne peux penser qu'au fait de dormir dans ton propre lit.

Je levai les yeux au ciel. Merde, il commençait à parler comme Emilia.

— Tu n'es pas si loin derrière moi, tu sais, dis-je en plissant les yeux pour l'avertir.

— Je suis assez loin derrière toi pour en profiter en me moquant autant que possible avant d'entrer dans la quatrième décennie.

Argh, quand il le disait de cette façon, ça me donnait vraiment l'impression d'être vieux. Mais c'était ridicule, comme dire que vingt-cinq ans c'est un quart de siècle, juste pour donner l'impression que c'est plus vieux, plus important. Mais ça n'avait aucune importance, au bout du compte.

— Eh bien, je ferai simplement en sorte de me venger en interrompant une de tes semaines de quatre-vingt-dix heures de PDG en t'appelant depuis une plage quelque part aux Caraïbes.

Jordan me regarda en levant un sourcil.

— Ha. Tu essaies de me faire peur avec ton travail ?

Je haussai les épaules.

— Tu sais déjà comment le faire.

Il devint sérieux en répondant :

— Pourtant, je m'inquiète…

— De ne pas pouvoir prendre ma place de génie ?

Ce fut son tour de me faire une grimace.

— De ne pas avoir ta modestie, c'est certain.

Nous éclatâmes de rire, puis il reprit :

— Plus sérieusement, mon inquiétude ne concerne pas les détails pratiques du quotidien. Je suis certain d'en être capable. Mais…

Je levai les sourcils, le suivant vers cette conversation plus sérieuse.

Il me regarda dans les yeux avant de continuer :

— La partie visionnaire des choses.

J'écarquillai les yeux. Waouh… Jordan était vraiment sincère.

— Tu as été assez visionnaire pour faire coter l'entreprise en bourse. Nous ne serions pas là du tout, sans toi.

Il hocha la tête.

— Oui, oui, je vois ça. Et je ne vais pas feindre la modestie et prétendre que je ne suis pas doué dans mon travail, parce que je sais que je le suis. Mais c'est le côté business. Qu'en est-il de la vision, la direction, de l'avenir du jeu vidéo et de ce que nous voulons devenir ?

— Avoir une vision, c'est bien, mais ce n'est pas suffisant. Et tu as du monde autour de toi pour t'aider. Et puis, je serai toujours là. Je ferai partie du conseil d'administration. Avec un peu de chance, ils accepteront de me nommer président. De plus, on se verra en dehors du travail. Nos épouses – pardon, je veux dire mon épouse et ta copine – vont être associées en affaires, elles aussi. Tu es coincé avec moi, mon vieux.

Il s'esclaffa.

— Je ne peux pas te citer un jour où cette pensée a été un soulagement. Il y a eu plusieurs fois où j'aurais été fou de joie à l'idée de te défenestrer et d'être enfin débarrassé de toi.

J'éclatai de rire.

— Merci. Mais la défenestration ? C'est un moyen un peu salissant de se défaire d'un casse-pieds. Si tu veux des conseils pour une technique plus propre, on peut parler de mes fantasmes à l'idée de jeter ton cadavre dans le désert pendant une nuit sans lune.

Il rit à son tour.

— Mince, ça va me manquer.

— Évidemment.

— Tu sais déjà ce que tu vas faire ? Tu vas devenir un homme au foyer qui fait à manger et élève les enfants ?

Je levai les yeux au ciel.

— Je ne sais pas encore. Il y a trop de choix. Pour l'instant, je me concentre sur le fait de transmettre tout ça correctement et de préparer Draco à la réussite pendant l'âge de Fawkes.

Il agita les sourcils.

— Aussi connu sous le nom d'Âge d'Or.

— Tu peux penser tout ce qui peut t'aider à mieux dormir la nuit, mon vieux.

Il rit, but son cocktail et regarda un instant par le hublot avant de se retourner vers moi.

— En parlant d'élever les enfants, je dois te dire que nous avons eu une petite frayeur, récemment.

J'écarquillai les yeux.

— Quel genre de frayeur ?

— Le mois dernier, April a paniqué un matin avant le travail, parce qu'elle avait une semaine de retard et elle m'a fait courir à la pharmacie pour acheter un test.

Je m'appuyai contre le dossier.

— Je suis sûr que vous avez dû être morts de trouille.

Un peu honteux, je me souvins de ma propre panique quand Emilia avait eu un test positif quatre années auparavant, lors de ce jour fatidique juste avant le Nouvel An. Il y avait eu beaucoup de verre brisé, un caprice d'homme adulte et une migraine abominable.

Je ne pouvais pas vraiment me permettre de les juger.

— Non, tu sais quoi ? Au début, j'ai cru que c'était parce que je voulais protéger ses sentiments. J'ai été étrangement calme pendant toute la situation. Je suis allé lui acheter le test, je l'ai rapporté, je l'ai calmée parce qu'elle était sur le point de faire une crise d'angoisse, et je lui ai tenu la main pendant que nous attendions le résultat.

Je secouai la tête, incrédule.

— Waouh, ta réputation de don Juan est maintenant définitivement endommagée…

— *Bref*, dit-il avec emphase en me jetant un regard noir. Ce que je veux dire, c'est que je ne me suis pas senti paniqué pendant tout ce temps. Et quand le résultat a été négatif…

Il haussa les épaules avant de continuer.

— Juste entre toi et moi – et je ne te donne même pas la permission d'en souffler mot à ta femme – j'ai été un peu triste. Je crois que j'espérais en fait l'avoir mise en cloque.

— Bon sang, pas étonnant que les femmes nous considèrent comme des hommes des cavernes.

Il se frappa le torse.

— Ouga bouga. Je sais que c'est fou et que ce n'est certainement pas le bon moment dans nos vies pour ça. Elle démarre une nouvelle entreprise, je suis sur le point de reprendre la tienne. Ce sera un miracle si on réussit encore à se voir.

— Il vaut mieux lui mettre la bague au doigt, mon pote, dis-je en souriant.

— Pour ça aussi, j'attends toujours le bon moment. Mais j'ai l'impression que ce n'est qu'un petit détail par rapport à cette histoire de bébé.

J'écarquillai les yeux.

— Un petit détail ? Pour un coureur de jupons comme toi ?

— Je suis content que ma réputation soit si légendaire que les gens en parlent toujours. Ça fait plus de trois ans que je suis avec la même fille, ça se passe toujours très bien.

Je hochai la tête et il secoua le gobelet dans sa main, qui était maintenant vide en dehors des glaçons. Il en mit un dans sa bouche et le croqua avant de continuer.

— On peut tous grandir et progresser, non ? Comme toi. Quand vas-tu passer à la prochaine étape de ta vie ?

Je fronçai les sourcils.

— Je me cherche encore, au niveau professionnel.

Il acquiesça.

— Mia n'a pas ressenti le besoin de, tu sais, réessayer ?

Mis à part quelques membres de la famille et Heath, Jordan était le seul à être au courant de la perte que nous avions subie. Étant un ami en qui je pouvais avoir confiance, il n'en avait jamais soufflé mot, jusqu'à maintenant.

J'écarquillai les yeux.

— Eh bien, à vrai dire, tu ne dois le dire à personne – surtout pas à April – mais nous essayons plus ou moins.

Il hocha la tête, imperturbable.

— C'est cool. La prochaine étape de ta vie, c'est peut-être homme au foyer, alors.

Je levai les yeux au ciel.

— Faut d'abord que je lui mette un polichinelle dans le tiroir.

Il rit.

— Au moins, cette partie du processus est amusante.

Je lui jetai un regard en coin et il s'étonna :

— Ça ne l'est pas ? Qu'est-ce que tu sais que j'ignore ?

— Disons simplement que le sexe à la demande n'est pas si génial que ça.

Il leva les yeux au ciel.

— Si tu veux des tuyaux, tiens-moi au courant.

— Va te faire, grognai-je en m'appuyant de nouveau contre le dossier. Je suis sérieux. C'est simplement… différent. Ça commence un peu à ressembler à du travail.

Je regardai ma limonade au citron vert, l'inclinant d'un côté et de l'autre en me demandant si quelqu'un y avait mis de l'alcool quand je ne regardais pas. Ou peut-être avais-je simplement besoin de parler de tout ça.

Vu la façon dont il continua à me taquiner à ce sujet, je commençai cependant à regretter mon choix de confident.

Chapitre Quinze

ADAM

Ce soir-là, j'étais au lit avec ma femme et – comme ce n'était pas une journée fertile – j'étais tiré d'affaire au niveau du sexe. Je commençais à accorder beaucoup plus d'importance aux câlins et aux conversations. Il me tardait de retrouver un peu de spontanéité quand la case d'imprégnation serait cochée. J'espérais vraiment que cela arrive bientôt.

— Crois-tu qu'on devrait déménager ? lâchai-je soudain alors que nous étions allongés dans l'obscurité.

Elle bougea contre moi.

— Quoi ? Pourquoi ?

— Pour commencer, il n'y a pas d'enfants sur cette île.

— Et alors ? Et ce n'est pas vrai. Les Fredrickson ont des enfants. Deux.

— Ce ne sont pas des adolescents ?

Elle hésita.

— Eh bien, oui, je crois que l'un d'entre eux est au lycée, l'autre au collège.

— Personne ici n'a de jeunes enfants. Je me demande s'il y a quelque chose que nous ignorons. Peut-être que ce n'est pas un bon endroit pour les petits ?

Elle s'agita encore.

— Ce n'est pas parce qu'il n'y a pas de petits dans cette minuscule communauté que nous…

— Et le risque de noyade ? On est au bord de la baie.

— On vit en Californie du Sud. On a aussi une piscine.

— Il nous faudra absolument vider la piscine, songeai-je à voix haute.

Elle s'assit pour me regarder dans l'obscurité.

— Attends, quoi ? Elle est entièrement entourée d'une barrière. C'est le cas de toutes les piscines construites selon les normes.

— Il y a beaucoup de risques. Et puis… je ne sais pas. Avons-nous vraiment envie que notre enfant devienne comme ces gosses de riches de Newport Beach ?

Elle rit et se rallongea de façon à poser sa tête sur mon épaule.

— Eh bien, tu n'as peut-être pas tort pour ça. Mais comment faire ? Ce n'est pas comme si on pouvait déménager à Anza ou élever notre enfant dans une petite ville par ici. De plus, je ne pourrais jamais détester mon enfant au point de l'élever à Anza.

Je haussai les épaules et sa tête bougea en conséquence.

— Anza n'est pas si mal. Enfin, son absence d'hôpital rendra peut-être la fin de ton internat plus difficile, et nous empêchera de recevoir des soins médicaux immédiats.

— Adam, je plaisantais. On ne va pas déménager dans les hauteurs du désert. Ni en bas, d'ailleurs. Et on ne peut pas quitter l'État, car je suis engagée dans mon internat pendant au moins deux ans et demi de plus. Comme j'aime l'hôpital dans lequel je travaille, je ne veux pas vraiment quitter le comté, en fait. L'idée de faire beaucoup de route pour aller au travail me rend malade, et je sais que je peux paraître trop gâtée en disant ça.

Je soupirai.

— Il doit y avoir une solution.

— Et toi, tu as l'intention de faire comment ? Aller au travail en hélicoptère ?

— Non, c'est vraiment trop dangereux.

Elle ricana.

— Je plaisantais encore.

Il y eut une longue pause, puis elle se déplaça contre moi et posa la main sur mon torse.

— S'il te plaît, promets-moi de ne pas faire comme d'habitude. Ne fais pas une fixation là-dessus.

Je poussai un autre soupir.

— J'ai trop de sujets d'inquiétude avec le changement de PDG et le comité d'administration pour faire une fixation sur d'autres choses.

— Bien sûr. Parce que tu n'as encore jamais fait ça dans le passé… focaliser sur des choses dans ta vie personnelle.

Elle n'avait pas tort.

— Je pense simplement qu'il pourrait y avoir de meilleures options pour nous, pour une jeune famille. D'accord, on est bien installé au cœur des banlieues résidentielles d'une grande métropole ici, mais il pourrait y avoir d'autres possibilités.

— Eh bien, si tu as le temps de te renseigner, ça me va. Mais tu sais, le bébé ne se déplace pas beaucoup pendant la première année. Je ne suis même pas encore enceinte, alors on n'a pas à s'inquiéter d'un déménagement pendant au moins deux ans, pour l'instant.

Je réfléchis à ce délai.

— Ça me donne un peu de temps pour faire des recherches.

Je passai le bras autour de sa taille. Elle tourna la tête pour me regarder dans la lumière tamisée.

— Ça ne te manquerait pas de vivre au bord de la plage comme on le fait maintenant ?

— C'est assez difficile de beaucoup s'éloigner de la côte en restant dans le comté d'Orange. C'est à ça que servent les voitures… et une moto.

— Puisque nous parlons de sécurité…

Oh, oh. Est-ce que je viens de me jeter dans un piège ?

— Oui ?

— Tu crois que ce n'est pas dangereux pour un nouveau père potentiel de manœuvrer dans les embouteillages sur cet engin insensé ?

— Emilia…

— Remonter les files en roulant entre les deux voies…

— C'est légal en Californie.

— C'est à peu près le seul état dans lequel c'est légal, mais c'est quand même carrément dangereux.

Je respirai profondément.

— Je t'ai dit que je ne le faisais pas… beaucoup.

— Adam…

— D'accord, bon sang.

Merde. Fait chier. Comment je me débrouillais pour me mettre dans ce genre de situations ?

— Bien. Je ne remonterai plus les files.

— Ce qui me ferait encore plus plaisir, ce serait que tu ne prennes pas du tout ta moto.

— Sauf les dimanches sur les petites routes à cinquante kilomètres-heure ?

— Oui, ça, tu peux.

Je me tournai pour la regarder.

— Et alors, qui fait une fixation, maintenant ?

Je levai un sourcil dans l'obscurité, même si elle ne pouvait sans doute pas le voir.

— Très bien, mais j'ai besoin de savoir que tu fais tout pour rester en sécurité.

Sa voix était très sérieuse maintenant, elle ne plaisantait plus.

— Je le fais.

— Parce que les conducteurs en Californie sont mauvais et ne font pas attention aux motos.

— C'est à ça que sert la conduite défensive.

Elle poussa un soupir et caressa mon bras, et nous restâmes silencieux pendant un long moment, simplement enlacés.

— J'arrêterai de le faire si ça t'ennuie vraiment autant.

Elle m'embrassa sur le torse.

— Je ne veux pas que tu ne puisses plus profiter de ta moto. Mais on pourrait faire un compromis. Par exemple, tu pourrais vérifier à l'avance et prendre ta voiture quand la circulation semble particulièrement difficile.

— Je peux faire ça.

— Et tu ne…

— Ne pas remonter les files, oui, j'ai déjà compris.

J'attrapai une mèche de ses longs cheveux et l'enroulai autour de mon doigt.

— Maintenant, je vais demander quelque chose de ta part.

— Quoi, donc ? dit-elle.

— Je veux que tu gardes l'esprit ouvert à l'idée de déménager.

Elle poussa un soupir.

— Je vais être franche. Je n'ai pas le temps d'aller visiter des maisons, j'arrive à peine à m'en sortir avec toutes ces longues gardes et la façon dont il prépare le planning – enfin, je veux dire – la façon dont les plannings se présentent pour le moment.

— Je regarderai aux alentours, ferai quelques recherches, obtiendrai un agent immobilier, et je pourrai éliminer tout ce que tu détesteras certainement ou que je n'aime pas, et simplement te montrer les meilleures candidates.

Elle posa la tête contre la mienne.

— Ça me va, dit-elle d'une voix endormie qui m'indiquait qu'il ne restait que quelques minutes avant qu'elle sombre dans le sommeil.

— J'espère simplement…

— Quoi ? Qu'est-ce que tu espères ?

— J'espère que tout ne sera pas pour rien, dit-elle d'une voix qui semblait venir de loin.

Je lui caressai les cheveux et rétorquai :

— On vient à peine de commencer à essayer. Ça ne sera pas pour rien.

Je ne l'entendis plus et sa respiration longue et rythmée prit le relais. Je tirai les couvertures pour l'envelopper et déposai un baiser dans ses cheveux. Ensuite, je la fis rouler de façon à tourner son dos vers moi. Je la tirai ensuite contre moi et me blottis autour de son corps.

Ça ? C'était mieux que le sexe, à mon avis. D'accord, peut-être pas catégoriquement mieux que le sexe, mais certainement mieux que l'acte de faire des bébés.

Je respirai l'odeur de ses cheveux et fus pris d'une torpeur chaleureuse. Je fermai les yeux et ne pouvais pas imaginer un meilleur moment dans ma vie que celui-ci.

Le lendemain matin, j'appelai et laissai un message à mon ami Dom, demandant le nom et le numéro de son agent immobilier.

Il fit encore mieux que cela et me rappela directement quelques heures plus tard.

— Comment se fait-il qu'un PDG très occupé et accompli comme toi ne délègue pas les appels téléphoniques à son assistante ? demandai-je en riant.

— J'ai le temps pour d'autres PDG très occupés et accomplis comme toi.

— Eh bien, merci. C'est gentil.

— Alors, tu cherches une nouvelle propriété ?

— Je cherche quelque chose d'un peu plus calme. Peut-être une atmosphère propice à la vie de famille. Mais pas trop loin. Je sais que ça fait beaucoup. Tu vas sûrement me suggérer un endroit dans le sud du comté.

— Au contraire. Je vis dans les canyons. Tu es déjà allé par là ?

— À Silverado, une fois ou deux.

— Ce n'est pas loin. Modjeska, Trabuco. Il se trouve que je vis à Canyon Hollow. Et je connais un agent immobilier qui se spécialise dans cette région.

— Hmm. J'irai peut-être y faire un tour.

— C'est calme là-bas, sauf peut-être le week-end, quand les gens viennent faire de la randonnée à la campagne. Beaucoup de chemins de randonnée vers la forêt Nationale de Cleveland commencent là-bas. Mais il y a des animaux sauvages. Des gens excentriques, mais amusants. Une ambiance de petite ville, mais pas un long trajet pour aller au travail. Pour être honnête, je ne suis pas du tout objectif. J'ai grandi à Canyon Hollow.

— Même le nom donne l'impression de sortir d'un conte de fées.

— Je te suggère fortement de l'envisager.

Là-dessus, il me donna le nom de son agent immobilier et ce fut elle que j'appelai ensuite.

Une heure plus tard, j'avais un rendez-vous pour la rencontrer la semaine suivante au café de Canyon Hollow pour le déjeuner. Elle voulait me montrer les lieux afin que je puisse avoir un aperçu de la communauté et découvrir mes besoins et mes préférences.

Un nouveau début et de grands changements. Comme si cette histoire de travail et de famille ne suffisait pas, j'y ajoutais un déménagement en prime.

Emilia allait en rire, mais elle avait raison : je ne faisais jamais les choses à moitié. Surtout quand il s'agissait d'énormes changements de vie.

Chapitre

Seize

Adam

La semaine suivante, celle de l'anniversaire d'Emilia, elle dut presque travailler en permanence à l'hôpital. Nous réussîmes néanmoins à organiser quelque chose. Je ne pouvais faire les grandes surprises comme l'emmener à Paris ou en Italie qu'une fois par an. Je choisis donc une surprise de plus petite taille à la place.

Le soir précédent son anniversaire, j'arrivai à l'hôpital avant la fin de son service. Le restaurant que j'avais réservé n'était pas loin en voiture, dans le quartier d'Orange Hills, il me semblait donc logique de lui apporter le nécessaire au lieu de l'obliger à rentrer jusqu'à Newport avant de faire demi-tour et de repartir là-bas. Particulièrement un vendredi soir quand les autoroutes étaient bouchées.

J'arrivai donc avec un sac contenant ses affaires de toilette –, maquillage, shampooing, sèche-cheveux, et de quoi se coiffer – et une housse à vêtements avec une robe toute neuve qu'il me tardait de voir sur elle. Tout avait été emballé, préparé et livré à mon travail par ma gouvernante.

Je fus à l'hôpital avant qu'elle ait terminé ses tâches, espérant bien sûr qu'elle finirait à l'heure, cette fois.

Je trouvai Louisa, l'amie d'Emilia, au poste des infirmiers où elle m'avait dit de la rejoindre quand j'avais envoyé un message pour demander son aide.

— Mia termine ses dossiers médicaux, me dit-elle. Laisse-moi aller la voir dans la salle des internes, puis tu pourras la surprendre et lui donner ses affaires. C'est tellement sympa ! On a mangé du gâteau pour son anniversaire tout à l'heure.

Après avoir vérifié, Louisa m'indiqua la salle quelques minutes plus tard. Quand j'y entrais, Mia était assise à une sorte de bureau commun devant son ordinateur de travail. Elle portait la blouse fluo du service pédiatrique de l'hôpital. La salle de repos, attenante aux vestiaires, disposait d'un évier, un frigo et un micro-onde sur le plan de travail, et elle était décorée de guirlandes, quelques ballons et les restes d'un grand gâteau d'anniversaire.

— Salut, dit-elle, fatiguée, mais surprise. Je croyais que Louisa plaisantait en disant que tu étais là. Que se passe-t-il ?

J'écarquillai les yeux, surpris par son ton méfiant.

— Est-ce vraiment comme ça que tu veux saluer la personne qui t'emmène pour un rencart surprise ?

Je tendis les sacs avec les vêtements et les affaires de toilette pour toute explication.

Elle leva les sourcils.

— Ah bon… vraiment ?

Elle ne semblait pas enthousiaste, ce qui m'irrita. Elle était peut-être plus fatiguée que je ne l'avais cru ?

— Est-ce que tout va bien ?

Elle cligna des paupières et sourit, puis elle se leva et étira le dos.

— Oui, désolée. J'avais l'intention de rester tard pour rattraper les dossiers médicaux.

Je fis une grimace.

— C'est ton anniversaire. Accorde-toi une pause. Tu pourras rattraper ça à la maison ce week-end.

— Bien sûr, je ne vais pas finir tard maintenant.

Elle finit par sourire et balaya mes protestations.

— Qu'est-ce que c'est, tout ça ?

— Nous avons des réservations dans – je jetai un coup d'œil à ma montre – une heure et demie au bistro d'Orange Bluff.

Elle leva les sourcils.

— Ooh, waouh. Et moi qui croyais que nous allions juste manger ensemble en famille, demain.

Je souris.

— Tu seras toute à moi ce soir. Je ne te partage pas tout le temps.

Emilia jeta un coup d'œil vers l'autre côté de la salle où un regroupement de médecins nous observait ostensiblement depuis leurs tables. Le plus attentif parmi eux me semblait familier. Il me fallut une minute, mais c'était le type que j'avais surpris nous dévisageant pendant la fête de Noël.

Je me tournai vers elle.

— Est-ce que, euh, tout ira bien ? J'espère ne pas t'avoir causé des problèmes.

Elle secoua vigoureusement la tête.

— Non, non. Je vais finir maintenant, puis j'irai me doucher et m'habiller. Ça ne te gêne pas de m'attendre à l'accueil ?

Et ce fut alors à son tour de jeter un coup d'œil vers le même regroupement de médecins. Elle rougit visiblement.

Il se passait quelque chose d'étrange. Mais au lieu d'insister, ce qui l'aurait mise mal à l'aise et m'aurait fait passer pour un enfoiré de premier ordre, je montrai la sacoche de mon ordinateur à mon épaule.

— Prends ton temps. J'ai largement de quoi m'occuper.

Elle sourit, déposa un baiser rapide sur ma joue, puis se réinstalla à son ordinateur portable. Je tournai les talons, dévisageant directement le type qui nous observait toujours depuis l'autre côté de la salle. Il soutint mon regard pendant une fraction de seconde avant de se détourner et de se concentrer sur la tablette devant lui.

Pour paraphraser plusieurs personnages de *Star Wars* dans différents films : j'avais comme un mauvais pressentiment.

Je quittai la salle de repos et ruminai pendant l'heure qui suivit en attendant qu'Emilia soit prête.

Quand elle me fit signe dans le hall d'entrée avec sa robe rouge moulante, je faillis en oublier mon propre nom… et le fait que non seulement je connaissais cette beauté qui m'honorait de sa présence, mais que je partageais également ma vie avec elle.

Elle était splendide. La robe soulignait chaque courbe, donnait un aperçu de décolleté… juste assez pour être sexy, mais pas assez pour la mettre mal à l'aise comme elle l'était souvent avec les vêtements trop révélateurs. Alors qu'elle pouvait en être fière, à mon avis, mais je respectais ses limites. Elle attirait les regards de tous les côtés de la salle d'attente.

Étant donné son sourire éclatant, ses cheveux bruns luisants qui tombaient autour de ses épaules, et la façon dont elle se tenait, je voyais qu'elle était d'accord.

Je secouai la tête.

— Tu es…

— Oui, c'est vrai, hein ?

Elle rit et tourna sur elle-même.

— Ça fait si longtemps que je porte des blouses ou des joggings, que je pense avoir oublié ce que c'était d'être bien habillé.

— Eh bien, je dirais que ça vaut le coup !

Je l'escortai jusqu'au valet qui partit tout de suite chercher ma voiture. Nous quittâmes le parking pour nous diriger vers les collines d'Orange dans l'Est.

— Alors, qu'est-ce qui t'a donné l'idée de m'apporter des affaires et de commencer à célébrer mon anniversaire en avance ?

Je haussai les épaules.

— J'essaie juste de changer un peu de l'ordinaire.

J'hésitai un instant avant d'ajouter :

— Je ne t'ai pas mise mal à l'aise en venant à ton travail, si ?

Elle secoua immédiatement la tête… presque trop vite.

— Non, non. Tout va bien. C'était juste une surprise.

Je freinai à un autre feu rouge, réprimant un juron. Nous allions arriver juste après notre réservation, et ça irait, mais c'était néanmoins frustrant.

— Alors, c'est quoi le problème de ce type ? Le blond échevelé ?

— Échevelé ? ricana-t-elle. C'est un mot compliqué pour toi.

— Quoi, je suis une espèce de sagouin mal lavé et sans éducation ?

Elle me jeta un faux regard noir avant de sourire.

— Eh bien, tu n'as pas fini tes études. J'ai deux diplômes complets de plus que toi.

— C'est vrai… ça m'apprendra à sortir avec quelqu'un d'une classe supérieure. Je te promets de ne plus utiliser le mot échevelé si tu me dis ce qu'il se passe avec ce type. C'était le même qui nous dévisageait à la fête de Noël.

Elle écarquilla les yeux.

— Tu as une bonne mémoire.

— Tu le savais déjà.

Pourquoi avais-je l'impression qu'elle cherchait à éluder mes questions ?

— Alors, au sujet de ce type…

Elle poussa un soupir.

— C'est le chef de clinique assistant. Il est chargé des plannings. Ne fais pas attention à lui. Il est juste un peu bizarre.

Je marquai une pause, mettant mon clignotant pour m'engager sur la route étroite qui allait nous conduire jusqu'à l'allée pentue du restaurant.

— J'aurais pu jurer que tu lui plais.

Elle éclata de rire et je me dis que c'était un peu trop bruyant.

— Ne projette pas des choses sur les autres, Adam. Ce n'est pas parce que je te plais que c'est le cas pour le reste de l'espèce attirée par les femmes.

Je haussai les épaules.

— D'accord, peut-être que je projette mes sentiments sur lui. Mais il n'est pas bizarre avec toi, si ? Parce que, tu t'es souvent plainte du planning, et comme il en est responsable…

— Oh, c'est juste que Louisa et moi ne sommes jamais dans le même service. Nous avons fait beaucoup de stages ensemble en médecine, et c'était chouette quand nous avons obtenu la même place en internat. Nous avions imaginé pouvoir travailler ensemble comme à la fac. Ça n'arrive plus tellement souvent.

— Et elle est sur le point d'avoir un bébé et de prendre son congé maternité d'un jour à l'autre.

Elle haussa les épaules.

— Oui, ça aussi. Quand elle reviendra, il faudra qu'elle termine son année d'internat. Je ne sais pas dans quelle mesure nous pourrons travailler ensemble à ce moment-là.

— Alors, c'est tout ? Ce type n'agit pas comme un con ou abuse de son pouvoir, hein ?

Elle haussa encore les épaules, mais ne dit rien, ce qui me fit penser qu'elle n'était pas entièrement honnête avec moi. Elle ne semblait pas vouloir m'en dire plus, et je ne pouvais pas l'attacher et la torturer avec une espèce d'engin – ou de multiples orgasmes forcés – pour lui tirer les vers du nez. Et comme ce n'était pas vraiment mon style, je n'allais sans doute pas recourir à une quelconque forme de torture, hormis peut-être des chatouilles excessives.

Alors… comment me renseigner ? Devais-je même le tenter ?

Emilia était une grande fille et elle pouvait mener ses propres batailles. En tout cas, c'était ce que je devais me rappeler de manière régulière quand mon instinct trop protecteur essayait de monter au créneau en prenant le relais. Cela nous avait causé tant de problèmes sérieux auparavant et j'avais appris… j'avais appris à l'enfouir. En grande partie.

Le dîner fut agréable. Le restaurant était situé en hauteur dans les collines surplombant Anaheim et Orange. Les lumières et les points de repère éloignés – le stade Angel et l'énorme arène du Honda Center – dominaient une vue qui s'étirait jusqu'à un mince filet d'océan sombre.

Emilia ne but pas de vin, alors que je pris quelques verres, et elle nous reconduit donc à la maison pendant que je regardais son beau profil. J'avais déjà envoyé un chauffeur pour récupérer sa voiture et la ramener à la maison depuis l'hôpital.

Quand nous fûmes presque à la maison, je finis par parler.

— Alors, ce soir, je veux proposer quelque chose.

Elle jeta un coup d'œil vers moi, puis se concentra sur la route.

— Hmm ?

— Je propose que nous arrêtions avec les thermomètres et le timing de l'ovulation et tout ça. Que nous fassions l'amour quand on en a envie au lieu d'en faire une tache fastidieuse.

Elle leva les sourcils.

— Tu viens vraiment de dire que selon toi, c'est fastidieux de coucher ensemble ?

— Euh…

Je me tus, ne trouvant pas les mots. Oh, oh. Est-ce que je venais juste de tomber dans un piège invisible ?

Elle me laissa patauger ainsi pendant quelques secondes de plus avant de se mettre à rire.

— Je t'ai eu, hein ? Tu croyais que tu allais avoir des problèmes.

— Eh bien, enfin, tu es incroyable et sexy et j'ai régulièrement envie de te dévorer, mais…

— Pas à la demande ?

— Oui, désolé. Je ne suis pas une chaîne du câble. Je n'aime pas l'option à la demande.

Elle ricana, puis mit le clignotant pour sortir de l'autoroute.

— Eh bien, je pense qu'il vaudrait mieux prendre quelques mois de vacances de toutes ces histoires de bébés. Il vaut mieux… prendre les choses comme elles viennent, je suppose ?

Je calculai en silence dans ma tête, me demandant si son accord rapide avait davantage un rapport avec le planning qu'avec le fait de mettre de côté tout ce qui était fastidieux. Elle ne voulait peut-être pas avoir un bébé en plein milieu des fêtes de Noël. Et… qui pouvait lui en vouloir ?

Elle hocha la tête avec un air déterminé en se garant sur notre place de parking et elle coupa le moteur. Elle se tourna vers moi avec un sourire.

— J'aime ce plan.

Je la dévisageai, mes yeux descendant le long de son cou avant de remonter pour s'arrêter sur ses lèvres.

— D'accord, mais ne pas essayer ne veut pas dire que nous devons nous remettre à utiliser des préservatifs, si ?

Elle sourit.

— Je ne crois pas qu'il soit vraiment nécessaire de les réutiliser.

— Et…

Elle poussa un soupir en sachant déjà où je voulais en venir.

— Oui, ça veut dire que tu auras une pipe de temps en temps. Quel pleurnichard !

Elle ouvrit la portière et descendit de la voiture. Je la suivis. En retournant vers Bay Island sur le pont, je pris sa main dans la mienne et j'entrelaçai nos doigts.

— Je ne pleurniche pas. C'est juste que je dois…

Je fis un geste de la main. Elle leva les yeux au ciel et s'arrêta au portail pour retirer ses talons aiguilles pendant que je composais le code.

Elle les porta par les talons dans une main, c'étaient des chaussures noires brillantes avec des semelles rouges.

— Ces chaussures sont magnifiques, mais elles ne sont pas confortables et j'ai toujours peur de les abîmer en marchant dans l'herbe mouillée.

— Pieds nus ce sera.

Ou alors… hmm. Après être passé par le portail, je me tournai vers elle, je me penchai, et je la soulevai pour la porter jusqu'à notre maison de l'autre côté de l'île.

— Adam ! Tu vas te faire une hernie.

Je fronçai les sourcils en lui faisant une grimace.

— Tu n'es pas si lourde. En plus, je n'ai pas fait de muscu aujourd'hui. Ça me fera du bien.

Elle me frappa le bras en riant.

— Waouh, tu es d'humeur romantique, ce soir, hein ? s'exclama-t-elle avec un sourire séducteur quand je la posai en douceur sur notre terrasse.

Je pris ses hanches entre les mains et lui souris. Elle pencha joliment la tête en me regardant.

— Ça fait longtemps que je ne t'ai pas portée quelque part. C'est mieux que de te jeter sur mon épaule comme un homme des cavernes.

Elle tendit la main et tripota ma cravate.

— Oh, tu peux le cacher autant que tu veux, Adam Drake, mais tu as toujours une grande part d'homme des cavernes en toi.

— Moi ramène jolie femme dans grotte, pas besoin tirer cheveux. Moi baiser. Oumf, grognai-je avant d'ouvrir la porte et de lui faire signe de passer devant.

Plus tôt, je n'avais pas eu l'occasion de la voir mettre la robe, mais je profitai bien de la voir avec. Particulièrement quand elle monta les escaliers jusqu'à notre chambre et que j'eus une belle vue sur son cul magnifique. Et ce qui était encore mieux que ça –

le mieux, à vrai dire – fut de défaire la fermeture éclair et de retirer cette belle robe de sa peau nue.

Je goûtai son cou, effleurai son oreille avec les lèvres et chuchotai :

— C'est ton anniversaire demain, mais je m'occupe de déballer le cadeau ce soir.

Elle rit, penchant la tête pour me laisser accéder à son cou.

Et waouh… j'avais presque oublié comme c'était merveilleux de faire l'amour sans chercher à faire un bébé.

Chapitre
Dix-sept
Mia

Vous savez ce qui est super bizarre ? C'est quand on vous fait soudain regretter une soirée agréable… particulièrement une fête d'anniversaire avec mon mari. Mais le lundi suivant notre dîner du vendredi soir, c'était exactement ce qui m'arrivait. Le vendredi avait été une journée de garde courte, ce qui signifiait que j'avais quitté l'hôpital plusieurs heures avant ceux qui avaient un service long. Et ils m'avaient tous vue sortir de la douche et des vestiaires avec une magnifique robe de marque et rejoindre le beau chevalier servant qui m'avait emportée pour une soirée de rêve.

Désormais, la jalousie faisait rage.

Et je décelais une certaine froideur chez une partie de mes collègues internes.

Ou alors, ils avaient appris combien il était riche et se demandaient pourquoi je cherchais à obtenir le permis d'exercer après quatre difficiles années d'école de médecine.

Même mes voisins avaient pris les paris en pensant que j'allais quitter les études juste après avoir épousé Adam.

Quand j'entrai dans la salle de repos des internes, après avoir récupéré ma blouse blanche et mon stéthoscope dans mon casier, l'étrange ambiance fut indéniable. Plusieurs autres internes étaient là… quelques-uns apparemment épuisés après presque seize heures de garde.

Ils me dévisagèrent avec de petits yeux et certains eurent la décence de me demander comment s'était passé mon dîner d'anniversaire. Ils furent assez aimables, mais il y avait une certaine tension dans leur ton.

Et même si j'aimais m'autocongratuler d'avoir la chance de partager ma vie avec Adam, en parler, même quand on me posait la question, donnait l'impression de me vanter de mon bonheur.

Heureusement, le docteur Iverson n'était pas là le matin.

Cependant, plus tard dans l'après-midi, alors qu'il m'assistait pendant que je m'occupais d'une intraveineuse sur une patiente en préopératoire, les sarcasmes commencèrent.

— Comment s'est passé ton rencart, vendredi ?

Je haussai les épaules et jetai un regard sur le côté vers la patiente, me servant de sa présence comme une excuse expliquant que je ne voulais pas en parler.

Mais juste devant sa chambre, quand j'eus trouvé le bureau le plus proche pour poser ma tablette et prendre des notes dans son dossier, il gravita vers moi comme un globule blanc vers un virus envahissant.

— Je suis sérieux, c'était un vrai spectacle vendredi. Ton homme aime ce genre de choses, hein ?

J'écarquillai les yeux sans le regarder.

— Mon mari, tu veux dire ? Il voulait simplement faire quelque chose de sympa pour mon anniversaire.

— Vous êtes mariés depuis combien de temps ?

— Trois ans.

— Ha, tu savais que la plupart des divorces ont lieu pendant les cinq premières années de mariage, en moyenne ?

Je levai les yeux au ciel.

— Waouh, tu me cites des statistiques. Comme c'est prévisible de ta part.

Je me concentrai sur le dossier médical, sortant mon clavier pliant portable et le posant à plat devant ma tablette.

Malheureusement, il ne fut pas dissuadé.

— Quand on y pense, tout notre travail tourne autour des statistiques. C'est ainsi que sont faites les études médicales.

— La dernière fois que j'ai vérifié, mon époux et moi n'étions pas des rats de laboratoire.

Il haussa les épaules.

— J'ai pour règle de ne pas me marier avant la fin de l'internat au plus tôt… et je conseille cela à tous ceux qui font médecine.

— Intéressant. En tout cas, ça fait économiser de l'argent pour les soirées.

Il essayait de m'énerver et devenait visiblement irrité en constatant que je restais décontractée malgré les piques.

— Et puis, pourquoi se marier si jeune ? Sauf si… tu y étais peut-être obligée ?

Je retirai les mains du clavier et me tournai entièrement vers lui en posant un coude sur le comptoir. Je lui lançai un regard assassin qu'il ne pouvait pas rater et quand je pris la parole, ce fut avec la voix la plus sévère dont j'étais capable.

— Je ne sais pas trop ce que tu insinues, mais je suis à peu près certaine de ne pas être à l'aise avec ça. Tu devrais vraiment changer de sujet.

Il haussa les épaules, paraissant complètement indifférent.

— D'accord. Mais je dois dire que ça doit être agréable, quand même...

Je n'avais vraiment pas le temps pour ses conneries. Je me retournai vers mon dossier, bien décidée à me débarrasser de lui.

— Je veux dire... continua-t-il quand je ne lui donnai aucune indication de vouloir entendre le reste. Si cette histoire de devenir médecin ne fonctionne pas, tu peux te rabattre sur un milliardaire.

Je me raidis. Les gens étaient donc au courant. C'était ce à quoi je m'attendais. Adam était une personnalité semi-publique que l'on pouvait facilement découvrir par une seule recherche sur Google et en lisant son article Wikipédia ou son évaluation dans le magazine *Forbes*. Mes collègues savaient déjà que je vivais à Newport Beach, et ce n'était pas vraiment un quartier du Comté d'Orange avec de bas loyers – ni même moyens. Mais quand nous passions les portes de l'hôpital chaque matin, nous étions tous égaux : des docteurs en médecine travaillant sous la supervision des médecins référents pour aider les gens.

Et... j'étais empêchée de le faire en ce moment même par mon propre chef de clinique assistant.

— Je ne me rabats pas sur quelqu'un d'autre, dis-je sèchement. Bon, j'ai beaucoup de...

— Enfin, je ne veux pas dire que tu devrais nécessairement *démissionner*, mais... si tu te rates, tu pourrais toujours lui faire donner une nouvelle aile à l'hôpital, par exemple.

Je levai un sourcil et bloquai les épaules.

— Bon, ça suffit docteur Iverson. J'ai du travail, et toi aussi. Je te demande poliment d'arrêter ça. Maintenant. Ça nous fera gagner beaucoup de temps à tous les deux si je ne suis pas obligée d'aller voir les ressources humaines à ce sujet.

Il écarquilla les yeux et parut sincèrement surpris, comme s'il ne pouvait même pas comprendre d'où venait mon problème.

— Holà. Inutile d'être si susceptible. Tu sais, en tant que collègues, on peut plaisanter un peu. Je suppose qu'on a tous un sens de l'humour différent. Je te laisse tranquille.

Je serrai la mâchoire et sentis une pression dans mes tempes. J'avais passé de nombreux bons moments à plaisanter avec des collègues. Parfois, les plaisanteries frôlaient ce qui n'était pas approprié, mais elles restaient dans les limites du raisonnable. Je n'allais pas me lancer dans une argumentation avec lui. Qu'il aille se faire voir.

— Super. Merci.

Il leva théâtralement les mains, comme si ma réaction était largement exagérée et sortant de nulle part. Ça m'était égal. Ma patience était à bout, d'autant que d'autres personnes commençaient à le remarquer. Quand Adam avait posé des questions à son sujet lors de notre trajet jusqu'au restaurant, ça avait officiellement été la goutte d'eau.

J'en avais assez de jouer au docteur Brave Fille.

— Qu'est-ce qui s'est passé ? demanda Louisa qui apparut derrière moi juste au moment où je terminais mes notes et pliais mon clavier pour le remettre dans ma poche.

— Oh, salut.

Je me tournai vers elle et lui souris en attrapant ma tablette. Elle était à l'étape de la grossesse où elle faisait particulièrement attention aux infections, la moitié de son visage était donc couverte par un masque chirurgical.

— Comment se passe ton stage en cardio ?

Je n'avais aucune envie de discuter des conneries d'Iverson, surtout alors qu'une infirmière risquait d'entendre mes plaintes.

— Et comment va le bébé ? ajoutai-je en montrant son ventre très arrondi.

— Ça se passe très bien en cardio. Je travaille sur des ECG d'effort en ce moment. Je termine mon stage la semaine prochaine, avant mon congé maternité. Et ce petit môme peut naître n'importe quand après ça, je lui en serais très reconnaissante. Je dois lui envoyer une lettre d'expulsion... j'ai l'impression d'être plus grosse qu'un mammouth.

La pointe de jalousie que je ressentis était plus légère, ce matin. Sans doute étouffée par toute mon irritation persistante au sujet de docteur Connard.

— Alors, tu vas m'expliquer pourquoi Craig vient de s'éloigner avec une mine si vexée que j'ai un peu ri derrière mon masque quand il ne regardait pas dans ma direction ?

Avec un regard vers le poste des infirmières, je serrai la tablette contre moi et je lui fis signe d'avancer vers un couloir près de là... et plus près de l'endroit où attendait mon patient suivant.

À voix basse, je répondis à sa question.

— Je lui ai dit franchement d'arrêter ses conneries. Il sous-entendait que je vais lâcher mes études à n'importe quel moment, parce que mon mari est riche. Je lui ai dit que ce n'était pas approprié.

Elle écarquilla les yeux au-dessus de son masque.

— Waouh. Bravo. Il avait un an d'avance sur moi en prépa médecine et il m'a franchement toujours intimidée.

— Il aime penser qu'il est imposant et qu'il sait tout, mais c'est simplement un crétin mal à l'aise en société et qui, apparemment, déteste les femmes.

— Il ressent certainement le contraire du fait de te haïr, Mia. Tu dois le savoir.

Je fis les deux pas suivants en hésitant, puis je m'arrêtai au milieu du couloir et me décalai vers le mur pour laisser passer les gens.

— Peu importe sa motivation. Dire ce genre de choses n'est pas approprié. *Jamais.*

Elle hocha la tête en acquiesçant rapidement.

— Il faut que je me dépêche. Il y a une réunion de l'équipe pour tous ceux qui font le stage en pédiatrie dans quarante-cinq minutes et je dois rendre visite à trois nouveau-nés avant ça.

Je sortis mon masque chirurgical de ma poche et le fis passer derrière mes oreilles.

— Ooh, dit-elle avec une voix chantante en se frottant le ventre. J'espère que dans deux semaines, mon petit gars y sera aussi.

— Je ne serai plus en pédiatrie, sauf si ton petit gars sort en avance. Mais tu peux parier que je te rendrai visite chaque jour que tu passeras à la maternité.

Nous échangeâmes un sourire et je luttai silencieusement contre l'envie de tendre la main et de caresser son ventre.

Elle plissa les yeux en souriant derrière son masque.

— Je compte dessus. En attendant, bien joué avec le Chef de clinique Blaireau, chuchota-t-elle.

Je ricanai, lui tapai dans la main et continuai ma journée.

Heureusement, le docteur Blaireau avait eu le message. Je priais pour que cela dure. Son internat allait finir dans un peu plus d'un an. Sauf s'il choisissait de poser sa candidature pour un stage postdoc ici.

La seule chose pire que Chef de clinique Blaireau, ce serait postdoc Blaireau.

Une semaine plus tard, je commençai un stage en cardiologie, ce qui impliquait de m'occuper de patients ayant eu des urgences liées au cœur : infarctus du myocarde, angine de poitrine, douleurs plus généralisées de la poitrine. Je passais beaucoup de temps aux urgences et tout allait très vite.

Et même si nous étions une fois de plus dans le même stage, je vis beaucoup moins souvent docteur Blaireau.

Mais je me sentais seule, parce que Louisa était en congé maternité.

Quelques semaines plus tard, c'était l'anniversaire d'Adam, et comme j'avais eu deux journées entières de congé à la suite, quelques jours avant ses trente-deux ans, je décidai de réserver un joli Bed & Breakfast à Arrowhead, dans les montagnes San Bernardino, à environ une heure et demie de route de l'endroit où nous vivions.

C'était juste assez loin pour avoir un peu la paix, profiter de balades relaxantes dans la nature, de bons repas et de beaucoup de bons moments. Malheureusement, nous n'en avions pas beaucoup ces derniers temps.

Et même si je ne l'avais pas spécialement prévu, nous finîmes par faire l'amour de nombreuses fois. Vraiment, vraiment beaucoup, comme si nous profitions de ces deux journées pour rattraper les semaines passées sans sexe.

Parce que pour cela – le sexe torride ou banal – il fallait être dans la même pièce et rester conscient assez longtemps pour le faire. Allez comprendre !

Le premier matin, nous fîmes la grasse matinée, ratant l'heure du petit déjeuner, mais ça nous était égal. Nous avions eu beau faire l'amour la nuit précédente jusqu'à nous endormir, quand il m'attira contre lui à notre réveil, il appuya sa béquille du matin dans mon dos. Et cela suffit à me séduire une nouvelle fois. Je passai donc à la salle de bains juste après lui, me brossant rapidement les dents avant de passer une brosse dans mes cheveux.

Quand je réapparus dans la chambre, il était allongé sur le dos, les mains sur la tête, regardant le plafond.

— À quoi penses-tu ?

— Que je suis très content d'avoir décidé de prendre quelques jours de congé pour être ici avec toi.

Je me mordis la lèvre.

— Ooh. Tu es trop adorable.

Un sourire diabolique passa sur sa bouche extrêmement sensuelle.

— Eh bien, si tu savais toutes les cochonneries auxquelles je pense, tu ne me trouverais pas si adorable.

— Non, il y a des cochonneries ? C'est encore mieux.

Et là-dessus, je retirai ma chemise de nuit et la jetai effrontément à terre.

— Maintenant, je te provoque avec mon corps nu.

Ses yeux sombres parcoururent ma peau nue en dévorant chaque centimètre.

— Viens là, souffla-t-il d'une voix rauque.

Une voix autoritaire.

— Je croyais t'avoir épuisé hier soir. Après tout, tu as un an de plus, maintenant.

Il plissa les paupières et rétorqua :

— Ne m'oblige pas à te courir après, mon petit canard en sucre.

Je poussai mes seins l'un contre l'autre pour faire un faux décolleté et fis une moue exagérée.

— Tu veux de mon sucre ? Est-ce que tu le mérites ?

Il afficha un sourire espiègle.

— Tu sais que oui.

Je fis un pas taquin vers lui. Puis un autre, jusqu'à ce que mes jambes touchent le bord du lit. Il s'assit et à la vitesse de l'éclair, me saisit autour de la taille et me tira sur lui.

Je poussai un cri de surprise avant d'éclater de rire.

— Tu ne perds pas ton temps, mon petit vieux.

— Pourtant, j'ai l'intention de perdre beaucoup de temps dans cette chambre, avec *toi*.

Je me penchai et nos lèvres se rejoignirent pour un baiser passionné. Nos langues se mêlèrent et il leva la main pour tenir ma tête contre sa bouche. À vrai dire, c'était inutile, parce que je n'avais pas l'intention de partir.

Je retirai la couverture qu'il avait sur lui et nos corps nus fusionnèrent, ramollis et fondus l'un contre l'autre comme deux composés chimiques prédestinés à adhérer quand ils étaient mélangés.

Je devais admettre que j'étais d'accord avec lui. Le sexe quand on ne cherchait pas activement à faire un bébé était très agréable.

Et malgré nos sexcapades de la veille, ce matin, nous étions à fond. Je m'écartai, ouvrant les jambes pour m'asseoir sur lui. Il saisit mes hanches et en les serrant avec force, il se glissa en moi d'un seul coup, poussant un long soupir.

— Pourquoi est-ce toujours aussi bon en toi ?

Je bougeai lentement mes hanches sur les siennes, une seule fois, en souriant.

— Ce doit être de la chance, je suppose.

— Tu es la femme la plus sexy de la planète et je suis l'enfoiré le plus chanceux du système solaire, dit-il quand je bougeai encore sur lui.

Nous poussâmes tous les deux un soupir au même moment.

Ses mains glissèrent de mes hanches pour entourer mes seins pendant que je continuais à aller et venir en fermant les paupières, savourant la sensation, ses mains, sa peau contre ma peau, son sexe dur en moi.

Pendant un long moment, je fus incapable de me concentrer sur autre chose. Adam était une tempête – une force déchaînée de la nature qui ne pouvait pas être ignorée – et on ne l'oubliait jamais. Quand il me touchait, c'était la foudre ; sa présence était un éclair. La force de sa volonté était le vent et la pluie. Bientôt, je fus coincée avec bonheur entre lui et le lit quand il me fit rouler sur le côté pour prendre le contrôle que je voulais bien lui céder pour l'instant.

Je subis sa météo et je me délectai de lui : son souffle chaud sur ma peau, le corps dur et musclé contre le mien. La tempête furieuse se calma lentement jusqu'à devenir une averse régulière, mais déterminée. Et j'étais la terre desséchée qui absorbait chaque goutte avec reconnaissance.

J'enroulai mes jambes autour de ses hanches, le serrant contre moi, même quand il avait envie de s'éloigner pour garder son rythme. Pendant quelques minutes de jeu, nous luttâmes l'un contre l'autre avant qu'il pousse un soupir résolu, ferme les doigts autour de ma cheville et jette ma jambe sur le côté, se libérant ainsi pour pouvoir bouger.

J'aurais ri, sauf que j'oubliai bientôt ce que je trouvais drôle quand son rythme changea vraiment. Il donna des coups de reins sans relâche, et je cherchai à reprendre mon souffle, les yeux révulsés et savourant la montée rapide de l'orgasme. La tempête continua à faire rage et je trouvai le sommet du plaisir. Il s'arrêta bientôt, plongeant profondément et retenant son souffle quand je le sentis atteindre le même sommet quelques minutes plus tard seulement.

Une fois de plus, j'enroulai mes jambes protectrices autour de lui, le maintenant jusqu'à ce qu'il reprenne son souffle... et inspire mes expirations.

Il ouvrit les yeux et nos regards se croisèrent.

— Merde, gronda-t-il. Tu es incroyable.

Je souris et passai les doigts dans son épaisse chevelure sombre en serrant les jambes autour de ses hanches.

— Hmm. Tu n'es pas si mal non plus, monsieur.

Je levai la tête et déposai un baiser sur ses lèvres avant d'ajouter :

— Joyeux anniversaire.

— Oui, joyeux, on peut le dire.

Nous passâmes le reste de la journée dans cette chambre jusqu'à émerger avec de petits yeux à la tombée de la nuit pour dîner enfin et prendre un peu l'air.

Mais on ne se plaignit pas. Pas du tout.

CHAPITRE

DIX-HUIT

MIA

J'AURAIS DU PREVENIR LE CONSEILLER FINANCIER D'ADAM pour qu'il investisse une partie de notre capital dans les actions des tests de grossesse, parce que ces derniers temps, je faisais monter leurs profits à moi toute seule en testant tôt et souvent. Moi qui comprenais la probabilité médicale d'avoir un résultat erroné en testant trop tôt, je continuais à uriner sur les languettes de nombreux jours avant la date de mes règles.

Je savais tout cela et pourtant, comme une junkie, je sortis un autre test du paquet, le plaçai sous mon jet d'urine et priai pour viser assez bien et ne pas faire pipi sur ma main... *encore.*

Ayant évité cet incident, je reposai le test sur la citerne des toilettes et je passai sous la douche.

Cela faisait presque deux mois que je n'avais pas pris ma température basale du corps et que je n'avais rien noté sur les graphiques. Et le sexe était repassé du côté intéressant du spectre. Dieu merci. C'était agréable de ne pas s'inquiéter... au moins pendant quelques mois.

J'allais cependant devoir me remettre à tout vérifier pour la fertilité. Mais je pouvais m'en soucier plus tard. J'aurais peut-être plus de temps à ce moment-là, comme par magie.

La douche fut longue, chaude et relaxante, exactement comme je les aimais. Je massai lentement le shampooing, l'après-shampooing et le traitement à l'huile chaude dans mon cuir chevelu, puis je me rasai les jambes. Quand je me séchai et commençai à me préparer pour le travail, j'avais plus ou moins oublié le test posé sur les toilettes.

Et parce que j'en avais oublié là plus d'une fois, et qu'Adam ou la femme de ménage me l'avaient signalé, je pensai à l'attraper pour le jeter à la poubelle après m'être séché les cheveux.

Sauf que j'y jetai un coup d'œil. J'avais commencé à pivoter pour l'envoyer à la poubelle, quand je marquai un temps d'arrêt. Et un autre.

Rapidement suivi par encore un autre.

Il y avait une deuxième ligne sur le test, cette fois.

Je la contemplai, restant bien trop longtemps sans comprendre, voyant simplement que quelque chose était différent. Puis soudain, sans réfléchir, je laissai échapper un cri aigu. *Waouh* !

Un test de grossesse positif.

Vraiment ? Le test était cassé, ou quoi ? Je vérifiai la date sur l'emballage et je fis promptement pipi sur un deuxième… sans éviter l'effet secondaire de l'urine sur la main. Je supposais que c'était pour cette raison que Dieu avait inventé le savon.

Pendant que je passais les deux minutes requises à me laver les mains avec le savon désinfectant, je contemplai le fichu test comme on regarde l'eau en attendant qu'elle se mette à bouillir.

Et cette fois, je vis la deuxième ligne bleue apparaître sous mes yeux. Comme un tour de magie.

Mince.

Les chances pour que deux tests de grossesse pris à quelques minutes d'écart montrent un résultat erroné étaient infimes.

La preuve était irréfutable.

J'étais enceinte.

Mais en tant que sceptique qui doutait de tout et ne pouvait pas croire en la magie d'un test urinaire, je me fis une ordonnance pour une prise de sang et je passai dans un laboratoire où personne ne me connaissait. Inutile de lancer les rumeurs au travail et de prendre le risque que la nouvelle se répande avant que je puisse l'annoncer à ma famille. Je marquai le test comme étant urgent et on me promit des résultats dans les cinq heures qui venaient. Ça m'allait.

Si je devais annoncer cette nouvelle à Adam, il fallait absolument que je dispose de toutes les informations avant qu'il commence à me bombarder de questions. Les tests de grossesse me suffisaient. Mais bien sûr, quand le résultat sanguin revint positif avec un niveau d'hormone HCG de 721 ml, tous les doutes qui avaient persisté dans ma tête parce que je ne voulais pas croire cette heureuse nouvelle furent abolis.

Adam et moi allions devenir parents.

J'entrai la date de mes dernières règles dans un calculateur de grossesse en ligne pour apprendre que j'en étais presque à six semaines. La date probable de conception, d'après la durée moyenne de mon cycle, était notre voyage à Arrowhead pour l'anniversaire d'Adam.

Et cela m'indiqua ensuite la date approximative du terme.

Le jour de Noël.

J'écarquillai les yeux, stupéfaite. Évidemment, il fallait qu'Adam et moi fassions un bébé qui se démarque en entrant dans le monde le jour le plus fou de l'année.

Mince...

Plus tard pendant une longue garde, à un moment où j'eus quelques heures pour souffler, je partis à la salle de repos des internes pour rattraper de la paperasse en retard. Je me préparai une tasse de café et m'arrêtai juste avant de boire la première gorgée. Avec un soupir et à grand regret, il me fallut voir s'écouler dans l'évier le contenu de cette tasse qui sentait bon avec sa dose de caféine dont j'avais bien besoin.

Pas de café pendant au moins les neuf mois qui venaient, et sans doute plus, en fonction de mon rythme d'allaitement. Et pas de vin non plus, même si j'avais arrêté d'en boire depuis un moment.

Mais la caféine... la caféine me permettait à elle seule de supporter les épreuves de l'internat de médecine. J'allais devoir faire des recherches afin de trouver des stratégies nouvelles et plus saines pour me booster.

Le premier symptôme que je remarquai – et c'était ridicule de le remarquer, parce que c'était vraiment le tout début – était que je semblais vraiment faire pipi beaucoup plus souvent que d'habitude. Et avec un planning d'interne en médecine qui n'était pas favorable aux pauses pipi, c'était compliqué.

Il y avait aussi une autre épreuve à surmonter : je devais trouver un moyen pour annoncer la nouvelle à Adam.

Si je choisissais de le faire en grande pompe avec quelque chose de chic et ostentatoire, j'allais devoir demander l'aide d'autres personnes, comme ma mère, Heath, peut-être même contacter les amis. Et même si ça pouvait être amusant d'impliquer tout le monde dans cette grande annonce, cela signifiait inévitablement que je devais tous les mettre au courant avant de le dire à Adam. Ça ne me semblait pas approprié, car c'était lui qui était sur le point de devenir père. Il devait être la deuxième personne à l'apprendre, juste après moi, non ?

Je voulais néanmoins faire quelque chose de mémorable. Je voulais qu'il ait une histoire à raconter à ses amis et sa famille. Une histoire à raconter à notre enfant quand il ou elle grandirait et serait curieux au sujet de ce genre de choses. Je voulais que ce soit quelque chose qui lui donne un air rêveur et absent quand il se souviendrait de l'époque où sa femme était jeune et belle. Quand nous étions tous les deux pleins d'espoir avant d'être brisés par les périls de décennies de vie et de parentalité.

Waouh, ça avait vite dégénéré dans ma tête.

En tout cas, après avoir tenté de faire une petite sieste sans réussir, je me mis à chercher des idées sur les réseaux sociaux – TikTok, même Pinterest – à la recherche de dessins ou de bricolages amusants. Toutes les possibilités que je trouvais étaient soit complètement insipides ou alors elles ne nous correspondaient pas du tout.

Frustrée, je finis par somnoler. Je fus brutalement réveillée par une alarme sur mon portable du travail. Un patient signalait des symptômes que je devais vérifier. Encore groggy, je quittai la chambre avec les lits superposés pour les employés de garde et j'errai jusque dans la salle de repos en étirant les bras et en cambrant le dos pour faire circuler mon sang.

— Waouh, tu as une mine affreuse.

Je me tournai. Le chef de clinique assistant, docteur Iverson, parce qu'il fallait évidemment que ce type débarque au milieu de cette journée longue, mais excitante, juste pour doucher mon enthousiasme. Il semblait aimer faire cela de manière régulière.

— Merci, j'appelle ça mon look « interne de garde » à la mode. Ce sera dans tous les magazines à l'automne prochain.

Avec un sourire en coin, je passai dangereusement près de cette fichue machine à café. Il y avait du café fraîchement préparé. Je respirai profondément et j'eus cette sensation agréable que j'avais chaque fois que je profitais de l'odeur du café frais. *Hmm.* J'avais été une buveuse de thé pendant la plus grande partie de ma vie, mais je m'étais mise à vénérer le café en commençant mes études de médecine. Les sodas ou le thé étaient très loin de cette boisson magique qui réveillait. Maintenant, je savais de quoi parlait Adam quand il buvait tasse après tasse, chaque matin.

Si je pouvais en prendre par intraveineuse, je l'aurais fait.

Ce bébé avait intérêt à être reconnaissant des sacrifices que je devais déjà faire.

Je me moquai de moi-même, parce que j'avais commencé à culpabiliser le zygote dont j'avais appris l'existence vingt-quatre heures auparavant seulement.

Iverson s'approcha de mon côté pour remplir sa tasse. J'aurais dû m'éloigner à ce moment-là. Mais pour une raison que j'ignorais, j'avais envie de me torturer en le regardant se servir une tasse.

— Où est ta tasse ? Je peux te la remplir.

J'écarquillai les yeux.

— Euh, non, ça va. Merci.

— Tu n'as pas l'air en forme.

— Je suis juste un peu groggy.

— D'où ma question : où est ta tasse ? Je te la remplis.

Je fis un pas en arrière.

— Il faut que j'aille voir un patient, puis que je finisse mes dossiers médicaux. À plus tard.

Il me regarda avec un air ahuri, et avant qu'il puisse répondre, je me faufilai hors de la salle de repos et filai jusqu'en bas de plusieurs escaliers.

Malgré quelques dernières heures de garde plutôt calmes, je n'eus toujours pas d'idées.

Quand je rentrai à la maison, Adam était toujours au travail. Je sautai sous la douche puis je mis mon pyjama en pilou et inévitablement, je fis d'autres recherches sur Internet.

Finalement, je m'endormis sur le canapé au rez-de-chaussée.

Quand je me réveillai, il faisait nuit dehors et quelqu'un avait retiré le téléphone de ma main et posé un plaid sur moi.

Je me levai, assoiffée, et avançai en trébuchant jusqu'à l'interrupteur près de la cuisine, clignant des paupières quand les lampes s'allumèrent.

J'attrapai immédiatement un verre et je partis le remplir d'eau glacée au réfrigérateur. Quelle heure était-il ? Adam était-il déjà rentré ? La maison était plongée dans l'obscurité, mais ça ne voulait pas dire grand-chose. Adam avait l'habitude très irritante d'entrer dans la maison dans le noir et d'illuminer seulement la pièce qu'il occupait. Ce qui signifiait que je revenais souvent à la maison sans remarquer pendant dix ou quinze minutes qu'il y avait déjà quelqu'un d'autre. Je pouvais le localiser avec mon téléphone, et inversement. Mais mon téléphone était posé sur la table basse dans l'autre pièce et je n'étais pas motivée pour aller le chercher pendant que je rafraîchissais mon pauvre corps desséché.

Bien sûr, il fallut ensuite que j'aille vite vider ma vessie.

Ça commençait déjà à être pénible alors que je n'avais même pas traversé une fraction des changements corporels que j'allais endurer pendant les mois qui venaient.

Quand je sortis des toilettes, je faillis sauter au plafond en voyant l'homme très solide qui guettait juste de l'autre côté de la porte.

CHAPITRE
DIX-NEUF
MIA

JE RESPIRAI BRUYAMMENT EN RETOMBANT CONTRE LA PORTE fermée des toilettes.

— Merde !

Adam me regarda avec de grands yeux.

— Je suis désolé, je t'ai fait peur ?

Je lui jetai un regard noir en croisant les bras et en appuyant le dos contre la porte.

— Non, je cherchais juste une nouvelle façon de te saluer.

Il sourit et leva un sourcil.

Je plissai les paupières.

— Tu as fait ça exprès, non ?

Il haussa légèrement les épaules.

— Peut-être un peu. Une petite vengeance.

Je fermai le poing sur son tee-shirt et fis semblant de le menacer.

— Tu vas voir ce qu'est une vengeance, andouille. La dernière fois, je n'essayais même pas de te faire peur. C'est juste que tu sursautes facilement, comme une gazelle dans la savane.

Il m'attira dans ses bras et se pencha pour m'embrasser.

— Je ne sursaute pas facilement. Tu es simplement trop discrète. Comme un ninja.

— Hmm. Eh bien, il y a eu vingt-deux ans pendant lesquels tu ne me connaissais pas. J'aurais pu aller faire un entraînement secret de ninja à Nanda Parbat avec Shado et Talia al Gul.

— Exactement. Tu as des superpouvoirs. Le pouvoir de faire sursauter même l'homme le moins sursautable. Le pouvoir de dégainer plus vite que ton ombre des réparties sarcastiques. Le pouvoir de séduction…

Je levai un sourcil.

— Il n'y aura pas de séduction maintenant. Tu es en sécurité. À vrai dire, je suis morte de faim.

Il sourit.

— D'accord, on mange d'abord, la séduction viendra après.

Je le tapotai sur le torse en lui faisant un sourire en coin.

— Il faudra mériter ça, mon vieux.

Adam sortit le repas : un plateau froid qui n'avait rien de très recherché. Et même si je n'avais pas la nausée, il valait mieux prendre un repas léger au cas où. Ça allait faire du bien et combler ma faim sans être trop. C'était presque comme si Chef savait…

Adam, évidemment, se sentit obligé de faire un commentaire.

— Waouh, le dîner va être craquant. Du houmous bio et des pains pita fait maison à la farine complète. Ce sont des aliments pour pique-nique.

Je penchai la tête pour le regarder avant d'attraper des assiettes et des couverts.

— Ce n'est pas ton truc ? Il reste encore du pain au levain d'hier. Je crois qu'il y a aussi des restes de rôti qu'elle a tranché pour les sandwiches, peut-être…

Il haussa les épaules.

— Si j'ai encore faim, je me ferai un sandwich. Aucun souci.

La soirée était assez chaude, alors nous installâmes le tout sur la table de la terrasse couverte.

Et tout ce temps, je cherchai fébrilement un moyen de lui révéler notre grande nouvelle qui ne nécessitait pas beaucoup de préparation, parce que je mourais d'envie de cracher le morceau.

Avant de m'endormir pour ma sieste improvisée, j'avais trouvé une vidéo sur TikTok qui montrait une femme avec des petits mots cachés partout sur son corps et des instructions pour que son compagnon découpe ses vêtements afin de dévoiler d'autres mots, jusqu'à lui enlever les chaussures et puis utiliser un pistolet Nerf pour faire éclater un ballon qui révélait le test de grossesse positif.

Oh, mince. Les tests. Où les avais-je rangés ? Je n'en avais aucune idée, j'avais été dans le flou le plus total en découvrant la nouvelle, puis en partant au travail. Les avais-je jetés à la salle de bains ? Si c'était le cas, ce n'était pas malin de ma part, et j'espérais que Cora n'avait pas vidé les poubelles aujourd'hui. Ou alors, je les avais simplement laissés sur le lavabo et dans ce cas, elle était peut-être déjà au courant… et donc par extension, Chef et le jardinier et peut-être tous ceux qui passaient à la maison.

Bon sang, peut-être que la moitié de la ville de Newport Beach était déjà au courant. Ne serait-ce pas vraiment nul si je parvenais à garder le secret en préparant quelque chose d'élaboré, pour qu'il finisse par l'apprendre de quelqu'un d'autre ?

Quand nous nous assîmes à table, j'étais devenue une belle boule de nerfs. Particulièrement quand Adam sortit une bouteille de vin et deux verres pour l'accompagner. C'était une bouteille que nous nous étions fait livrer depuis l'Italie.

Je levai les yeux en fronçant les sourcils.

— Qu'est-ce qui ne va pas ?

— Tu sais que je ne bois pas, ces derniers temps.

Et pendant les neuf mois à venir.

Il hésita.

— Oh, oui, merde. Pardon.

Il haussa les épaules avec un air gêné et ajouta :

— Je me suis dit que comme on n'essayait pas activement, tu pouvais boire un verre. Je n'ai pas encore débouché la bouteille. On peut la boire à un autre moment.

Je contemplai la bouteille. Et si je trouvais une bouteille de vin vide et que je plaçais les tests urinaires dedans et la mettais à flot pour qu'il puisse la trouver sur la plage ?

Je pourrais documenter le moment en prenant de jolies photos pour les mettre sur Instagram.

Où trouver une bouteille vide… et à quel endroit la jeter pour qu'elle s'échoue sur notre plage ? Merde, étais-je vraiment en train d'envisager d'appeler un océanographe pour m'aider à révéler à mon mari qu'il allait devenir père ?

Quand je détournai enfin les yeux de la bouteille pour regarder Adam, il ne mangeait pas. Il me contemplait avec un air très inquiet.

— Est-ce que ça va ?

Je clignai des paupières et me frottai le front.

— Je vais bien. Je suis juste un peu fatiguée.

— Plus qu'un *peu* fatiguée. Je t'ai trouvée complètement éteinte sur le canapé il y a une heure. En général, tu ne dors pas si profondément pour une sieste. Tu avais ce petit ronflement que je n'ai encore jamais entendu. C'était mignon.

J'étalai un peu de tapenade sur un cracker.

— Ce sont des mensonges, que des mensonges. Je ne ronfle pas, je n'ai jamais ronflé et je ne ronflerai jamais.

— J'ai dû l'imaginer, alors.

Il me fit un clin d'œil et un sourire qui montrait sa fossette. Cette fichue fossette qui avait des pouvoirs magiques pour faire tomber ma culotte. Mon mari était si beau que je marquais régulièrement un temps d'arrêt en le voyant.

J'avais tellement, tellement de chance.

Sauf quand il prétendait à tort que je ronflais. Mais pour l'instant, j'allais passer outre parce qu'il était beau. Et parce qu'il allait devenir papa et qu'il ne le savait même pas encore.

Adam se retourna vers son assiette et commença à y empiler des choses : des morceaux de pain pita découpés, de la poivronnade, quelques olives. Je mordis mon cracker et machai avant de piquer quelques tranches fines de dinde froide et du gruyère pour mon assiette.

— Tu sais, quand j'ai regardé mon calendrier avec mon assistante aujourd'hui, j'ai remarqué que je n'avais rien de prévu à la fin de l'année.

J'écarquillai les yeux.

— Waouh, c'est un miracle.

Et providentiel, en réalité, car sa vie – et la mienne – était sur le point de changer du tout au tout exactement à cette époque-là.

— Oui, et comme on a tous les deux tellement aimé Venise, je me disais qu'on pourrait y retourner, en fonction de ton planning. Ils ont de grandes célébrations pour le Nouvel An avec des feux d'artifice au-dessus du lagon et des fêtes. Si tu aimes l'idée, je pourrais réserver l'endroit où on a logé l'année dernière...

— Euh, oui, ne fais pas encore ça.

Il leva un sourcil.

— Oh, d'accord. Tu n'as pas de congés, ou tu ne voudras pas fêter le Nouvel An de cette façon ?

Je me figeai, réfléchissant à toute vitesse. Une excuse... il me fallait quelque chose pour qu'il évite de faire des préparatifs pour le Nouvel An. Je passai en revue les possibilités et clignai des paupières, perplexe. Bizarrement, j'étais un peu paniquée aussi.

Adam fronça les sourcils, les traits assombris par l'inquiétude.

— Emilia, tu commences à me faire peur...

— Je suis enceinte, lâchai-je en écarquillant les yeux, surprise que la nouvelle s'échappe de ma bouche alors que j'avais cherché à planifier ce moment.

Franchement, je n'avais pas de plan, juste des idées qui flottaient dans ma tête au milieu d'un bourbier d'angoisse.

Le visage d'Adam ne changea pas du tout pendant les cinq plus longues secondes de ma vie. Puis il fronça les sourcils.

— Tu es...

— Oui, j'en suis sûre. Sûre comme deux tests positifs et une prise de sang.

Il écarquilla les yeux.

— Depuis quand le sais-tu ?

Apparemment, je n'avais pas laissé traîner les tests là où il pouvait les découvrir. C'était au moins un petit soulagement. La nouvelle était révélée désormais, et je n'avais plus à trouver un moyen mignon, amusant ou habile de lui annoncer pour le mettre sur les réseaux sociaux... ou pour le raconter aux générations futures.

— Depuis hier, juste avant de partir au travail. J'ai commandé un test sanguin pour le confirmer et depuis, je stresse au sujet de la façon de te l'annoncer.

Maintenant, c'était devenu une histoire sur ma bêtise : j'avais cherché à planifier et j'avais stressé pour lui annoncer d'une façon qui ne nous correspondait pas du tout. Et puis, j'avais été contrecarrée par ma propension à lâcher les révélations sans cérémonie.

La nouvelle avait déjà quitté ma bouche. Inutile de la refermer après. Je me mordis la lèvre, m'agitai, et dévisageai Adam avec de grands yeux, attendant sa réaction, espérant, croisant peut-être même les doigts ou une autre bêtise superstitieuse de ce genre.

Adam fixait du regard un point sur la table juste devant son assiette, les deux mains posées de chaque côté. Il ne clignait même pas des paupières... ressemblant un peu à un robot qui se passait toutes les réactions possibles à mesure qu'elles apparaissaient dans son menu interne. Il lui fallut de longues minutes avant de donner l'impression qu'il se rappelait enfin comment respirer. D'abord, il cligna des paupières, puis ses doigts tressaillirent, et enfin, la statue qu'il était devenu revint lentement à la vie comme si quelqu'un venait de rompre un enchantement.

Il secoua la tête.

— C'est... *waouh.*

— Est-ce que ça va ?

Il passa une main dans les cheveux et semblait toujours en état de choc.

— Oui, oui. Je vais bien. Mais surtout, comment vas-*tu* ?

Je me mordis vite la lèvre.

— J'irais mieux si tu ne donnais pas l'impression que je t'avais encore tiré dans les bourses avec un pistolet à paintball.

Il éclata de rire, puis il se leva et fit le tour de la table jusqu'à moi. Je sautai de ma chaise et il me prit dans ses bras pour m'embrasser.

— Alors, tu vas bien ? demanda-t-il.

Je hochai la tête.

— Je suis fatiguée, mais c'est sûrement à cause des heures de garde. Et je dois souvent faire pipi. C'est à peu près tout.

Il secoua la tête.

— Quand… ?

— Eh bien… tu ne vas pas le croire.

— Évidemment, c'est vers la fin de l'année, étant donné ta réaction à mes suggestions pour le Nouvel An.

J'acquiesçai.

— Le calculateur en ligne a établi la date du terme au vingt-cinq décembre. Alors oui, ne fais surtout pas de plans élaborés pour la fin de l'année.

Il me serra contre lui pendant un long moment. Je posai le menton sur son épaule et j'attendis. Il était évident qu'il avait besoin de temps pour digérer la nouvelle.

J'étais certaine que quand il allait être capable d'en parler, il allait dire quelque chose d'excitant et de romantique et nous donner un souvenir que nous pourrions savourer, dont nous pourrions sans doute rire tendrement pendant les années à venir.

Je nous imaginais, rentrant en voiture après avoir déposé notre gamin à la fac, nous tournant affectueusement l'un vers l'autre en nous tenant la main et en relatant le moment où nous avions découvert pour la première fois que nous allions être parents plus de dix-huit ans auparavant…

— Eh bien, je suppose que nous n'aurons plus à recourir au sexe pour faire des bébés. C'est un soulagement.

J'aurais dû m'y attendre, franchement. *Oh, Adam.*

Soupir. Bon, entre ma révélation du secret et sa répartie moins que romantique, nous étions typiquement nous-mêmes, non ?

CHAPITRE

VINGT

ADAM

Quand Emilia eut quitté mes bras et retourna à sa place, je restai figé un instant, réticent à la laisser partir, même si elle n'était qu'à un mètre de moi.

J'avais cette envie féroce et insensée de l'envelopper dans du papier bulle et de lui interdire pour toujours de quitter la maison.

Lorsque je retournai lentement à ma place et que je me laissai tomber sur ma chaise, un million d'éléments commencèrent à se rassembler sur une liste mentale de « choses à faire ». Je crois que c'était la tentative de mon cerveau pour noyer les hurlements primitifs qui avaient lieu dans les coins les plus reculés et les plus sombres de ma psyché.

Emilia me fit un grand sourire en bavardant au sujet de ses plans et des rendez-vous chez les médecins et des questions sur le meilleur moment de l'annoncer aux gens.

Je pus seulement hocher la tête, sourire, répondre avec un air absent tout en accordant le minimum d'attention à la discussion sans la fâcher. Je dépensai en même temps toute mon énergie à ne pas péter un câble.

Parce que ces cris primitifs internes devenaient si bruyants qu'ils menaçaient de couvrir une autre pensée ou un stimulus externe… elle comprise.

Je clignai des paupières et acquiesçai aux moments appropriés et soit elle ne le remarqua pas, soit elle fit semblant. Il me tardait de m'enfermer dans mon bureau dès que possible pour essayer de reprendre mon sang-froid afin de digérer toutes les conséquences.

Mais à la place, elle voulut se blottir contre moi sur le canapé.

J'hésitai, tenté de lui donner la fausse excuse du travail pour partir me remettre mentalement, mais ça aurait été méchant. Elle voulait clairement savoir que j'allais bien, et elle voulait se sentir protégée. Je voulais aussi qu'elle se sente en sécurité.

Mais moi, je ne me sentais pas du tout bien. Non. Je me sentais aussi exposé et sans protection qu'un bœuf musqué sans poils au milieu d'un blizzard de l'Arctique, pour être tout à fait franc.

Sur le canapé, elle s'assit tout près de moi, se pencha et posa la tête sur mon torse. Je fis passer les bras autour d'elle et la tirai contre moi. Comme si je pouvais être son armure. Je voulais être son armure, l'abriter et la protéger contre tout et tout le monde.

Et ce n'était pas possible. Demain matin, nous allions nous séparer à la porte du garage, comme presque un jour sur deux, et nous partirions chacun de notre côté jusqu'au soir. Et je ne pouvais avoir aucun contrôle sur sa sécurité, sa santé.

Et elle n'était même plus elle, elle était *eux* : elle et une toute nouvelle personne potentielle. Une toute nouvelle personne pour laquelle s'inquiéter et rester hyper vigilant.

J'avais lutté de toutes mes forces pour mettre de côté ma peur primitive glaciale, parce qu'elle avait tellement eu envie d'essayer d'avoir un bébé. Cependant, d'une façon ou d'une autre quand tout ça avait commencé, je m'étais attendu à me sentir mieux le moment venu.

Seulement, c'était encore pire.

Emilia ne posa pas beaucoup de questions, et heureusement, elle ne me força pas non plus à la conversation. Après une bonne demi-heure l'un contre l'autre, elle s'excusa pour aller faire des choses sur sa liste avant de se coucher tôt. Elle était complètement épuisée, même après cette sieste.

Moi ? Je montai en silence jusqu'à mon bureau et fermai la porte, m'asseyant avant d'ouvrir mon ordinateur portable.

J'avais cru pouvoir me perdre dans un projet de codage en parallèle ou même jouer un peu à démolir des monstres dans un jeu que je n'avais pas conçu.

À la place, je me surpris une heure plus tard à être toujours assis là, contemplant l'écran vide.

Enfin, pas tout à fait vide. C'était une longue liste de choses que nous devions faire avec une sous-liste de questions que nous devions poser au médecin lors de notre première visite.

Comment allaient-ils surveiller que le cancer ne revienne pas, maintenant qu'elle était exposée aux hormones de la grossesse ? Parce que jusqu'à ce que nous prenions la décision d'avoir un bébé, elle avait activement pris des inhibiteurs d'hormones pour empêcher le retour du cancer.

Maintenant, non seulement elle ne prenait plus ces mesures protectrices, mais elle exposait activement son corps à une dose plus grande que la normale d'hormones : surtout la progestérone.

Avec toutes mes lectures, j'étais bien en chemin de mériter mon propre diplôme de médecine. Je commençais même à comprendre le jargon médical – qui selon moi était en tous points égal au jargon légal, même si Emilia allait faire une syncope si je le suggérais.

Sur ce point, au moins, elle était bien plus prudente que moi. Me mettre en danger ? Mon travail ? Mon entreprise ? Oui, j'avais fait toutes ces choses.

La mettre en danger ? *Hors de question.*

Je clignai des paupières, soudain submergé par l'envie d'aller courir… ou d'aller quelque part où je pouvais hurler un cri primitif respectable sans que quelqu'un fasse venir la police ou les voisins pour être témoin de mon craquage semi-public.

Ou peut-être que je pouvais simplement aller faire un tour en voiture, prendre la Porsche sur une route du désert au milieu de nulle part et foncer comme un taré avec pour seuls témoins les cactus et les coyotes.

Merde. Tout sauf cette animation –, ces émotions – dans ma tête en ce moment.

J'étais très mal.

Après avoir remarqué que je venais de gaspiller une heure à contempler cet écran, je refermai le fichu ordinateur au moment où elle entra dans la pièce pour me faire un autre long câlin et un baiser de bonne nuit.

Je la suivis dans notre chambre et la bordai littéralement dans notre lit comme une enfant. Je restai allongé à côté d'elle pendant environ une demi-heure avant de l'embrasser sur la joue et de chuchoter que j'avais besoin d'aller courir.

Je mis mes habits de sport et, contournant la salle de gym de la maison, je partis courir sur la plage désertée. Après minuit en semaine, elle était vide. Et plongée dans l'obscurité.

J'aurais pu me rendre directement au bord de l'eau et hurler vers l'océan.

Mais au bout d'une douzaine de kilomètres, j'étais trop épuisé pour faire autre chose que rentrer en boitant et prendre une longue douche chaude dans la salle de bain de la chambre d'amis.

Quelques heures plus tard, je me glissai dans le lit à côté de sa silhouette qui respirait paisiblement. Mon corps – et mon esprit – étaient épuisés exactement comme il fallait pour m'endormir sans effort particulier.

Et pourtant, je savais que je n'aurais pas le luxe d'en être capable tous les soirs.

D'une façon ou d'une autre, il me fallait trouver un moyen pour gérer la situation, pour la supporter. Pour être le partenaire égal, aimant et aidant dont elle avait besoin… et qu'elle méritait. Il fallait que je reste calme sans montrer que je luttais pour cela. Jour après jour.

Parce que… l'hiver approchait. Et avec lui, un changement énorme pour lequel je n'étais pas prêt.

Et pourtant, il *fallait* que je le sois.

Le lendemain, je choisis de travailler à la maison pour que nous puissions passer la matinée ensemble. Et quand elle dut repartir pour une autre longue garde, je dus me battre contre l'envie de l'empêcher de quitter la maison.

Elle semblait tellement… normale. Pourtant, rien n'était normal.

Je voulais la suivre comme un agent secret ou un harceleur, peu importe l'image tant qu'elle était en sécurité.

En vérité, je ne pouvais pas la protéger tout le temps. C'était au-delà de mes capacités. Et pour ne pas devenir fou, il fallait que je ne m'attarde pas sur cette pensée.

J'appréciais donc toutes les distractions possibles, me jetant dans mon travail et acceptant toutes les invitations… même quand c'était pour un cours d'art martial que je n'avais pas suivi avec beaucoup de régularité dans le passé.

Mon cousin Liam avait loué le studio où il s'entraînait au combat à l'épée et il nous avait recrutés pour le rejoindre quelques fois par mois. C'était surtout un moyen sympa de nous rassembler entre potes.

Pendant les quelques mois où je n'étais pas venu, Liam avait ajouté quelques nouvelles personnes du travail : Lucas Walker et Jeremy Holme, tous deux des employés de Draco.

Même si les autres savaient que c'était inutile d'être nerveux en présence du patron, Jeremy et Lucas n'avaient apparemment pas reçu le message pour l'instant. Je fis de mon mieux pour ignorer leurs coups d'œil craintifs dans le vestiaire et pendant l'échauffement.

J'étais presque tenté de profiter de cette intimidation en leur permettant de me laisser gracieusement gagner chaque combat… comme si j'étais une espèce de roi médiéval que les sujets n'osaient pas réellement défier.

Et puis il y avait la personne la moins susceptible d'être indulgente avec moi, et le seul à ne pas être un employé de Draco : Heath. Il se trouva qu'il tomba sur moi pour le premier combat. Liam en profitait, pendant que nous nous échauffions, pour circuler parmi nous et regarder nos progrès. Il était dans son élément : il se battait à l'épée et donnait des indications à ses proches. Les deux choses qu'il préférait dans la vie en dehors de l'art.

Je me demandai s'il avait raté sa vocation et aurait dû devenir professeur, comme sa petite amie. D'un autre côté, il fallait vraiment un genre particulier de personne pour tolérer des lycéens toute la journée, et je doutais que Liam en fasse partie.

— Adam, arrête de laisser tomber ton bras quand tu bats en retraite. Tu lui donnes une ouverture.

Je haussai les épaules avec un sourire en coin vers Heath.

— J'essayais juste de laisser une chance à ce pauvre type.

Heath s'esclaffa et leva les yeux au ciel, mais évidemment, Liam ne vit pas le sarcasme.

— C'est Heath qui devrait être indulgent avec toi, puisque tu as raté des cours.

— Ça s'appelle gérer un studio de jeux vidéo triple A. Celui-là même qui signe les chèques de ton salaire.

Comme prévu, Liam ne parut pas impressionné.

— Ma paye est directement déposée à la banque. Ne change pas de sujet et arrête de laisser tomber ton bras qui tient l'épée de cette façon.

— Oui, sieur William, dis-je avec un salut de style militaire qui était anachronique pour le Moyen Âge.

Heath fit une fente vers moi comme un homme voulant se venger. À certains moments de notre relation compliquée, je ne lui aurais jamais fait confiance s'il avait une épée près de moi. Mais dernièrement, les choses se passaient bien. Notre relation dépendait presque toujours de ce qu'il se passait avec Emilia. Depuis notre mariage, tout allait bien. Cependant, je me demandais s'il allait me sauter dessus avec cette épée pointée vers moi s'il apprenait notre nouveau secret.

Il m'avait déjà frappé dans le passé.

— Qu'est-ce que tu as, mon vieux ? demanda Heath après avoir reçu son deuxième coup pas très léger.

Même avec une armure rembourrée, ces épées en métal non aiguisées pouvaient faire mal.

Je haussai les épaules.

— Je suis rouillé. Ça fait un moment.

— C'est plus que ça.

Il posa son épée contre ses jambes pour réajuster les languettes en velcro qui maintenaient son plastron rembourré.

— Tu as vraiment l'air distrait.

Je me redressai, changeai de position et jetai un coup d'œil gêné autour de moi.

— J'ai beaucoup de choses en tête, oui. Je voulais simplement me défouler un peu, ce soir.

Heath leva les sourcils.

— Dans ce cas, tu devrais t'entraîner avec un des nouveaux. Ils sont rapides et jeunes, mais ils manquent d'expérience. C'est parfait pour se défouler.

Je haussai les épaules.

— D'accord, je vois. Tu ne veux pas de concurrence, déclarai-je en souriant avec un clin d'œil.

— *Ou bien…* je ne veux pas répondre à ma meilleure amie quand elle me demandera pourquoi son mari est couvert de bleus alors que je n'avais pas vraiment de raison de lui en donner.

Je réagis en riant et je finis par me battre avec Liam… qui n'avait aucun scrupule à me couvrir de bleus et à me laisser expliquer ça à ma femme.

Il secoua la tête de manière répétée.

— Tu ne te concentres pas, Adam.

Je soupirai pour ce qui me semblait être la vingtième fois.

— Si. C'est juste que tu es plus doué que moi.

— Je suis plus doué que toi parce que je fais du sport tous les jours, je m'entraîne plusieurs fois par semaine et je viens quand même aux cours. Mais normalement, tu combats à un meilleur niveau que celui-ci.

Je lui souris.

— Heath et toi, vous êtes ligués contre moi.

— Heath et toi êtes du même niveau, répondit Liam calmement. Normalement. Mais ça fait plus d'un mois que tu n'es pas venu.

— Alors oui, je suis rouillé… et d'accord, distrait aussi.

— C'est un mauvais mélange. Tu vas être couvert de bleus.

— C'est ce que tu as dit.

Et juste pour exprimer un peu d'irritation contre lui, je profitai d'un coup bas en faisant claquer le plat de ma lame contre sa cuisse. Il laissa échapper un grognement et me jeta un regard noir. Je haussai les épaules, sautillant en arrière quand il fit le même geste, et heureusement, me rata.

— Hé, tant qu'à faire, je t'en donne quelques-uns que tu devras expliquer à Jenna.

— Oh, c'est facile, intervint Jordan qui apparut soudain à mes côtés. Il te suffit de lui dire que tu les as reçus au club BDSM où nous sommes tous allés au lieu de l'entraînement à l'épée pour les geeks. Elle trouvera ça sexy.

Liam lança un regard furieux à Jordan.

— J'en doute fortement.

Jordan haussa tranquillement les épaules avec un sourire.

— Eh bien, ça a marché avec April.

— Parce que le fait que tu rendes visite à ce genre d'institution est beaucoup plus crédible que pour moi.

Jordan se tourna vers moi.

— Je ne sais pas trop, mais je crois avoir été insulté.

Je ris, mais notre maître d'armes se redressa et sa position devint plus raide. Oh, oh, je connaissais ce regard. Liam était en train de perdre patience.

— Tous les deux, vous avez l'intention de continuer à plaisanter ou vous voulez améliorer vos capacités ?

— Je suppose que c'est l'un ou l'autre dans l'école de sieur William ? dis-je en haussant les épaules.

Sans répondre, Liam pointa un doigt vers Jordan.

— Toi, va faire le dernier combat contre Jeremy. Adam, tu es contre Lucas.

Jordan attrapa une serviette et s'essuya le visage.

— J'arracherai bien mon tee-shirt, mais il n'y a pas de femmes à impressionner par ici. Et Jeremy me ferait sans doute des marques vraiment douloureuses.

— Je permets seulement à ceux qui portent des armures rembourrées de combattre. Il n'y a pas de place pour les blessures, décréta Liam avant de partir.

Je fis le dernier combat d'entraînement contre Lucas et découvris malheureusement qu'il s'était beaucoup amélioré quand il laissa une grosse marque douloureuse sur ma cuisse avant de promptement laisser tomber son épée, presque en panique.

— Merde. Je suis vraiment désolé. Est-ce que je peux aller te chercher de la glace ?

J'inspirai profondément, je soufflai et marchai avec ma jambe blessée. C'était douloureux, mais pas sérieux.

— Je vais bien.

— Je peux aller te chercher un verre d'eau ?

— Je vais bien, vraiment. On continue…

— On peut attraper les épées en bois au lieu d'utiliser celles en métal, m'interrompit-il encore.

Je le toisai du regard pendant qu'il s'agitait, mal à l'aise.

— Écoute, je ne vais pas te virer si tu me fais mal ou si tu me bats, mais si tu continues à me donner l'impression que je suis trop vieux pour combattre, on va avoir une petite discussion.

Il me fit un sourire contrit.

— Tant que cette discussion ne contient pas les mots *tu es viré*.

J'orientai la pointe de mon épée vers lui.

— Lève ton épée.

Je finis par le battre dans ce combat… mais tout juste.

Je me promis de revenir plus souvent.

J'avais l'impression que pendant les neuf mois à venir, j'allais devoir me défouler souvent, et avoir besoin d'un groupe de soutien pour traverser ça.

Et même si les gars ne connaissaient pas encore notre grande nouvelle, ce serait bientôt le cas.

Et cela m'aidait aussi de le savoir.

CHAPITRE
VINGT ET UN
MIA

J E NE SAVAIS PAS TROP COMBIEN J'ALLAIS ENCORE POUVOIR supporter. Étant donné que je n'en étais qu'au milieu du premier trimestre, ce n'était pas peu dire. Parce que logiquement, il me restait encore des mois et des mois à supporter.

À vrai dire, ça avait beaucoup moins de rapport avec les changements de mon corps et les symptômes du début de la grossesse et beaucoup plus avec l'homme qui partageait ma vie. Parce que – et oui, j'en avais conscience avant — Adam était intense.

Très intense.

Et Adam, futur père, était encore pire.

Par exemple, je devais soudain boire des smoothies dégoûtants au chou kale. Il avait acheté un mixeur de luxe et obtenu la recette d'April.

Nous avions choisi de ne le dire à personne avant la fin du premier trimestre… qui était encore dans plus d'un mois, alors je ne pouvais me plaindre à personne. Pas même Heath, qui était mon oreille attentive habituelle.

Et les smoothies verts ? J'avais réussi à avaler le premier qu'il m'avait fait et je ne l'avais miraculeusement pas vomi. Mais l'expérience n'avait pas été agréable.

Depuis, les nausées matinales étaient arrivées et ça n'avait pas été aussi facile de ne pas rendre ces foutues boissons. Ça faisait des jours que je les vomissais.

C'était devenu désagréable si vite que j'avais commencé à les prendre dans un gobelet à emporter, afin de « les boire en chemin pour le travail ». Et puis je les vidais promptement dans l'évier en arrivant à l'hôpital. Je n'aimais pas faire ça, mais ma priorité était de garder un estomac apaisé.

Et d'ailleurs, quel était l'idiot qui avait appelé ça des nausées matinales ? Les miennes duraient toute la journée.

En général, ça n'allait pas aussi loin que le rejet du contenu de mon estomac, et c'était plutôt une espèce de nausée permanente. Un vrai bonheur.

Cependant, ce qui était pire que les nausées matinales, c'était le fait de les cacher à mon partenaire nerveux.

Adam tenait déjà à peine le coup. Il se tracassait pour les ingrédients frais bio et lavés trois fois qu'il voulait absolument mettre dans ses fichus smoothies. Du chou kale, des poires, de la mangue, du lait d'amande, des graines de chia et de la banane. Rien que l'idée d'essayer d'en avaler encore me retourna l'estomac.

La nourriture était bien la dernière chose que j'avais envie d'y mettre. Mais des tranches de gingembre séché et de l'eau pétillante ? Ça, oui.

Comme j'étais au courant que les femmes perdent du poids au début de la grossesse, je n'étais pas inquiète. Je savais aussi que le bébé recevait les nutriments nécessaires de mon corps, que je les reçoive moi-même ou pas. Pendant la grossesse, le corps d'une femme fait passer l'embryon en priorité pour tous les besoins de survie.

Des jours et même des semaines s'écoulèrent ainsi. Je me félicitai de réussir à garder un mari calme. Mais un jour, quand j'en fus à dix semaines, je compris trop tard mon erreur.

Cela faisait quelques jours que je ne me sentais pas très bien et il fallait avouer que je n'avais pas ingéré suffisamment d'aliments. J'aurais dû prendre un antiémétique pour lequel j'aurais facilement pu appeler mon obstétricien ou même le prescrire à moi-même. Mais rien que l'idée de prendre un comprimé et de devoir le garder dans le ventre ne me plaisait pas. J'étais focalisée sur les patients et j'avais ignoré mon propre inconfort, essayant d'oublier combien les symptômes du début de grossesse me rendaient malheureuse.

Un matin, j'étais au milieu de mon stage en cardio. Nous étions quatre internes et un médecin référent en demi-cercle autour du patient qui était allongé dans son lit. Docteur Smith, notre référent, salua le patient et au lieu d'ouvrir le dossier médical comme les référents le faisaient d'habitude, il se tourna vers moi.

— Docteur Strong, renseignez-nous sur ce patient, vous voulez bien ?

J'écarquillai les yeux, ne m'attendant pas à être mise sur la sellette avec tout le dossier du patient au lieu de simplement une mise à jour. Je donnai une brève description, le passé médical et les symptômes actuels, ainsi que les résultats du monitoring et de l'examen hématologique.

En parlant, je me sentis de plus en plus étourdie. Quand je finis mon discours, le référent avait affiché le dossier sur sa tablette pour m'interroger.

Cela m'irrita, même si je connaissais les réponses et que je lui donnai.

— Est-ce que ça va ? demanda un autre interne avec un coup de coude. Tu as l'air très pâle.

Je levai un sourcil.

— Ça va. Je suis juste nerveuse.

Je n'ai aucun souvenir de ce qui est arrivé ensuite. Seulement que mes jambes ont soudain lâché et que je me suis mise à basculer, cherchant à attraper la rampe du lit du patient pour rester debout.

Mais juste après, il y avait des bras autour de moi et le sol froid au-dessous.

Et puis, je perdis connaissance.

Cela ne dura pas longtemps, mais ce fut suffisant pour que les internes me posent sur un brancard à roulettes et me conduisent aux urgences. Ils étaient au milieu de ce trajet quand je revins à moi, contemplant le plafond acoustique et les néons aveuglants au-dessus de ma tête.

Dr Ochoa – Maria, une autre interne – me regarda depuis le côté du brancard pendant qu'une aide-soignante nous guidait dans les couloirs.

— Hé, tu te sens bien ?

Je clignai des paupières.

— Oui, ça va. Tu me conduis aux… ? Je n'ai pas besoin d'aller aux urgences.

Je posai la main sur la rampe comme si cela allait mettre fin à ce trajet surréaliste.

Maria secoua la tête.

— Impossible… c'est le protocole de l'hôpital. Tu dois être examinée avant de partir. Mais je parie pour une fatigue typique de première année d'internat.

Elle leva un sourcil en me regardant. Maria, une interne de troisième année, parlait évidemment du haut de sa grande expérience.

— Tu n'es pas la première à tomber cette année, alors tu peux au moins te rassurer avec ça.

Quand je fermai les paupières, je sentis mes yeux se révulser. Même le mouvement de ce foutu brancard me donnait la nausée. Mais l'évanouissement ? Ce n'était évidemment pas seulement la fatigue. C'était presque certainement dû à l'hypoglycémie.

Et c'était entièrement et uniquement de ma faute. Si seulement j'avais avalé cet horrible smoothie dégoûtant au chou kale qu'Adam avait encore une fois préparé pour moi ce matin, je ne serais peut-être pas là à me faire honteusement rouler jusqu'aux urgences.

En y repensant, je n'avais pas avalé beaucoup plus que quelques crackers et un peu d'eau au cours des dernières vingt-quatre heures. J'avais manifestement négligé les besoins de mon corps, alors ça devait arriver.

J'étais tellement bête et entêtée.

— Nous devons vérifier tes signes vitaux. Ensuite, tu dois rentrer chez toi pour te reposer. Quelqu'un a appelé ton mari pour lui faire savoir. Après…

— *Quoi ?*

Je faillis m'asseoir avant que l'aide-soignante appuie doucement sur mon épaule pour que je me rallonge.

— Non ! N'appelez pas mon mari, m'écriai-je.

Merde.

Quand nous arrivâmes dans la salle d'examen, Dr Ochoa fit venir une assistante, Shelley, pour s'occuper de mon dossier. Et il fallait que je crache le morceau.

— Je suis enceinte de dix semaines.

Maria écarquilla les yeux comme des soucoupes.

— D'abord Bluth et maintenant toi ? Qu'est-ce qu'ils ont mis dans l'eau ?

En dehors d'Adam, Maria était la première personne à être au courant. Et même si je savais que le secret médical l'empêchait de révéler cette information à quelqu'un d'autre, il fallait que je lui fasse jurer de ne pas en souffler un mot.

Elle secoua la tête en fronçant les sourcils.

— Bien sûr. Promis. C'est entre toi, moi et le dossier… et les référents qui pourraient venir ici pour voir comment tu vas. Je suis à peu près certaine que Smith viendra te voir quand il aura terminé la ronde du matin. Il était très inquiet pour toi quand c'est arrivé.

Je clignai des paupières, soudain submergée par la culpabilité.

J'imaginais que ça allait être encore pire quand Adam allait arriver. Mon pauvre mari. J'imaginais ce qui lui passait par la tête en ce moment même.

CHAPITRE
VINGT-DEUX
ADAM

SI ON COUPE DEADPOOL EXACTEMENT EN DEUX, EST-CE qu'on obtient deux Deadpool ? Puisqu'il se régénère immédiatement à partir du plus gros morceau de ses restes, si les moitiés sont égales, comment une moitié saurait-elle qu'il faut laisser l'autre moitié se régénérer ? S'il est découpé à la taille, dans ce cas, on peut supposer que la partie du haut – celle avec le cerveau – serait naturellement celle qui se régénère. Mais s'il est découpé verticalement ? En deux moitiés parfaitement égales ?

Deux Deadpool.

— Y'a pas moyen. Adam, qu'est-ce que tu en penses ?

Un des développeurs se tourna vers moi et mon cerveau revint au présent après avoir pensé à un certain antihéros Marvel. Ah oui, la réunion. Nous en étions à la troisième dispute de la matinée et la réunion avait commencé seulement dix minutes auparavant.

— Si on fait ça, il va nous falloir retourner dans le code source, rétorqua Sara.

Ici, nous l'appelions Sarah Connor d'après l'héroïne des films *Terminator*. Elle était tout aussi impressionnante que son homonyme. Et, étant donné la façon dont les développeurs masculins réagissaient à sa suggestion de faire plus de travail pénible, elle montrait que quelques pessimistes ne lui faisaient pas peur.

Quelqu'un entra dans la salle au moment où je me penchais pour interrompre la discussion. Je lus pour Jeremy les points importants que j'avais notés. Il agissait en tant que secrétaire pour les enregistrer sur le fichier Scrum pendant que le développeur à côté de lui écrivait les mêmes tâches sur des post-its pour le tableau Kanban géant du département.

— Adam ? dit Maggie à côté de moi quand elle fut entrée en silence au milieu de la dispute.

— Ça peut attendre ? J'ai…

Je me tournai vers elle et je sus immédiatement ce qu'allait être sa réponse d'après le regard sur son visage.

Elle secoua vite la tête.

— Non, c'est urgent.

Je posai mes notes.

— D'accord, eh bien, dis-leur d'attendre juste quelques minutes. J'arrive dès que…

— C'est l'hôpital. Ils ont appelé au sujet de Mia.

Je bondis de ma chaise et je jetai ma liste à Jeremy.

— Occupe-toi de ça.

Je tournai les talons et suivis Maggie hors de la salle pendant que les développeurs me dévisageaient, visiblement surpris et inquiets.

Juste à l'extérieur, je fermai la porte et me tournai vers elle.

— Dis-moi.

Elle se tordait les doigts. Maggie, normalement imperturbable, était apparemment, eh bien, perturbée.

— Elle va bien. Mais elle s'est évanouie pendant les tournées matinales et ils l'ont conduite aux urgences pour l'examiner.

Je clignai des paupières, la gorge étranglée par une main glaciale.

— Elle s'est évanouie ?

— Elle a repris connaissance maintenant. Elle ne s'est pas fait mal en tombant. J'ai posé la question. Mais ils veulent que tu ailles la chercher. Elle va sans doute avoir besoin de rentrer et de se reposer.

Je me passai une main dans les cheveux, l'autre serrant trop fort la poignée de la porte. Mon cœur battait violemment.

— *Merde.*

Elle me tendit ma sacoche d'ordinateur, les clés et le portefeuille. J'avais bien sûr déjà mon téléphone.

— J'ai déplacé tes rendez-vous de l'après-midi et la réunion avec les testeurs de jeux.

Je poussai un gros soupir.

— Merci.

— Va prendre soin d'elle. J'espère qu'elle va bien.

Personne n'était au courant de son état. Mais quand la nouvelle de son évanouissement allait fuiter, ils allaient tous croire le pire et s'inquiéter pour un retour du cancer. Eh bien, ils pouvaient se joindre au club.

Plus tard, je n'allais avoir aucun souvenir de mon trajet… mais je conduisis sans doute comme un gros con sur l'autoroute bouchée. Heureusement, je ne me fis pas arrêter. Je donnai les clés au valet du parking de l'hôpital, car je n'avais pas l'intention de perdre du temps à chercher ma propre place de parking. J'entrai directement aux urgences et m'avançai vers le bureau de l'accueil.

Quand j'arrivai là, ma voix était essoufflée, paniquée. Je ne savais pas à quoi m'attendre. Maggie avait dit qu'on lui avait assuré qu'Emilia allait bien, mais ça pouvait vouloir dire tant de choses.

— Je suis le mari du Docteur Strong. Elle a été conduite ici ?

La personne hocha rapidement la tête en vérifiant quelque chose à l'ordinateur.

— Chambre A-3.

Elle me fit signe de passer au-delà de la porte des admissions.

Le labyrinthe des salles d'examen aux urgences n'aidait pas à trouver celle dont j'avais besoin. Après m'être arrêté et avoir demandé mon chemin à quelqu'un qui passait, je finis par trouver. Je poussai le rideau qui avait été tiré devant l'entrée et je me glissai à l'intérieur.

Je n'étais pas prêt.

Emilia était allongée sur un brancard avec une intraveineuse dans le bras et des moniteurs qui la reliaient à un ordinateur.

Merde.

Cette vue me fit subir une onde de choc comme un coup de poing dans le ventre, me ramenant directement à cette nuit-là. La nuit où elle avait été si malade de sa chimio qu'elle s'était évanouie dans la salle de bains. Puis, quand je l'avais trouvée, elle avait fébrilement demandé que je lui écrive une liste de choses à faire avant de mourir. Ensuite, elle s'était encore évanouie. Je l'avais portée, sans connaissance, à travers Bay Island jusqu'à l'ambulance qui attendait. Cette nuit-là, j'avais été presque certain de la perdre. Jusqu'ici, c'était la pire nuit de ma vie.

Mon pouls battait dans ma gorge et une peur cruelle enfonçait ses ongles glacés dans mon cœur. Tout fut revécu en un instant, comme si c'était arrivé hier.

Le regard d'Emilia se posa sur moi. Elle écarquilla les yeux et cligna des paupières en se repoussant pour s'asseoir.

— Adam !

— Allonge-toi, aboyai-je trop sèchement.

Elle obéit sans hésiter et fronça les sourcils quand je m'approchai d'elle.

Elle me contempla avec de grands yeux en demandant :

— Est-ce que ça va ?

Je poussai un soupir en regardant la poche de perfusion accrochée au-dessus de sa tête.

— C'est moi qui devrais te poser cette question.

Elle me dévisagea longuement, puis elle sembla revenir au présent en répondant :

— Je vais bien. J'étais juste en hypoglycémie.

— Comment est-ce possible ? Les smoothies du petit déjeuner sont pleins de…

Elle soupira et garda les yeux baissés comme une enfant qui se fait gronder.

— Je ne les ai pas bus. Je n'ai pas mangé grand-chose.

Je fermai les yeux et je frottai un point entre mes sourcils, cherchant à faire passer mon irritation. Ce n'était pas logique d'être en colère contre elle, et pourtant, inexplicablement, je l'étais.

— *Pourquoi ?*

— Les nausées matinales. Elles sont vraiment fortes depuis quelques semaines. Je n'ai pas eu le cœur de t'avouer que j'ai commencé à vomir les smoothies.

J'avalai ma salive.

— Il y a des *semaines* ?

Elle se mordit la lèvre.

— Plus ou moins.

Je croisai les bras.

— Et tu ne me le dis que maintenant parce que…?

Elle haussa les épaules.

— Parce que je ne voulais pas t'inquiéter.

J'indiquai la perfusion.

— Oui, *ça*, c'est tellement mieux. Merci.

Elle fronça les sourcils.

— Adam, je ne l'ai pas fait exprès.

Je passai la main dans mes cheveux, me frottai la nuque, puis tournai en rond en attendant que la colère diminue. Ça ne fonctionnait pas.

— Tu m'as caché le fait que tu étais malade. Pourquoi ?

— Parce que je sais combien tu t'inquiètes pour tout ça. Je ne voulais pas t'accabler plus que…

Je me tournai vers elle.

— *M'accabler* ? Emilia, on est une équipe, c'est n'importe quoi, merde ! Tu ne peux pas me cacher ça.

Elle poussa un soupir en écarquillant les yeux.

— Adam, du calme, s'il te plaît. Les cris et les jurons, ça suffit. Nous sommes dans un hôpital… et pas n'importe quel hôpital, mais celui qui m'emploie, alors si tu…

Je serrai les dents et levai un doigt pour le pointer sur elle. Quand je parlai, ma voix fut aussi basse que possible.

— On en parlera plus tard, alors. Et tu me diras tout.

Quelques minutes plus tard, son médecin entra. Il s'adressa à Emilia par son prénom, me laissant supposer qu'elle avait déjà travaillé avec lui.

— Ton bilan sanguin est bon, mais tu es déshydratée. La perf avait un antiémétique en plus d'aider à t'hydrater. Je t'en prescris sous forme de cachets… et tu sais, tu aurais pu te les prescrire toi-même.

Il se tourna vers moi comme pour partager un aparté amusant.

— J'ai mis du temps à m'habituer à l'idée de pouvoir me prescrire moi-même des médicaments quand j'en avais besoin.

J'aurais peut-être souri et joué le jeu, mais je n'étais pas d'humeur et je traînai dans un coin de cette salle d'examen comme un nuage orageux, appuyé avec raideur contre le mur, les bras croisés.

— Bien, j'ai prévenu l'équipe du planning de te donner quelques jours de congés, et pas de longue garde pendant une semaine…

Elle s'assit.

— Mais…

Je me raidis et cela attira immédiatement son attention. Elle allait contredire son médecin ? C'était hors de question, putain.

Heureusement, le type réagit avant que je puisse dire un mot.

— Ce sont les ordres du médecin, Mia. Ne perpétue pas le vieux stéréotype au sujet des médecins qui sont les pires patients, d'accord ? Quand tu auras réussi à maîtriser la nausée et à garder les fluides et les nutriments en toi, tu seras de nouveau en forme et prête à soigner d'autres gens.

— Mes patients…

— Tu as entendu ton médecin, dis-je en lui jetant un regard d'avertissement.

Elle pinça les lèvres, mais ne protesta plus.

Sa perfusion fut bientôt retirée et on lui demanda de se lever pour vérifier si elle avait le tournis. Elle voulut immédiatement aller aux toilettes, et je l'aidai pour cela. Son ordonnance fut envoyée à notre pharmacie, où j'allais récupérer les médicaments plus tard. Elle fut relâchée des urgences peu de temps après, mais pas avant d'avoir eu la visite d'au moins quatre autres médecins portant les mêmes blouses blanches plus courtes des internes, et un en blouse longue qui, d'après leurs discussions, devait être son médecin référent du moment.

Quelques heures plus tard, on me demanda de la conduire en fauteuil roulant jusqu'à la voiture et une aide-soignante nous accompagna pour récupérer le fauteuil. Emilia resta sur son téléphone et nous ne parlâmes pas avant qu'elle soit chargée dans la voiture.

Oh, j'allais oublier sa voiture.

— Où t'es-tu garée ? Je vais demander à quelqu'un de venir chercher ta voiture.

Elle leva les yeux de son téléphone.

— Je peux revenir au travail en Uber, dem… Je veux dire, quand je reviendrai.

Je respirai profondément avant de souffler, luttant de nouveau contre ma colère.

— Ou alors… tu peux me dire où tu t'es garée pour qu'elle n'ait pas à rester ici toute une semaine.

— Une *semaine* ?

— Ou peu importe quand ton obstétricienne te dira que tu peux retourner au travail sans danger.

— Mon obstétricienne ne sait pas…

— Pour l'instant. Mais tu vas l'appeler immédiatement pour lui dire ce qui est arrivé, d'accord ? Et si elle veut te voir, tu y vas.

Avant de quitter ma place de parking, j'envoyai un message à mon service de chauffeurs pour leur demander de passer à la maison dans une heure afin de récupérer ses clés et d'aller chercher sa voiture. Emilia regarda par la vitre en silence quand je m'engageai dans une ruelle sur le côté pour me diriger vers l'autoroute.

La tension bouillonnait dans la voiture entre nous, mais je n'étais pas d'humeur pour une dispute. Je lançai un podcast idiot que nous écoutâmes en silence. Je ne savais pas du tout de quoi ils parlaient et je faisais plus attention à la circulation pendant que des nuages orageux se rassemblaient dans ma tête.

Personne ne parla jusqu'à ce qu'elle baisse le volume.

— On peut… parler de ça ?

Je gardai les yeux rivés sur la route.

— Je n'ai pas très envie de bavarder pour l'instant.

— Pourquoi es-tu énervé contre moi ?

Je poussai un long soupir en mettant le clignotant pour changer de voie. Même si nous étions en fin d'après-midi, la circulation dans ce sens, depuis la ville d'Orange vers Newport Beach, n'était pas trop affreuse. L'autre direction, cependant, était un gros parking en puissance, pare-chocs contre pare-chocs.

— Je ne suis pas énervé contre toi, mais je suis frustré par toi. Tu dois faire plus attention à toi et je veux que tu ne me le caches pas quand ça ne va pas bien. Tu aurais pu être sérieusement blessée aujourd'hui.

Elle prit une inspiration et fit un geste en ouvrant les mains.

— Ça venait de mon inquiétude et de mon amour pour toi, Adam. Je sais que tu, euh, as une espèce de traumatisme lié à la dernière fois que j'étais malade. Naturellement, il y aura des moments pendant cette grossesse où ça n'ira pas bien. Je ne voulais simplement pas te…

Je secouai la tête en serrant le volant.

— Ne fais pas ça. Ne te décharge pas sur moi. Ce que tu as fait était irresponsable. Tu as répété ton erreur… de la dernière fois.

Quand elle était tombée malade, elle l'avait caché à tout le monde sauf Heath et elle avait traversé une grande part de son traitement toute seule en repoussant tout le monde, y compris sa propre mère. Comment avait-elle pu croire que ça n'allait pas être un gros problème pour moi ?

Elle marqua une longue pause, regardant par le pare-brise devant elle. Elle avait les mains sur ses genoux.

— C'est vrai. J'ai merdé. Je suis désolée.

Je respirai profondément, puis je soufflai. Cela diminua une partie de la tension, mais ça ne réglait pas tout. Ma vie allait-elle être ainsi pendant les huit mois à venir ? Allais-je sursauter au moindre signe de danger comme une proie délicieuse dans une jungle pleine de superprédateurs ?

Je réajustai ma prise sur le volant quand je compris que j'avais mal aux articulations à force de le serrer.

— Je ne peux pas te protéger, si je ne sais pas ce qui ne va pas. Et je ne peux pas t'aider si tu ne veux pas t'aider toi-même.

— Mais…

— Non, Emilia. Inutile d'argumenter. Merde, je…

Je m'interrompis, ne voulant pas recommencer à crier contre elle. Je secouai vigoureusement la tête.

— Bon sang. Je ne peux pas faire ça.

Elle tourna brusquement la tête vers moi.

— Eh bien, c'est un peu tard pour ça, parce que ça arrive, que tu le veuilles ou non.

Je lui jetai un regard noir du coin de l'œil.

— Ce n'est pas ce que je voulais dire. Je veux dire que je ne peux pas faire *ça*…

Je nous désignai tour à tour.

— Tu n'aimes peut-être pas ma façon d'être maintenant. Ça ne me plaît pas du tout non plus, mais tu as fait une grosse connerie en croyant que ce serait plus facile pour moi et franchement, tu as tout empiré. Je veux que tu promettes d'être sincère et honnête. *Et* que tu vas appeler ton obstétricienne pour lui raconter ce qui est arrivé. *Et* que tu ne contrediras pas tes ordres de rester à la maison et de te reposer pendant les jours qui viennent. *Et* que tu prendras tes médicaments et que tu mangeras, boiras et prendras soin de toi. Je dois être sûr de ces choses-là – et être capable de te faire confiance – sinon ces neuf mois vont être trop longs pour nous deux. Beaucoup trop longs.

Elle resta silencieuse un long moment. Je mis le clignotant pour quitter l'autoroute, l'estomac noué à cause de la situation… et de la conversation qui avait suivi.

Elle pensait peut-être que j'exagérais et que j'en faisais tout un plat. Mais en réalité, la peur qui m'avait glacé les entrailles depuis que je l'avais vue sur ce brancard, branchée à une perfusion et des moniteurs, n'avait pas encore disparu, même des heures plus tard.

Je fis un arrêt rapide à la pharmacie pour récupérer ses médicaments, puis je roulai jusqu'à la maison. Il n'y eut plus d'autre mot échangé entre nous tant que je ne m'étais pas garé. Elle resta assise dans la voiture et attendit que je vienne ouvrir la portière pour elle. Elle glissa de son siège et resta debout devant moi, puis elle attrapa mon bras quand je me tournai pour partir.

Emilia me serra dans ses bras qui glissèrent autour de ma taille.

— J'ai merdé. Je suis désolée. Je promets de te dire ce qu'il se passe, même quand je me sens mal. Je promets de parler à mon médecin et de prendre mes médicaments et de manger. Mais il faut que tu me promettes de ne pas me surveiller, et de ne pas t'inquiéter ou paniquer.

— Je ne suis pas certain de pouvoir promettre ça.

Elle poussa un long soupir.

— D'accord, je suppose qu'on va devoir travailler là-dessus, dans ce cas.

Elle ne protesta pas quand je fis passer un bras autour de sa taille et que je la serrai contre moi pour traverser l'île jusqu'à notre maison. Je l'observai de près. Même si elle était pâle, elle semblait marcher et agir normalement.

J'insistai néanmoins pour qu'elle passe le reste de la journée au lit et heureusement, elle ne chercha pas à argumenter. Je lui amenai son dîner et nous mangeâmes ensemble avec des plateaux sur le lit en regardant la télé. J'essayai de rester discret, mais je surveillai chaque bouchée qu'elle portait à ses lèvres.

Y avait-il assez de protéines, de glucides, de fibres, de nutriments ? Elle ne mangeait pas comme avant, mesurant chaque minuscule bouchée et attendant plusieurs minutes entre chacune. Cependant, les médicaments contre la nausée semblèrent fonctionner, car elle hésitait moins devant sa nourriture. Je me maudis de ne pas l'avoir remarqué plus tôt. Nous n'avions pas mangé ensemble au cours des dernières semaines à cause de nos plannings qui ne correspondaient pas, mais quand c'était le cas, elle avait pris des portions extrêmement petites, laissant intacte une grande partie de son assiette.

Je n'avais même pas fait attention.

Et s'il y avait bien un moment pour être du même côté, c'était maintenant. Je ne plaisantais pas : nous étions une équipe. Alors, si elle me promettait d'être honnête avec moi, je devais lui faire confiance.

Ça ne voulait pas dire que je n'allais pas la surveiller autant que possible.

Elle ne dit rien quand je l'informai que j'avais reporté mes rendez-vous et que j'allais travailler à la maison pendant le reste de la semaine. Elle ne dit rien quand je lui tendis le téléphone le lendemain et que je traînai dans la chambre pendant qu'elle appelait son obstétricienne et lui racontait ce qui était arrivé la veille.

Elle fut accommodante et docile et accepta toutes mes exigences. Elle mangeait même les encas que je lui apportais, resta au lit la première journée quand je lui demandai. Tout.

Pas une seule protestation.

C'était comme si elle s'était transformée en femme de Stepford. Pour être honnête, si elle était devenue un androïde, je n'aurais pas eu à m'inquiéter de toutes ses histoires de santé.

Néanmoins, cela me rongeait.

Chapitre
Vingt-trois
Adam

ENDANT QU'EMILIA SURMONTAIT SA DESHYDRATATION et la faiblesse qui en découlait, je m'enfonçai davantage dans mon propre monde sombre et secret. Un monde d'hypervigilance autour d'elle : il fallait que je sache où elle était tout le temps, que je surveille ce qu'elle mangeait et buvait. Je voulais m'assurer qu'elle dormait assez… tout en négligeant mon propre sommeil.

Chaque soir, quand elle s'endormait, je restais debout à faire les cent pas dans mon bureau ou à courir pour me défouler dans la salle de sport de la maison jusqu'à être enfin épuisé.

Je faisais mon possible pour éviter les pensées intrusives qui semblaient s'immiscer dans chaque moment où je n'étais pas occupé à faire autre chose.

Mais quand ces pensées étaient chassées de mon esprit conscient, elles revenaient sous forme de cauchemars. Des rêves dans lesquels je me rendais quelque part et je l'oubliais pendant plusieurs jours, avant de rentrer à la maison pour la découvrir évanouie ou morte.

C'était difficile à vivre, et je m'enfonçais suffisamment pour savoir que j'allais bientôt avoir du mal à trouver le chemin pour en ressortir.

Ce fut pour cette raison que je décidai, avec la permission d'Emilia, d'en parler à mon oncle Peter et de chercher un peu d'aide. Mais ce serait trop d'exiger de la part de Peter qu'il cache à sa femme qu'elle allait bientôt être grand-mère. Cela impliquait donc de révéler la nouvelle à sa mère et à Peter plus tôt que prévu.

Nous les invitâmes à la maison pour déjeuner ce week-end-là. C'était une journée magnifique de la fin du printemps, et Chef nous servit personnellement sur la table de pique-nique près de la plage. Peter était assis à côté de moi, et nos femmes directement en face de nous. Mon oncle contempla le yacht qui flottait dans sa cale.

— Quand vas-tu ressortir le bateau ? Ça me manque de partir sur l'océan et ma canne à pêche prend la poussière.

Je jetai un coup d'œil vers ma femme avant de regarder mon oncle.

— À toi de me le dire. Et si vous preniez un long week-end, je pourrais demander au capitaine de vous emmener jusqu'à Catalina ou à Rosario ?

— Oh, c'est trop gentil. Mais ce serait plus agréable si on pouvait y aller tous les quatre, intervint Kim dont les yeux s'illuminèrent.

Cela faisait un moment qu'elle insistait pour que nous fassions un petit voyage ensemble, mais aucun de nos emplois du temps n'avait pu correspondre et apparemment, le sort était contre nous.

Emilia sembla devenir verte à l'idée de sortir sur le bateau, comme je m'y attendais. Les médicaments contre la nausée l'avaient aidée, mais elle se sentait encore vulnérable et même quand tout allait bien, elle n'était jamais très enthousiaste à l'idée de sortir sur le yacht pendant plusieurs jours. C'était sûrement à cause de notre lune de miel et des quelques journées de mer agitée que nous avions endurés.

— Je ne crois pas que je voudrai prendre le yacht pendant un moment, dit Emilia. Mais vous devriez vraiment faire ce qu'il dit.

Kim cligna des paupières.

— Pourquoi pas ? Tu n'aimes pas le yacht ?

Emilia se mordit la lèvre, puis elle me regarda comme pour être rassurée que c'était le bon moment pour révéler la nouvelle. Je hochai la tête. Kim regarda tour à tour sa fille et moi. Elle était perspicace, comme sa fille.

— Que se passe-t-il ? demanda-t-elle enfin.

— Eh bien, commença Emilia en ajustant sa fourchette sur la table afin qu'elle soit parfaitement parallèle au couteau, comme si elle ajustait des scalpels et d'autres instruments médicaux sur un plateau pour préparer une opération. Je ne me sens pas très bien dernièrement, parce que...

Kim inspira brusquement en posant la main sur sa poitrine.

— Oh non... *non*. Je me posais la question, parce que tu es si pâle. S'il te plaît, ne me dis pas que tu es de nouveau malade.

C'était comme si Kim venait de jeter une chape de plomb sur toute la table et Emilia écarquilla les yeux. Cette peur n'était jamais loin de nos esprits et personne n'avait vraiment guéri du traumatisme. Mon épouse cligna des paupières en regardant sa mère avec un air coupable.

— Je suis en bonne santé. Et je me sentirai bientôt beaucoup mieux. Dans neuf mois, pour être précise.

Peter comprit le premier tandis que Kim regarda sa fille en silence, comme si elle était coincée sur un écran de chargement.

Il posa la main sur celle d'Emilia.

— C'est merveilleux ! Félicitations.

Kim fronça les sourcils, cligna des paupières, puis elle commença lentement à comprendre.

— Quoi… ?

Peter se tourna vers elle en riant.

— Tu vas être mamie !

Il me donna des tapes dans le dos.

Kim jeta un regard noir à son mari de l'autre côté de la table.

— Si tu m'appelles encore une fois « Mamie », ça va mal se passer.

Cela fit encore plus rire Peter.

Kim nous fit tout un interrogatoire pour avoir les détails : la date du terme, tout ce que nous savions sur la santé d'Emilia, si nous avions informé son oncologue et reçu son accord. À un moment, Peter poussa un gros soupir en regardant Kim.

— Tu sais que c'est Adam, quand même, hein ? Je ne crois pas qu'il aurait négligé le moindre détail.

Kim écarquilla les yeux.

— Eh bien, qu'est-ce que j'en sais ? Ça aurait pu être un accident.

Ma femme se pencha en avant avec un air de conspiratrice.

— Adam ne fait pas d'erreurs, maman. Tu devrais le savoir, maintenant.

Emilia me jeta un regard taquin et satisfait d'elle-même. Je la regardai en plissant les yeux et elle répondit par un sourire en coin.

Nous parlâmes un peu plus longtemps, mais quand Kim commença à se lancer dans des plans détaillés pour les vêtements du bébé, sa chambre et les décorations, Peter me jeta un regard qui était clairement un appel à l'aide.

— Tu veux aller t'étirer les jambes avec moi ? lui demandai-je.

Il leva un sourcil.

— J'ai cru que tu n'allais jamais me le proposer.

Là-dessus, nous saluâmes nos merveilleuses femmes, qui remarquèrent à peine notre départ.

Nous traversâmes l'île et marchâmes du pont jusqu'à la péninsule, traversant le boulevard Balboa jusqu'à la plage. Comme c'était une journée magnifique du début du mois de juin, les surfeurs étaient omniprésents et le sable était couvert de personnes qui prenaient des bains de soleil et de groupes de familles agglutinées sous des tentes de plage colorées. Je tournai à gauche pour descendre la piste cyclable pavée de Newport-Balboa vers l'est en direction de The Wedge. Des vélos filaient à côté de nous à un rythme régulier.

Peter sembla percevoir la tourmente intérieure que je ressentais en même temps que la situation heureuse, car il alla droit au but :

— Alors, comment ça va ? Est-ce que tu es toujours sain d'esprit ou est-ce que tu as déjà tout analysé en long, en large et en travers sept millions de fois ?

Mon oncle me connaissait bien.

Je fourrai les mains dans mes poches et lui jetai un coup d'œil.

— Eh bien… oui à tout ça. J'ai pensé et repensé à tout, mais pas nécessairement pour les raisons que tu imagines.

Peter pencha la tête avec un air interrogateur sans dire un mot. Je respirai profondément et je poursuivis :

— La semaine dernière, nous avons eu un… incident.

Il hocha la tête en restant silencieux. Franchement, Peter était le meilleur pour m'écouter.

— Elle a été vraiment malade. Elle s'est évanouie au travail à cause d'une hypoglycémie et elle m'avait caché sa nausée extrême depuis des semaines.

Il écarquilla les yeux en pinçant les lèvres.

— Hmm. Ce n'est pas bien, surtout si elle a l'impression de devoir te cacher des choses. Je suis certaine que ça a dû te rappeler l'époque où elle combattait son cancer.

Je poussai un long soupir.

— Exactement. Je suis juste…

Je m'interrompis en secouant la tête et serrai les poings dans mes poches.

Peter posa une main sur mon bras.

— Adam, respire. Ça ne recommence pas. Je suis sûr que tu lui as parlé.

— Je lui ai plutôt crié dessus.

Il acquiesça.

— C'est compréhensible.

Je secouai la tête.

— Compréhensible, oui, mais pas acceptable.

Peter éclata de rire.

— Tous les couples se crient dessus de temps en temps. Personne n'est parfait. Mia apprend vite. Je suis certaine qu'elle a compris, quand tu lui as montré, qu'elle répétait le même schéma qu'avant. Elle ne refera pas la même erreur.

— Je veux dire… je comprends pourquoi elle a fait ça. Elle a l'impression de devoir protéger tout le monde aux dépens de sa propre santé, mais ça va à l'encontre de mes besoins : la protéger et l'éloigner du danger. Si elle ne veut pas me tenir au courant, je ne peux pas le faire. Et je dois dire que ça fait deux strikes, maintenant.

Il poussa un soupir.

— Mais ce n'est pas un match de base-ball. Tu as un problème de confiance, c'est vrai. As-tu l'impression que ça va te conduire vers quelque chose de sérieux, comme une séparation ?

Je secouai vigoureusement la tête.

— Non, non. Je veux dire, pas ce problème directement. Mais si je n'ai pas confiance en elle, eh bien, ça m'inquiète.

Peter haussa les épaules.

— Pour ce que ça vaut, je suis heureux de te donner mes conseils. Mais franchement, je crois qu'au point où tu en es, il vaudrait mieux envisager de t'adresser à un professionnel.

Je respirai et tournai la tête vers les vagues qui frappaient la plage et se dissolvaient en mousse blanche, emportant les surfeurs et les nageurs avec elles. Une brise se leva, parfumée de crème autobronzante à la noix de coco, d'eau salée et d'algues qui émettaient une odeur âcre en séchant. J'avais redouté qu'il suggère une thérapie. Franchement, cette idée m'avait traversé l'esprit aussi.

Il était évident que j'avais encore quelques problèmes d'autrefois. Et franchement, étant donné mon passé, il y avait tout un tas de problèmes profondément enfouis. Étais-je prêt à affronter tout cela ? Mes épaules s'affaissèrent.

— Ce n'est pas si terrible, Adam. J'ai vu quelqu'un pendant quelques années après mon divorce. Ça m'a aidé. Franchement, je le recommande.

Je jetai un long regard à mon oncle.

— Est-ce que je suis brisé, Peter ?

Il éclata de rire sans hésiter.

— Tu es l'homme le plus fort que je connais. Mais tous, même les plus forts, ont parfois besoin de se décharger d'une partie de leur fardeau... et de travailler sur eux-mêmes en tant que personnes. Non seulement tu dois gérer le passé, mais tu vas aussi affronter un énorme changement dans ta vie. Je ne peux pas minimiser l'importance de l'événement qui vous arrive à tous les deux.

J'acquiesçai.

— Oui, ça aussi, ça m'inquiète.

— Qu'est-ce qui t'inquiète ?

Je haussai les épaules.

— Je me demande si je serais un père à peu près acceptable. Je n'ai pas eu d'exemple de ce que ça signifiait pendant les douze premières années de ma vie, jusqu'à emménager avec toi et les cousins. Et l'unique exemple parental que j'ai eu... eh bien, tu sais comment ça s'est passé...

Le visage de Peter s'assombrit un instant, comme s'il se souvenait de quelque chose de cette époque, peut-être même de mes parents, qu'il envisageait de partager avec moi. Au lieu d'insister, je suivis son exemple et j'attendis. C'était vraiment bizarre d'avoir ce genre de conversation avec Peter, mais c'était aussi un peu un soulagement.

Il prit une profonde inspiration et je regardai droit devant moi.

— Tu es à des lustres de ce qu'ils étaient, Adam. Et tu ne devrais pas les laisser te hanter. Ton père...

Il s'interrompit et redressa les épaules. Je voyais que parler de mon père faisait toujours remonter des émotions pour Peter. En tant que frères, ils étaient proches. J'avais remarqué cela aussi.

Peter continua :

— C'était le meilleur homme que je connais. Mais le mariage de tes parents était un échec bien avant qu'il commence, et je sais que c'est aussi ce à quoi tu penses. Mia et toi, vous avez été mis à l'épreuve, en réalité. Vous avez déjà affronté des choses que la plupart des couples mariés n'ont jamais à affronter… et vous vous en êtes sortis brillamment. Je ne pourrais même pas imaginer une femme fictive qui te serait mieux assortie que Mia.

Il me fit un sourire rassurant et quand je hochai la tête pour qu'il continue, il le fit sans hésiter.

— La clé lorsqu'on fait venir une nouvelle vie au monde, ce qui est rend la chose beaucoup plus facile à faire, ce sont les fondements d'un bon partenariat avec l'autre parent. Ils ne sont pas obligés d'être mariés, ni même d'être romantiquement ensemble. J'ai vu des couples divorcés et des parents qui ne s'étaient jamais mariés mettre de côté leurs différences pour être des parents incroyables avec les enfants qu'ils partageaient. Mais une communication claire est cruciale. Et ce fardeau ne repose pas entièrement sur toi. Mais parler avec quelqu'un, apprendre des stratégies pour gérer – et dans certains cas – éduquer ta partenaire à voir ce dont tu as besoin sera déjà un grand pas pour t'aider à affronter ces défis.

Nous marchâmes encore quelques mètres. Il se racla alors la gorge et reprit la parole :

— Ton présent n'est pas menacé par ton passé, Adam. Ce qui est arrivé entre tes parents ne fait même pas partie de ton histoire. C'était leur histoire, et franchement, elle était tragique pour tous ceux qui étaient impliqués. Mais ça n'a pas à définir ton avenir. J'ai un jour entendu quelqu'un dire que presque chaque personne a deux relations parent-enfant dans sa vie : celle que nous avons en tant qu'enfants avec nos parents, qui est celle sur laquelle nous avons le moins de maîtrise. Et puis celle que nous avons en tant qu'adulte, en tant que parents avec nos enfants, que nous pouvons beaucoup plus maîtriser. Tu peux voir ça comme une deuxième chance et avec un peu d'aide, un peu d'effort conscient et de soutien, je pense que tu vas être aussi doué pour être père – ou meilleur encore – que pour tous les autres défis de ta vie.

Je clignai des paupières en digérant tout cela.

Peu de temps après, on fit demi-tour pour retourner à la maison, presque entièrement en silence, pendant que je ruminais mes propres pensées. Nous passâmes quelques minutes de plus à bavarder avec les dames, puis on se dit au revoir. Peter me serra longuement dans ses bras, me fit une tape dans le dos et dit doucement :

— Tu gères, Adam.

Je regrettais de ne pas être aussi sûr de moi qu'il semblait l'être. Mais il m'avait donné beaucoup de matière à réflexion. Et réfléchir, c'était exactement ce que j'avais l'intention de faire.

Chapitre Vingt-quatre

Mia

Les semaines passerent, et chaque jour semblait apporter un autre changement étrange à mon corps. Je commençais à avoir un petit ventre, mais seulement si je me regardais de près dans le miroir en ne portant que des sous-vêtements. En outre, je commençais à avoir les seins douloureux, ce qui était embêtant pour serrer les gens dans mes bras.

La nausée resta majoritairement sous contrôle, même si j'avais parfois l'impression que c'était comme un mal de mer permanent. Cependant, je réussis à garder les aliments dans mon ventre. Mon mari vérifiait tout ce que j'ingérais en sa présence, et j'entendais presque les cliquetis et les rouages de sa calculatrice mentale quand il enregistrait chaque calorie que je mangeais. Il me posait même des questions le soir : ce que j'avais mangé au petit déjeuner, au déjeuner, si j'avais mangé des encas ? Je jouais le jeu, parce que je me sentais coupable de lui avoir fait peur.

Le syndrome post-traumatique était évident. Je sentais que son angoisse sous-jacente grandissait à chaque jour qui passait. Je l'aidais donc en le rassurant comme il en avait manifestement besoin. Il lut des livres comme un fou. *J'attends un enfant. Ce qui vous attend si vous attendez un enfant. L'Encyclopédie de la grossesse. Le Manuel de la grossesse. Le Wiki de la grossesse, La Base de Données ultime pour mari maniaque et perfectionniste. Comment être un vrai tyran quand votre femme porte votre enfant.* J'en ai peut-être inventé certains.

Au lieu d'être sèche avec lui ou d'exprimer directement mon exaspération, je décidai à la place de m'amuser un peu.

Je lui inventai des choses à faire. Par exemple, je lui fis parler à mon ventre chaque soir pendant trente minutes et s'il ne voulait pas parler aussi longtemps, alors il pouvait faire dix minutes de chant. Quand je le lui proposai, il me jeta un de ses fameux regards.

Je levai les sourcils en croisant les bras.

— Mon vieux, si je dois me plier en quatre pour toi, alors tu dois faire quelque chose pour moi. Notre fils ou fille a besoin d'entendre son père.

Il fronça les sourcils.

— Mais il ou elle n'a pas encore d'oreilles. Je l'ai lu dans ce livre sur le développement du fœtus que…

Je levai une main en le fixant du regard.

— Les vibrations. Les vibrations de ta voix. Il y a eu des études scientifiques à ce sujet.

Je lui jetai le regard le plus sévère dont j'étais capable, faisant de mon mieux pour ne pas éclater de rire en voyant son irritation manifeste.

Il finit par s'exécuter. Le premier soir, il commença à parler de tout un tas de choses, sans doute n'importe quoi, mais c'était difficile à dire parce que je l'entendais à peine.

J'adorais cependant la façon dont sa grande main s'étalait sur la légère courbe de mon ventre pendant qu'il parlait.

— La première étape, c'est la conceptualisation, quand on définit l'objectif et que l'on établit les thèmes. Ensuite, il faut introduire les mécanismes de gameplay et les défis qui s'alignent sur le thème et les objectifs de la quête. Des choses comme les combats, les passages où il faut faire preuve de discrétion, des énigmes dans les dialogues, ou les séquences de jeu de plate-forme. Mais il faut toujours établir un équilibre des difficultés, parce que...

Je poussai un soupir.

— Je crois qu'il va falloir un moment avant que le bébé puisse suivre les traces de son père.

Il me jeta un regard rusé.

— Il n'est jamais trop tôt pour commencer à l'endoctriner.

— Et si le bébé veut suivre *mes* traces et partir dans la santé ?

Il secoua la tête.

— Impossible. Il doit subvenir à nos besoins quand nous serons vieux dans le mode de vie auquel nous sommes habitués. Les médecins ne gagnent pas assez pour ça.

Je lui donnai une tape sur le bras.

— Très drôle.

Une lueur espiègle apparut dans ses yeux sombres quand il déplaça la main sur mon ventre. Ensuite, il pencha la tête pour y déposer un baiser et recommença à parler à mon ventre.

— Une dernière précision : je suis sur le point de faire des choses coquines à ta mère, alors s'il te plaît, couvre tes yeux. Tu es trop jeune pour ça.

Il lui avait suffi de dire *des choses coquines* pour que tout s'illumine en moi comme la maison de Clark Griswold dans *Le Sapin a les boules*. Ça faisait plus de trois semaines que nous n'avions pas fait grand-chose dans la chambre... depuis avant l'incident à l'hôpital, car je ne me sentais pas bien alors. Et depuis le fameux incident, il n'avait jamais abordé le sujet. J'avais tenté une fois quand j'avais commencé à me sentir mieux, mais il m'avait poliment rejetée.

Ce soir, il était évident que ce futur père extrêmement sexy avait besoin d'évacuer son stress et j'étais partante pour la même chose.

Cependant, juste au moment où il s'allongea à côté de moi et m'attira contre lui, je me mis à ricaner à cette pensée… c'était même en plein milieu d'un baiser. Il s'écarta et me jeta un regard interrogateur.

— Est-ce que je te chatouille sans faire exprès ?

— Non, non.

Je souris, puis je m'esclaffai de nouveau.

— C'est juste que je pense au DILF canon que tu es.

— Non… non, on ne parle pas de ça, sauf si tu veux que je te traite de MILF.

— Tant que je suis une Maman que *tu* aimerais baiser, ça me va.

— Oh, tu l'es en ce moment, *vraiment.*

Il n'avait pas perdu la main : ma culotte fut retirée en l'espace de quelques secondes. Adam m'embrassa profondément sur les lèvres avant de s'écarter et de descendre le long de mon corps, évitant mes seins trop sensibles sans même que j'aie besoin de le lui rappeler. Non, il contourna complètement cette zone pour continuer rapidement en suivant les méridiens de mon corps avec ses lèvres douces et déterminées.

Avec des soupirs de plaisir et d'impatience, je me détendis dans ses bras.

La bouche d'Adam descendit jusqu'à la naissance de mes cuisses, ses lèvres entourant mon clitoris pendant que je cambrais le dos et recroquevillais les orteils. Ça faisait un moment que je ne m'étais pas sentie sensuelle, et toute cette attention sur moi me poussa vite à respirer fort et à monter jusqu'à la jouissance.

— Ne. T'arrête. Pas, haletai-je.

Et même s'il aurait pu me taquiner en s'arrêtant, il ne le fit pas. Ses mouvements étaient urgents, résolus. Il était concentré sur son objectif qui me faisait serrer les cuisses autour de sa tête en criant son nom quand je jouis. J'étais officiellement à plat.

Quand je réussis à reprendre mon souffle et que je repris conscience du monde autour de moi, il était une fois de plus allongé à côté de moi.

— Merde, c'était... hallucinant.

Je clignai des yeux, voyant toujours des couleurs pour lesquelles je n'avais pas de noms crépiter comme des feux d'artifice derrière mes paupières. Mon corps était détendu, ramolli et baigné de chaleur.

— Ça fait trop longtemps, hein ?

Je tendis la main et la posai sur son érection.

— Absolument. Je crois qu'on devrait rattraper le temps perdu.

Il retint son souffle quand je refermai les doigts autour de son membre et que je les fis glisser jusqu'en bas avec assurance.

— Mais je suis trop gourmande. C'était un orgasme incroyable, mais j'ai besoin de ta B.

— De ma B ?

— Oui, B comme bonbon. Comme Baise-moi, bébé.

Il roula sur le côté et me tira contre lui, sa bouche enveloppant la mienne.

— Tes désirs sont des ordres.

Nous nous embrassâmes longuement pendant que je passais une jambe autour de sa hanche et que je tirais sur lui pour le faire rouler au-dessus de moi. Il jouit rapidement et volontiers, mais il hésita juste après, comme s'il se rendait soudain compte de ce qu'il se passait.

— Est-ce que…?

J'éclatai de rire.

— C'est bien. C'est plus que bien. Ce sont les ordres du médecin.

Il eut un sourire diabolique.

— Il est temps de remplir cette ordonnance, alors.

— Oh, remplis-moi. Oui, remplis-moi.

Il ricana en revenant sur moi et installa ses hanches entre mes jambes. Sans un mot de plus, il glissa en moi et je verrouillai les jambes autour de sa taille. Il rapprocha son visage du mien et nous restâmes allongés ainsi pendant un long moment, les corps et les bras unis, nous regardant au fond des yeux.

Ses yeux sombres contenaient les braises du désir et une envie tout au fond qui me rendit impatiente. Mon corps gourmand et avide en voulait davantage, et j'attendis.

— Tu es tellement belle, chuchota-t-il, émerveillé, comme un prêtre devant l'autel plongé dans sa prière.

Je fermai les paupières et ne pus pas imaginer de moment entre nous plus parfait que celui-ci. Nous avions rassemblé tant de moments parfaits pendant les années que nous avions passées ensemble.

J'avais vraiment de la chance.

Il commença alors à bouger et je chavirai de plaisir, mon corps se balançant en rythme avec le sien, créant une musique qui nous appartenait.

Ses mouvements furent lents, doux, et il ouvrit la bouche pour la refermer autour de la mienne, sa langue entrant et sortant de mes lèvres en même temps que le reste de son corps. Il prit son temps et même si ce soir j'étais agitée et que j'avais envie de plus de brutalité, je ne lui mis pas la pression pour qu'il change de rythme.

Je compris qu'il se retenait sans doute, se forçant sûrement à être particulièrement doux à cause du bébé, ou de mes nausées, ou alors une autre raison qui était typiquement son genre. Mais j'étais là pour profiter de ce moment, de lui. Ses mains, sa bouche, son membre qui allait et venait en moi tandis que sa respiration devenait plus laborieuse.

Malgré le soin qu'il apportait au fait d'aller lentement, il ne fallut pas longtemps pour que nous jouissions, car cela faisait un moment. Quand il s'immobilisa au-dessus de moi en soutenant son poids avec les coudes, je fermai les yeux et passai les bras autour de son cou pour me cambrer contre lui, sentant la montée et les contractions de mon orgasme le faire tomber dans sa propre extase.

Quand il respira enfin, sa peau était couverte de sueur et délicieusement collée à la mienne.

Il descendit avec douceur et me serra contre lui. Il embrassa ma tempe.

— La MILF la plus canon que je pourrais vouloir baiser. J'ai vraiment de la chance.

CHAPITRE

VINGT-CINQ

ADAM

ALORS QUE NOUS NOUS PREPARIONS POUR LE RETOUR AU travail d'Emilia, je prenais lentement confiance en me disant qu'elle était honnête avec moi. Mais je n'étais pas encore tout à fait au bout du processus et il fallait que je me rappelle de ne pas être désagréable avec elle quand mon angoisse montait. Je me dis que c'était le moment de commencer quelques recherches en ligne, de passer quelques coups de fil et de prendre un rendez-vous. J'étais un peu trop gêné pour informer mon assistante du fait que j'allais consulter un professionnel de la santé mentale. Et même si je ne savais pas trop quelle direction ça allait prendre, j'espérais en même temps que ce soit une bonne chose pour moi… et pour nous.

Pour être sincère, mon cœur doutait fortement que cela puisse aider les sentiments merdiques, la peur sombre et glaciale qui résidaient maintenant tout au fond de moi vingt-quatre heures sur vingt-quatre.

Je trouvai une thérapeute qui me semblait prometteuse. Une femme dont le cabinet n'était pas loin de mon bureau à Irvine. Je ravalai mes craintes et je me forçai à prendre rendez-vous.

Ensuite, il me fallut trouver une excuse pas embarrassante à noter dans mon calendrier. Je devais bloquer le créneau afin que Maggie ne prévoie pas autre chose pour moi accidentellement. Il me fallut réfléchir, mais je finis par choisir DM, pour Dépiautage Mental. J'allais devoir modifier l'intitulé chaque mois environ, peut-être des leçons pour apprendre à jongler ?

Et ce fut à peu près aussi étrange que ce à quoi je m'attendais. Du moins, au début.

Son cabinet était élégant et raffiné, tout en blanc, verre et chrome. Et heureusement, elle n'avait pas le divan cliché de la psy.

— Monsieur Drake, ravie de vous rencontrer, entrez et asseyez-vous.

Je choisis le fauteuil blanc face à elle, content qu'il soit plus confortable qu'il n'en avait l'air.

La psy était aimable et professionnelle. J'aurais dit qu'elle avait environ l'âge de Kim, toute menue, avec des cheveux teints couleur cuivre et coupés courts. J'aurais été surpris si elle faisait plus d'un mètre cinquante.

— Vous pouvez m'appeler Kendra. J'utilise le pronom *elle*. Et comment aimeriez-vous que je vous appelle ?

Je me raclai la gorge, m'agitai un moment, puis la regardai dans les yeux.

— Adam, c'est très bien. Avec le pronom *il*.

La première partie du rendez-vous fut un questionnaire standard où je répondis à ses questions rapides par des réponses courtes et concises.

Ensuite vint le moment où je fus sur la sellette.

— Alors, pourquoi avez-vous décidé de suivre une psychothérapie, s'il y a une raison spécifique ?

Argh. Ça ne faisait même pas vingt minutes et je grimaçais déjà intérieurement en regrettant ma décision.

Je clignai des paupières, prenant bien trop de temps pour répondre pendant que je m'agitais sur mon fauteuil.

Elle sembla percevoir mon malaise, mais me laissa le temps de formuler ma réponse malgré tout.

— Je vais bientôt vivre des changements énormes dans ma vie… ils sont en cours, à vrai dire. Et j'ai simplement besoin de me débarrasser de la noirceur de certains sentiments en moi. Je ne sais même pas si vous pouvez m'aider avec ce genre de choses.

Ses lèvres esquissèrent un sourire et elle pencha la tête. Ensuite, elle acquiesça.

— Oui, oui, c'est exactement ce que je peux faire.

Je quittai le cabinet en étant rassuré. Oui, ça avait seulement été le premier rendez-vous où elle m'avait posé beaucoup de questions et pris beaucoup de notes. Mais j'avais l'impression de pouvoir travailler avec cette personne.

Le défi suivant allait être de garder tout ça secret pour l'instant, même avec Emilia. Je me sentais légèrement hypocrite à ce sujet. D'autant plus que je lui avais reproché de me cacher ses nausées matinales. Mais même si je sortais de ce premier rendez-vous en me sentant plutôt positif concernant mon plan d'action, je ne voulais pas donner de faux espoirs à Emilia – ou n'importe qui d'autre – au cas où je finirais par échouer.

Et dans la même veine de l'amélioration de soi, nous nous inscrivîmes à un cours d'éducation parentale. Parce que nos emplois du temps étaient très remplis, nous avions choisi des cours en ligne avec la consultation d'un coach parental personnel à différentes étapes de la formation.

Et comme d'habitude, nous transformâmes le cours en jeu entre nous, faisant une compétition en nous basant sur notre avancée dans les modules ou nos scores dans les quiz automatisés pour vérifier la compréhension.

Et quand les ressources du cours – comme les vidéos – devenaient ennuyeuses, nous choisissions de les faire ensemble, interpellant parfois les présentations vidéo à la façon de la série *Mystery Science Theater 3000*.

L'autre gros projet en cours était la question de la maison, et j'avais fait la majorité du travail de base là-dessus. J'avais contacté l'agent immobilier recommandé par Dom et je m'étais renseigné sur les communautés des canyons que mon ami avait suggérés en me renseignant sur cet endroit au nom idyllique de Canyon Hollow. D'après sa description, cela ressemblait à un petit hameau pittoresque, une île entourée par des banlieues parmi les plus denses du pays.

Eh bien, nous pouvions commencer par chercher là-bas et si Emilia détestait, nous allions orienter nos recherches vers d'autres parties du pays.

Notre première approche sembla prometteuse après avoir quitté l'autoroute et pris la longue route qui devenait plus étroite en ne gardant que deux voies. Les montagnes pas vraiment sauvages de Santa Ana grandirent sur l'horizon tandis que la route suivait le paysage en sinuant entre les anciennes plantations de chênes de Californie qui formaient de jolies arches au-dessus de nous. Ils créaient un couloir sombre et vert tout autour.

C'était vraiment comme de voyager dans un autre monde. Un monde assez proche pour faire le trajet jusqu'au travail.

— C'est magnifique, souffla Emilia. Je ne crois pas être déjà venue ici.

La route remonta brièvement avant de redescendre et nous eûmes droit à un aperçu ininterrompu des cimes jumelles iconiques de Saddleback Ridge, un point de repère proéminent qui surplombait l'intérieur du Comté d'Orange les jours où le ciel était clair. Le trajet était relaxant : une région pittoresque de collines et de vallées et de parties boisées dans d'immenses zones de campagne qui formaient le bord est du comté.

Canyon Hollow était une communauté voisine des canyons de Silverado et Black star et pas loin de Modjeska et Trabuco, nommées par les explorateurs espagnols qui avaient traversé ces régions des centaines d'années auparavant.

Notre agent immobilier nous rejoignit à l'entrée du canyon et nous escorta à l'intérieur en nous faisant un résumé de l'histoire locale récente des petites communautés. Nous passâmes devant un méli-mélo de maisons mal assorties, certaines cachées derrière de hautes haies, d'autres aux jardins jonchés de décors éclectiques et inhabituels, ainsi que d'automobiles qui ne fonctionnaient plus.

Il y avait de nouvelles maisons géantes et magnifiques près de minuscules demeures qui donnaient l'impression d'avoir été des cabanes pour le week-end construites au tournant du siècle. Il y en avait pour tous les goûts.

Notre agent immobilier avait quatre maisons à nous montrer, et si elles me semblaient toutes faire l'affaire avec un peu de travail, Emilia ne les aima pas du tout.

— J'ai une dernière possibilité. C'est collé contre la forêt Nationale de Cleveland. La propriété a besoin de quelques soins, mais nous pouvons y passer, si ça vous intéresse d'y jeter un coup d'œil.

Nous échangeâmes un regard.

— Pourquoi pas ?

Le facteur, un homme trapu d'âge moyen, venait de mettre le courrier dans la boîte aux lettres de la maison voisine quand nous sortîmes de la voiture. Il se tourna vers nous avec un grand sourire.

— Bonjour, dit-il.

Nous répondîmes par un sourire et un salut de la main et cela lui suffit pour s'approcher et commencer une discussion avec nous. Il connaissait déjà l'agent immobilier.

— Salut, Alan. Tu as vu la dernière photo ? Elle est magnifique, hein ?

— Oh, salut Miguel. Comment ça va aujourd'hui ?

— Les Piliers de la Création… mieux que la photo de Hubble de » 95, bien sûr. Incroyable.

Notre agent immobilier, Alan, sembla vouloir nous éloigner, mais avant qu'il y parvienne, le facteur, qui semblait très aimable, se tourna vers nous.

— Vous deux, vous suivez les images du télescope James Webb ?

Il secoua la tête et précisa :

— Ils en ont pris une dans la nébuleuse de l'Aigle à 6500 années-lumière. Une photo épatante.

Alan nous jeta un regard gêné.

— Miguel est notre facteur, et c'est aussi un astronome amateur à l'observatoire.

Je levai un sourcil, soudain intéressé.

— Il y a un observatoire ?

— À vrai dire, il n'est pas loin… il faut monter la colline de la réserve naturelle. Cette propriété est accolée à la réserve, juste de l'autre côté du ruisseau de Saddleback.

— On n'a plus tellement de cieux obscurs, avec la civilisation qui déborde, ajouta Miguel.

Un observatoire. Une réserve naturelle. Un ruisseau au bord de la propriété. Une population locale peu banale. Cet endroit me plaisait de plus en plus. Je jetai un regard en coin à Emilia. Si elle n'aimait pas une des maisons existantes, nous pouvions acheter un terrain et en faire construire une.

Mais cela prendrait du temps et le bébé allait arriver dans moins de six mois.

Il suffisait d'un seul coup d'œil vers la maison – qui était restée vide pendant quelques années – pour comprendre qu'elle était unique.

— Il faudra du travail pour la réparer. Et la mettre au goût du jour, dis-je en regardant autour de moi et en jetant un coup d'œil à Emilia.

Ça avait été une très belle maison, grande, construite dans les années 20 avec des détails magnifiques et des meubles encastrés. Mais elle avait été négligée et les installations étaient vieilles.

C'était le terrain sur lequel elle se trouvait qui avait le plus grand attrait. Il y avait presque un hectare de bois bordé d'un côté par le ruisseau loin au-dessous – juste assez loin pour qu'il n'y ait pas de risque d'inondation.

Nous fîmes le tour de la propriété avant d'atteindre un point de vue au-dessus du ruisseau qui s'écoulait lentement.

— C'est assez petit, même pour un ruisseau, fis-je remarquer.

— On est en Californie du Sud, c'est un climat côtier sec et chaparral. Le ruisseau n'est qu'un filet d'eau maintenant, mais la météo de l'hiver et du printemps en fait une étendue d'eau respectable.

— Rien que le bruit de l'eau est relaxant, dit Emilia doucement.

Elle semblait émue. Était-ce le bon endroit pour nous ?

Ce qui confirma notre choix, cependant, eut lieu lorsque le ciel s'assombrit et que le soleil avait plongé derrière les grandes parois du canyon. Alan nous fit soudain taire et murmura :

— Levez les yeux, mais ne faites pas de mouvements brusques.

Et juste de l'autre côté du ruisseau, au pied de la paroi escarpée du canyon, une biche et ses deux faons broutaient paisiblement dans les fourrés, sans faire attention à nous. Waouh.

Emilia me regarda et je vis alors que notre choix était fait : en ce qui la concernait, notre nouvelle maison était ici.

Nous terminâmes la visite peu de temps après et je dis à l'agent immobilier que nous allions le contacter.

En moins de vingt-quatre heures, nous avions fait une offre sur la maison.

J'appelai ensuite un entrepreneur que Jordan connaissait et en qui il avait confiance et je l'engageai pour faire une inspection de la maison et commencer les rénovations. Nous engageâmes aussi une décoratrice d'intérieur.

Bientôt, nous allions quitter la plage pour devenir des résidents du canyon, et j'étais prêt. Comme l'avait un jour dit un célèbre philosophe mort, la seule constante dans la vie était le changement. Et quand les Drake changeaient, ils y allaient à fond.

Chapitre

Vingt-six

Mia

E T LA FETE CONTINUA, ASSISE DANS UNE SALLE D'EXAMEN glaciale avec seulement une blouse en papier qui s'ouvrait sur le devant. Les reflets des merveilleux étriers chromés me provoquaient depuis l'extrémité de la table d'examen. Argh.

C'était dans ce genre de moment, quand j'étais obligée d'être une patiente, que je saisissais l'occasion pour tout retenir. En tant que médecin, il était si facile d'oublier que le patient sur la table d'examen était une personne avec des peurs, des angoisses, un malaise généralisé concernant des choses comme la blouse en papier et les étriers en métal, par exemple. C'étaient des moments où je devais me forcer à être présente, dont je devais me souvenir et qu'il fallait internaliser pour devenir meilleur médecin.

Sauf qu'à la place, je fus obligée d'écouter les bavardages nerveux de mon mari pendant qu'il faisait sauter sa jambe à un million de kilomètres-heure. Si je lui demandais pourquoi il était nerveux, il allait nier en bloc qu'il éprouvait inconfort ou angoisse. Je jouai donc le jeu, ce qui ne m'aidait pas du tout à vivre dans l'instant.

— Qu'est-ce que tu penses du prénom Ada ? demanda-t-il.

Je détournai le regard des trous dans les carreaux du plafond beige pour le regarder.

— Un prénom pour qui ? Un nouveau personnage de Dragon Epoch ?

Il fronça ses sourcils sombres.

— Non. Pour le bébé, si c'est une fille.

Je plissai le front en le regardant.

— D'où sors-tu Ada ? Est-ce que tu as juste enlevé le M de ton prénom pour qu'elle soit nommée d'après toi ?

Cette pensée le mit en joie.

— À vrai dire, je n'avais pas envisagé les choses sous cet angle, mais c'est encore mieux. L'idée vient plutôt d'Ada Lovelace. Elle a vécu au dix-neuvième siècle et elle est considérée comme une personne cruciale dans le développement de la programmation moderne. Le gouvernement a nommé un langage de programmation d'après elle, et il existe même du matériel informatique du même nom.

Je levai les sourcils.

— Et maintenant… notre bébé aussi, si tu obtiens ce que tu veux ?

— Ada Drake. C'est joli, non ?

J'éclatai de rire, surprise qu'il ne l'entende pas.

— Tout le monde va penser que tu voulais simplement une forme féminine de ton prénom et que tu l'as nommée d'après toi. Alors, que veux-tu faire si c'est un garçon ? Adam Drake Junior ? Si je décide de donner un deuxième prénom à ce pauvre gamin, ça ne sera pas junior, hein ?

Il secoua vigoureusement la tête.

— Non, pas junior. Je suis allé à l'école avec un gamin qui était un junior… et les gens l'appelaient junior au lieu de son vrai prénom. C'était un vrai salopard.

Je poussai un soupir en reportant mon attention sur les réglages de la machine à ultrasons. Si tôt dans la grossesse, j'allais devoir subir une échographie transvaginale, ce qui nécessitait l'introduction de la sonde redoutée. Je n'étais pas vraiment fan.

— Comment fonctionne cet engin, d'ailleurs ? Par ondes sonores ? demanda-t-il.

— Par ultrasons.

Je montrai la sonde en ajoutant :

— Ça, c'est un transducteur. Il envoie les ultrasons dans le corps. Ils sont totalement sans danger, ce qui rend le processus beaucoup plus sûr qu'une radio. Les ondes sonores rebondissent ou traversent le corps, selon s'il s'agit de tissus ou d'os. Alors l'écho…

— Et Grace ? m'interrompit-il.

Je poussai un soupir.

— Adam, tu ne m'écoutes pas. Tu m'as posé une question et j'essayais de t'expliquer comment fonctionne tout le processus. C'est vraiment assez fascinant, tout ce qu'on peut voir grâce à cette technologie.

Mais il n'écouta rien.

— C'est une autre programmatrice. Grace Hopper.

— Eh bien, je préfère Ada et Grace à quelque chose comme Padmé ou Mon Mothma.

Il leva un sourcil en me regardant.

— Eh bien, on aura recours aux noms de Star Wars quand on aura épuisé les programmeurs possibles.

— Tu vas avoir recours directement à autre chose.

Il me regarda avec un air dubitatif.

— Pas de Leia ? D'accord, et sinon Galadriel ? C'est un magnifique prénom élégant pour une femme puissante qui déchire.

Je poussai un soupir.

— Je ne crois pas que ses oreilles seront assez pointues pour ce nom. Et puis, Galadriel Drake donne l'impression que c'est, je ne sais pas, moi, une chasseuse de dragons.

Je regardai la porte.

— Bon sang, il faut que j'aille faire pipi. Quand va-t-elle arriver ?

— Je peux attendre ici, suggéra-t-il. Va aux toilettes. C'est juste à côté…

Je secouai la tête.

— Non, pour l'échographie externe, il faut que ma vessie soit pleine.

Il me jeta un regard.

— Ai-je envie de savoir pourquoi ?

J'éclatai de rire.

— Non, c'est juste une affaire d'anatomie. Cela place mes organes dans la bonne position…

Heureusement, c'est à ce moment que mon obstétricienne, la Docteur Weir, arriva. Elle nous salua avec des sourires et quelques banalités. Quand elle eut posé le transpondeur sur mon ventre et pris les mesures, je pus enfin aller aux toilettes avant de passer à l'étape suivante.

Cette partie, je le savais, allait être plus intéressante pour Adam. Effectivement, moins de dix secondes après que le transpondeur fut mis en place, le *wouch wouch wouch* familier du battement de cœur du fœtus résonna dans les haut-parleurs.

— Alors, Mia, est-ce que tu veux l'expliquer à Adam ?

Mon mari cligna des paupières, puis contempla l'écran, ne comprenant manifestement pas ce qu'il regardait. Ce qui était compréhensible, car pour les non-initiés, l'imagerie par échographie doit ressembler au code vert qui défile en permanence dans *Matrix*. Mais dans ce cas précis, j'étais Neo. Je posai le doigt juste au-dessous de la légère palpitation à l'intérieur du cercle sombre.

— Ça, c'est le pôle fœtal de l'embryon, et tu vois ce petit mouvement qui clignote juste là ? C'est le cœur. Les tissus commencent ce mouvement, imitant un battement de cœur, à cinq ou six semaines.

Adam se pencha en plissant les yeux.

— Oui, je le vois. C'est tellement cool.

— Les tissus commencent très tôt à pomper de cette façon.

Il cligna des paupières, pencha la tête et cligna encore des yeux. Puis, sans un mot, il sortit son téléphone.

— Est-ce que je peux filmer ?

Docteur Weir intervint :

— Oh, je peux vous envoyer un clip vidéo. Normalement, on ne le fait pas, mais Mia est du métier, alors je peux faire une exception. Je vais simplement prendre votre adresse mail sur le dossier et vous envoyer un extrait.

Je lui souris.

— Merci. C'est très gentil.

Elle sourit à son tour.

— Aucun souci.

Elle se tourna ensuite vers Adam.

— Et je dois vous dire que mes filles adorent votre jeu. En fait, elles l'aiment un peu trop. Nous avons dû restreindre le temps de jeu de la plus jeune, parce que ses notes commençaient à s'en ressentir.

Adam lui jeta un regard gêné.

— Désolé, mais… en fait, je ne le suis pas vraiment.

Elle rit.

— Je m'attendais un peu à ce que vous répondiez cela.

Je levai les sourcils.

— Mais elle va bien maintenant ? Elle a réussi à faire remonter ses notes ?

Docteur Weir hocha la tête.

— Oh, oui, oui. Tout va très bien maintenant.

Adam suggéra alors :

— Eh bien, peut-être que quand elle sera en vacances, vous pourriez les emmener au campus et nous ferons une visite, si ça les intéresse.

Elle s'esclaffa encore.

— Vous plaisantez ? Elles vont être folles de joie.

— Vous pourriez vous servir de ça comme une motivation pour qu'elle ait de bonnes notes, dis-je.

La médecin réfléchit et hocha la tête.

— C'est vraiment une très bonne idée. J'ai l'impression que vous allez être naturellement douée pour la maternité, Mia. Vous pensez déjà comme une maman.

Quand je regardai Adam, il sembla distrait, comme s'il ne faisait pas attention à ce que nous disions. En l'examinant de plus près, il me parut très pâle. Mais il se reprit vite et quand nous fûmes seuls dans la voiture, il était redevenu lui-même.

Je lui jetai un regard discret sous mes cils et j'essayai de paraître aussi nonchalante que possible.

— Tout va bien ? Tu m'as paru un peu, euh, distrait à la fin.

Il appuya sur le bouton pour démarrer la voiture.

— Hmm ? Oui, je pensais juste à tout ce que nous avons à faire avant l'heureux événement. Je faisais une liste dans ma tête, tu sais. Les choses à acheter, les cours qu'il faut prévoir, l'écriture du projet de naissance…

Je posai une main sur la sienne.

— Adam, ne mets pas la charrue avant les bœufs. Il nous reste beaucoup de mois. Tout va bien.

— Oui, à ce sujet. Pourquoi est-ce que tout le monde pense que la grossesse ne dure que neuf mois alors que c'est en fait quarante semaines ?

J'éclatai de rire.

— Eh bien, c'est quarante semaines si on compte les deux premières semaines où une femme n'est pas vraiment enceinte. Je suppose que l'on suit simplement la tradition… même si c'est basé sur un mauvais calcul. Ou alors, les femmes n'aimaient pas l'idée de se dire que quarante semaines correspondaient à dix mois. Je suis sûre que vers la fin, il me tardera que ce soit terminé, comme tout le monde.

— C'est peut-être encore un de ces grands mensonges médicaux que l'on nous a fait avaler pendant toutes ces années, me taquina-t-il comme il aimait le faire en sachant combien ces histoires de conspiration médicale pouvaient m'énerver.

Je levai un sourcil.

— Écoute…

Quand il ricana, cela m'irrita davantage.

— Très bien, tu n'as qu'à rejoindre le camp des conspirations médicales. Je vais m'inscrire à la société des platistes.

Chapitre
Vingt-Sept
Mia

Après notre premier examen et l'échographie, Adam et moi décidâmes que nous pouvions commencer à annoncer la nouvelle à nos amis. Je commençai par Heath, bien sûr, pour de nombreuses raisons. Tout d'abord, c'était une excuse pour se voir, puisque nos emplois du temps ne le permettaient pas souvent. Et aussi parce que s'il y avait bien une personne, en dehors de mon mari, qui avait tout traversé avec moi, c'était Heath. Il avait gagné la médaille d'or du véritable ami « à la vie, à la mort ». Nous nous rejoignîmes un jour où j'avais quelques heures de libres, même si j'étais d'astreinte, car il était peu probable que l'on m'appelle.

— Alors, quelles sont les nouvelles pour toi ces derniers temps ? demanda-t-il quand je l'eus écouté se plaindre au sujet d'un client avec qui il travaillait en ce moment et qu'il eut fini de m'entendre sur les longues heures que je passais au travail.

Je levai un sourcil en plongeant ma cuillère en plastique dans le yaourt glacé au caramel au beurre salé avant de touiller vigoureusement.

— Eh bien… j'ai une nouvelle.

— Ah oui ? Tu as enfin décidé de quitter ce fainéant et de prendre un nouveau début dans la vie ? lança-t-il en ricanant.

Je levai les yeux au ciel.

— Tu l'aimes presque autant que moi, alors ça ne marche pas. De toute façon, tu as encore plus de raisons de l'aimer, parce qu'il sera bientôt le père de ton neveu ou de ta nièce.

Heath me dévisagea avec de grands yeux. Je voyais presque les rouages retourner dans sa tête pendant qu'il essayait de traiter l'information.

Je me mordis la lèvre.

— Ce que je veux dire, c'est… que tu vas être tonton. Parce que tu es mon frère d'une autre mère.

J'attendis patiemment qu'il comprenne.

Après une seconde gênante pendant laquelle il me regarda en clignant des yeux, il finit par lâcher :

— Je vais être tonton !

Il bondit de sa chaise et vint me serrer avec beaucoup de force dans ses bras. Ce câlin était plus puissant que des mots pour exprimer son enthousiasme.

Je ne pus m'empêcher de rire, une joie sans entrave remontant comme des bulles dans ma poitrine.

— C'est littéralement ce que je viens de dire. Tu ne fais que répéter.

— Oh, c'est génial.

Il me lâcha enfin et retourna à sa place auprès de son yaourt qui fondait rapidement. Néanmoins, il ignora son bol et se contenta de me regarder.

— Tonton Heath, ça sonne bien, hein ? dis-je en souriant.

Il me sourit à son tour.

— Fabuleusement bien. Alors, tu veux quoi ? Un garçon ou une fille ?

Je fronçai les sourcils et touillai mon yaourt glacé qui devenait de plus en plus mou.

— Je n'en sais rien, à vrai dire. Je crois que l'un ou l'autre sera aussi bien.

Il agita les sourcils.

— Ou aussi difficile, selon si tu es du genre à voir le verre à moitié plein ou à moitié vide.

Il grimaça et ajouta :

— Désolé.

Je souris.

— Non, je comprends. Ça ne va certainement pas être facile.

— Alors, comment vas-tu t'en sortir avec toute une grossesse en essayant aussi de devenir médecin ?

— Eh bien, techniquement, je suis déjà médecin. Mais l'internat sert à me faire obtenir la licence pour pratiquer la médecine. C'est faisable, mais aussi un peu compliqué, c'est vrai.

Il me fit un sourire rassurant.

— Tu es la reine pour faire ce qui est difficile, Mia. En fait, je suis convaincu que tu t'en sors mieux quand les choses commencent par être compliquées.

— Tonton Heath est un vrai sage.

— Oui, c'est parfait. J'ai toujours voulu être l'oncle sage. Il faudra donc endoctriner le gamin pour lui faire comprendre que tonton Heath est plein de sagesse.

— L'oncle excentrique et sage.

Il plissa les paupières et secoua la tête.

— C'est William qui sera l'excentrique. Je serai l'oncle marrant.

Je levai un sourcil.

— Marrant et oncle, hein ? Le *Marroncle* ?

Il éclata de rire.

— Oui, c'est mon titre officiel, maintenant. Marroncle Heath.

Je lui rendis un grand sourire, consciente que non seulement il était à la hauteur de son rôle, mais que ça l'enthousiasmait. Et le plus grand soulagement ? C'était qu'il n'avait pas exprimé la moindre inquiétude au sujet de ma santé.

C'était agréable, pour changer.

Quand je retournai au travail, les choses reprirent comme si mon petit incident n'avait jamais eu lieu… en dehors de quelques collègues qui m'avaient demandé si je me sentais mieux. Il y avait suffisamment d'internes ayant négligé leur propre sommeil et leurs repas en première année pour que mes problèmes en particulier ne se fassent pas tellement remarquer. Heureusement, mon état était toujours secret au travail. Louisa était encore en congé maternité et les deux médecins qui m'avaient traitée pendant mon incident n'avaient pas l'intention de violer le secret médical pour répandre la nouvelle.

Grâce au médicament contre les nausées, j'étais à peu près redevenue comme avant, tout en me fatiguant plus vite et en devant aller beaucoup plus souvent aux toilettes. Le fait que mon secret soit en sécurité ne signifiait pas que j'étais à l'abri de Sa Majesté l'enfoiré, le docteur Craig Iverson, chef de clinique assistant. En fait, je ne croisai pas son chemin avant le troisième jour de mon retour… le jour de ma première longue garde de la semaine. C'était au début du service, et il me restait vingt-huit heures à faire.

Je vérifiai un dossier médical au bureau des infirmières avant de passer dans une chambre pour examiner une patiente. Il s'arrêta juste à côté de moi, posant sa propre tablette pour y prendre quelques notes.

Sans lever la tête, il lâcha :

— Je suppose qu'on se sent mieux ?

— Oui, dis-je sèchement en déroulant la page pour vérifier les derniers résultats des signes vitaux.

Je savais que la patiente allait encore insister pour que je la laisse sortir, alors je devais savoir quels étaient les derniers bilans.

— Oui, tout l'étage en a parlé ce jour-là. Quand je suis arrivé ce soir-là pour ma garde, les gens en parlaient encore.

J'examinai les bilans sanguins… il restait encore quelques domaines qui dépassaient les normes, mais en général, c'était plutôt positif. J'allais devoir consulter mon référent pour savoir quand cette patiente pouvait partir, mais j'avais l'impression que c'était bon signe pour le lendemain matin.

Il parlait *toujours*.

— Ça va être long, tu sais, si tu t'évanouis à la vue du sang.

Je clignai des paupières. Quel crétin !

— Oh, ce n'est pas si grave, rétorquai-je. Je peux toujours devenir radiologue à la place et lire les radios toute la journée.

Là-dessus, je ramassai ma tablette et sans lui dire un mot de plus, je tournai les talons et traversai le couloir pour me rendre dans la chambre de ma patiente et continuer ma journée. J'en avais officiellement terminé avec ce connard et ses conneries. Et son petit commentaire allait rejoindre mon dossier dès que j'avais un instant pour le faire.

Quelques jours plus tard, j'eus une autre occasion d'annoncer notre grande nouvelle à une amie.

April marcha jusque chez moi et nous installâmes nos ordinateurs portables et nos carnets sur la table de la terrasse couverte surplombant la baie qui débordait d'activité. Des bateaux à voile et des petits bateaux électriques passaient, les gens se parlaient entre les bateaux et la rive. Ce n'était pas l'endroit le plus calme pour vivre, et je commençais à être impatiente de profiter de la tranquillité et du silence de notre nouvelle maison dans le canyon.

Adam et moi y étions allés quelques fois pendant le mois écoulé, parcourant les planchers, imaginant le décor, et essayant des teintes de peinture sur le mur. J'avais aussi eu une réunion là-bas avec la décoratrice d'intérieur et elle m'avait aidé à choisir des palettes de couleurs.

À cause de mon manque de temps, elle allait partir de mes préférences et de mes styles pendant que je continuais à partager des photos sur un tableau en ligne pour lui donner des idées. Cela me convenait très bien, parce que déménager et redécorer prenait beaucoup de temps.

Il était deux heures de l'après-midi, mais April laissa échapper un long soupir en étalant tous ses papiers, prête à travailler sur la vision de l'entreprise et la déclaration de mission.

— Est-ce que c'est trop tôt pour déboucher une bouteille de vin ? Parce que, je sais qu'on travaille et tout, mais… ça a été une sacrée semaine.

Je lui servis un verre de la bouteille entamée que nous avions au frigo et je me préparai de l'eau pétillante avec une rasade de citron vert. Quand je revins à table, April fronça les sourcils en regardant ma boisson.

— Alors, comme ça, je bois du vin toute seule à deux heures de l'après-midi ?

Je ris.

— Ne t'inquiète pas, je ne juge pas. Mais je ne vais pas me joindre à toi, même si j'ai eu une sacrée semaine aussi et que j'aimerais beaucoup le faire.

Elle cligna des yeux.

— Alors, pourquoi ? Tu es d'astreinte ce soir ?

— Non, j'ai trois jours de repos en fait, et il me tarde de faire la grasse matinée chaque jour et de regarder au moins deux saisons de *Ted Lasso*.

— Ah, d'accord.

Elle attrapa son verre avec un geste hésitant. Juste avant de boire une gorgée, elle me dévisagea par-dessus le bord.

— Soit tu as eu conscience d'une recherche médicale récente et peu connue affirmant que le vin est mortel, ou alors tu es enceinte. C'est lequel des deux ?

J'écarquillai les yeux, surprise.

Elle sembla amusée par ma réaction, m'examinant de près en penchant la tête sur le côté.

— À vrai dire, je soupçonne ça depuis un moment, maintenant. Tu m'as semblé pâle et maladive les dernières fois que je t'ai vue. Mais ça aurait pu être dû au manque de sommeil à cause de ton travail très exigeant. En tout cas, tu n'agissais pas comme d'habitude, alors j'ai imaginé la grossesse comme une forte possibilité.

Je levai un sourcil.

— Eh bien, dans ce cas tu viens de gâcher mon annonce modeste-mais-ravie !

Elle joignit les mains avec un grand sourire.

— Oh, je suis tellement heureuse pour vous deux.

Elle se leva et fit le tour de la table pour m'embrasser.

— Félicitations ! C'est pour quand ?

— Le vingt-cinq décembre.

Elle éclata de rire.

— Je sais, je sais. C'est le pire jour de l'année pour avoir un bébé.

— Je suis plus embêtée pour le gamin que pour toi, quel anniversaire merdique.

— Je me disais que nous pourrions fêter son demi-anniversaire le vingt-cinq juin, par exemple.

— Eh bien, peu importe sa date de naissance, cet enfant va avoir de la chance. Et avec tes gènes et ceux d'Adam mélangés dans un même être humain, il ou elle va être magnifique, en plus.

Je fis semblant de faire la belle en battant des paupières.

— Eh bien, merci.

Nous nous esclaffâmes et je répondis à quelques questions de plus avant de décider que nous devions commencer ce pour quoi nous étions là : notre nouvelle entreprise. Et plus nous nous enfoncions dans les paperasses nécessaires et les brouillons de notre vision et nos objectifs, plus j'étais reconnaissante d'avoir April avec moi.

Elle leva les yeux de son écran quand nous eûmes finalisé la déclaration de mission.

— Ça va être incroyable. Une clinique spécialement pour les femmes et les enfants avec des difficultés financières.

— Avec la tendance actuelle de notre pays à limiter les droits des femmes à disposer de leur corps, est-il possible de créer un refuge pour les femmes venant d'États où leurs droits sont limités ou même inexistants ?

April sourit avec tristesse.

— Nous avons de la chance de vivre dans un État qui ne limitera jamais ces droits.

Elle secoua la tête avant d'ajouter :

— Ça me met en colère et je me sens aussi un peu impuissante de savoir que toutes les femmes dans notre pays n'ont pas cette garantie.

J'acquiesçai.

— Moi aussi. Et en plus, les gouvernements de ces États menacent illégalement d'arrêter les femmes qui voyagent hors de l'État pour exercer leur droit à disposer de leur propre corps. Et certaines meurent en ne recevant pas les soins médicaux essentiels. Je me disais que nous pourrions en avoir un, je ne sais pas comment appeler ça. Un défi ? Un objectif plus ambitieux ?

April hocha la tête.

— Un projet d'extension, oui, absolument. J'aimerais beaucoup. Nous pourrions même fournir des logements et établir un fonds de transport pour les femmes qui doivent traverser les frontières des États.

Je joignis les mains avec enthousiasme.

— Ce serait incroyable.

Je clignai des paupières en y réfléchissant. Un avortement avait sans doute sauvé ma vie ou du moins, grandement amélioré mes chances de survie. Et même si j'avais toujours gardé un mélange d'émotions à ce sujet, je n'avais jamais regretté d'avoir exercé mon droit à faire passer ma vie avant tout. Afin que ma survie devienne bien plus probable et que je puisse devenir mère plus tard.

Pour beaucoup de femmes, une telle chose était théorique, mais pour moi elle avait été une réalité. Et je voulais à ma façon aider les femmes dans une situation similaire, mais dont les droits avaient été retirés à cause de lois établies par de vieux hommes.

Après tout, cette clinique, notre projet spécial, tournait autour de la justice médicale pour ceux qui trop souvent ne recevaient même pas les soins de base : les femmes et les enfants.

Notre petite équipe constituée d'April, Lindsay et moi – et avec un peu de chance tous ceux qui allaient nous rejoindre dans cette aventure – ne pouvait pas changer le monde, mais nous pouvions améliorer juste un petit peu le coin où nous vivions.

Et cela me rendait à la fois fière et enthousiaste.

Chapitre
Vingt-huit
Adam

Un jour de la mi-juin, Jordan et moi rentrions en voiture du palais des congrès de Los Angeles, où nous avions passé une des journées à l'expo du jeu vidéo, l'Electronic Entertainment Expo. Cet événement, aussi connu sous le nom de E3, était le plus grand dans le domaine des jeux vidéo sur la côte ouest, avec Pax West et le Comic Con de San Diego. Et je savais bien que c'était sans doute la dernière fois que j'y assistais en tant que PDG de Draco Multimedia.

Chaque fois que j'envisageais l'avenir, je ressentais encore cette espèce de tournis et ce léger sentiment d'être perdu. À un moment au cours des six mois à venir, Jordan allait prendre la barre en tant que PDG, et je serais simplement président du conseil d'administration. Ça restait une position puissante de laquelle je pouvais influencer la direction de l'entreprise. Mais j'allais entièrement perdre la main sur les décisions prises au jour le jour. Ce serait le travail de Jordan. Et il était clair que ça lui plaisait.

Je n'aurais pas pu choisir un meilleur remplaçant, en termes d'enthousiasme et de compétences. Mais cette certitude ne faisait rien pour apaiser l'étrange cocktail de perte douloureuse, de doute et de frissons devant le chemin qui s'ouvrait à moi.

Jordan, qui nous conduisait aujourd'hui dans son énorme SUV Rivian, sembla faire écho à mes pensées quand il détourna brièvement son attention de la route pour me jeter un coup d'œil.

— Ça va, champion ? Tu as été plutôt silencieux, aujourd'hui.

Pour une raison qui m'échappait, je sentis monter une légère irritation parce qu'il l'avait remarqué.

À cause de mon silence prolongé, il modifia sa prise sur le volant.

— Est-ce que tu as des doutes ? Parce que ça ne me gêne pas, tu sais. Nous ne sommes pas allés jusqu'au point de ne pas pouvoir faire marche arrière. Je veux juste signaler que je ne serai pas contrarié.

Je le regardai. En surface, il ne serait peut-être pas déçu, mais j'étais certaine qu'au fond de lui, il allait m'en vouloir. En outre, je n'avais même pas envisagé de revenir sur ma décision. C'était mon style de suivre une décision jusqu'au bout une fois que je l'avais prise. Et mon instinct m'indiquait que c'était la chose à faire.

Je haussai les épaules.

— Non, non. On ne fait pas marche arrière. Je suis peut-être juste un peu nerveux à cause d'un avenir incertain. J'ai toujours eu un objectif qui m'a motivé. Maintenant, j'ai juste un vague sentiment de devoir faire le bien dans le monde.

Jordan hocha la tête.

— Tu pourrais te lancer dans les IA. Avec tes connaissances, tu écraserais sûrement le reste des entreprises émergentes d'IA générative.

Je jetai un coup d'œil vers lui.

— Bricoler avec des IA à ce stade, c'est un peu comme coudre ensemble un tas de cadavres, exposer le monstre qui en résulte à une tonne d'électricité, et *ensuite* s'inquiéter de ce qu'il faut faire avec la créature animée que l'on a créée. Personne ne sait où ça va nous mener ni comment cela va affecter notre monde dans l'ensemble. Et j'ai l'impression que personne ne veut ralentir la cadence, juste au cas où.

Il secoua la tête, surpris.

— Adam Drake choisit la voie de la prudence. Je n'aurais jamais cru voir ça.

Je haussai les épaules.

— Un grand pouvoir implique de grandes responsabilités. Certains des plus puissants ne se comportent pas de manière aussi responsable que je le voudrais. L'IA peut être bienfaitrice, mais il y a beaucoup d'inconnues.

— Est-ce que tu espères t'impliquer davantage avec XVenture Space ? Tu pourrais les guider dans le secteur de l'exploration spatiale privée. Ne serait-ce pas cool d'envoyer des astronautes privés sur la Lune, peut-être Mars, un jour ? Tu pourrais battre Musk de vitesse. Lui envoyer une salutation par drone à Valles Marineris quand il arrivera enfin.

Je m'esclaffai.

— J'aime ta façon de penser. Oui, je vais sans doute continuer à travailler avec XVenture. Je ne sais pas trop dans quel rôle. J'envisage sérieusement de prendre quelques mois sabbatiques au début de l'année prochaine.

— Un *congé sabbatique* ? Hmm. Alors, tu vas être père au foyer ? Il vaut mieux que tu commences à travailler tes compétences pour changer les couches, mon vieux.

J'écarquillai les yeux et penchai la tête vers lui.

— Attends, tu es déjà au courant ? J'allais venir à la grande nouvelle.

Il éclata encore de rire en secouant la tête.

— C'était déjà fait la semaine dernière, quand Mia l'a annoncé à April. Tu devais bien savoir qu'elle n'allait pas se retenir de cracher le morceau, hein ? Je crois même que Mia ne lui a pas demandé de le cacher.

Je ris.

— J'aurais dû le savoir. À qui l'a-t-elle dit aussi ?

— Oh, personne d'autre. Elle a simplement pensé qu'elle pouvait me le dire sans danger, ou que vous alliez supposer qu'elle me l'annoncerait.

Je poussai un soupir qui se termina sur un rire.

— Eh bien, je suppose que ça facilite le fait de t'annoncer la nouvelle.

— Oui, c'est déjà fait.

Il me fit un sourire et ajouta :

— Félicitations pour l'heureuse nouvelle. Mais s'il te plaît, pour l'amour du ciel, promets-moi une chose.

— Laquelle ?

— Eh bien, même si tu es père au foyer pendant un moment, promets-moi de ne jamais porter une de ces foutues écharpes de portage sur le torse. Tu sais, celles qui indiquent au monde sans même parler que tes bourses se trouvent dans un bocal sur une étagère quelque part dans le bureau de Mia.

Je secouai la tête.

— Waouh, tu es vraiment sexiste.

— Dans des cas tels que celui-ci, c'est la solidarité masculine. Les potes ne peuvent pas laisser leurs potes porter leurs bébés comme des accessoires de mode.

Même si cette affirmation me fit lever les yeux au ciel, car c'était du Jordan tout craché, l'image me fit rire. J'avais plus de compétences à travailler que le changement des couches avant le grand jour. Heureusement, il y avait ces cours d'éducation parentale. Et la psychothérapie, parce que je devais m'assurer d'être au mieux pour devenir un père encore meilleur.

Pour être honnête, je ne m'étais jamais rendu compte que j'avais formé mon image de ce que représentait la thérapie d'après les *Looney Tunes*. Typiquement, un personnage idiot comme Daffy Duck ou Elmer Fudd entrait dans un bureau lambrissé pour trouver un Bugs Bunny à lunettes, avec une grosse moustache et en train de fumer une pipe, assis sur un fauteuil en cuir matelassé géant. Ce dernier ordonnait à son patient de s'allonger sur un canapé en cuir paraissant tout aussi vieillot pendant qu'il prenait des notes, fumait sa pipe et demandait à son patient de parler de son enfance.

La véritable psychothérapie ne ressemblait pas du tout à ça, ce qui était une bonne chose. Je n'avais pas besoin d'un Bugs Bunny freudien qui me surveillait et me tapait sur la tête avec une masse gigantesque chaque fois que j'essayais de me lever.

Ou bien, j'avais simplement regardé trop de dessins animés dans mon enfance, ce qui était très possible.

Malheureusement, le sujet de l'enfance fut abordé, car il s'avéra qu'elle avait eu une influence profonde sur moi et que je n'en avais pas encore été guéri.

Après une séance particulièrement éprouvante au cours de laquelle j'avais parlé de ma sœur, Sabrina – assez éprouvante pour que je verse même quelques larmes – je fus obligé de me moquer de moi-même. Kendra sourit et demanda si j'étais à l'aise à l'idée de partager ce qui me paraissait drôle.

— Je pensais juste que je suis content que ma femme ne soit pas là, sinon elle se vanterait d'avoir eu raison.

— À quel propos ?

— Eh bien, elle est la seule autre personne à laquelle j'ai raconté tout ça. Même si j'ai la plupart du temps eu l'impression que tout était relégué au passé, elle soupçonnait qu'il y avait encore des choses à régler.

Kendra pencha la tête vers moi en acquiesçant avec un air entendu.

— Comme vous dîtes, c'est une guérisseuse dans l'âme. La profession qu'elle a choisie est de guérir le corps, mais elle a dû apprendre le lien entre le corps et l'esprit en médecine. Elle a sans doute fait un stage en psychiatrie.

Je hochai la tête.

— Oui, c'est à cette époque-là qu'elle a pour la première fois abordé le sujet d'une thérapie. Juste après la fin de son stage. Elle ne l'avait pas suggéré pour m'insulter, mais j'ai bien peur de l'avoir pris de cette façon.

Kendra acquiesça.

— C'est un sujet difficile. La santé mentale est encore très stigmatisée. C'est difficile, et particulièrement pour les patients masculins. Pour une raison qui m'échappe, c'est considéré comme non viril, alors qu'en réalité il faut une force monumentale pour accepter de chercher à guérir mentalement. Les choses changent maintenant, mais lentement. Elles sont toutefois en train de changer. Emilia sait-elle que vous n'êtes pas fâché contre elle pour cette suggestion ?

Je m'agitai, me trémoussant sur mon siège.

— Je, euh, elle n'est pas au courant pour nous… je veux dire, *ceci*.

Je me moquai un peu de moi-même parce que c'était comme si j'avais une espèce de liaison.

— Enfin, personne ne sait.

Elle rit.

— Il faudra peut-être lui annoncer la nouvelle avant qu'elle découvre que vous avez des secrets et qu'elle soupçonne quelque chose de pire.

— Avez-vous déjà entendu parler de quelqu'un qui a des problèmes parce qu'il consulte secrètement un psy ?

Elle leva un sourcil.

— Des choses plus étranges se sont déjà passées, Adam. Et croyez-moi, si je pouvais vous en parler, je le ferais.

Je passai à la maison dans le canyon après la séance, pour voir les progrès de la rénovation, et ça avançait bien. Il y avait eu quelques difficultés pour faire venir les matériaux nécessaires le long des routes sinueuses du canyon et de la longue allée, mais ils avaient réussi, et ils avançaient vite.

J'étais impressionné.

Et cela me donna une idée. Une idée sournoise qui me ressemblait beaucoup.

Il fallait que j'en parle avec l'entrepreneur. J'avais l'impression qu'il allait être réticent, mais j'étais prêt à agiter une jolie prime devant son nez jusqu'à obtenir ce que je voulais.

Effectivement, cela fonctionna. Emilia, qui aimait tant se plaindre de mon penchant à la surprendre, allait sans doute tellement apprécier cette surprise qu'elle oublierait de râler.

Chapitre
Vingt-neuf
Mia

Mon uniforme du travail consistant en un pantalon lâche sous une blouse blanche courte d'interne en médecine m'aidait à camoufler mon ventre qui s'arrondissait. Si la prise de poids apparaissait sur mon visage, la plupart des gens allaient mettre ça sur le compte d'une prise de poids typique d'une première année.

À vrai dire, je venais de terminer ma première année d'internat, mais il me restait encore deux ans à faire. Ce qui, en gros, voulait dire que j'allais continuer comme avant, sauf qu'il y avait de nouveaux internes maintenant, et que j'étais Post-Doc2. Cela m'élevait d'une demi-marche au-dessus d'un pion.

Le travail continuait à accumuler les défis, que j'appréciais pour la plupart, comme des énigmes à résoudre. Particulièrement lorsque je commençai mon stage aux urgences. Je fis aussi ma part de basses besognes et de gardes longues. Je devins douée pour éviter le chef de clinique assistant, mais je me félicitai trop tôt pour ma chance.

Parce qu'ensuite, nous passâmes deux stages à la suite dans le même service. Ce n'était pas bon du tout. Au moins, j'avais passé la barre du deuxième trimestre, et je n'avais plus besoin de prendre les médicaments contre la nausée. Cependant, une odeur ou une vue étrange pouvaient occasionnellement me rendre malade.

En fait, je semblais avoir développé le sens de l'odorat d'un fin limier. Pas le super pouvoir que j'aurais pu souhaiter, surtout avec toutes les odeurs pas si merveilleuses offertes par un hôpital.

— Waouh, Strong, tu n'as toujours pas l'estomac bien accroché ? Tu es certaine d'être dans la bonne profession ? demanda un jour Iverson de sa voix traînante.

Il m'avait surprise juste à l'extérieur de l'hôpital où j'étais en train de souffler.

Nous venions de terminer une matinée aux urgences et un patient à l'admission venait de vomir partout dans la salle d'examen. Même l'aide-soignant qui devait nettoyer n'avait pas semblé ravi. Et moi ? J'étais à peu près sûre d'être devenue aussi verte qu'un cocktail de la Saint-Patrick en luttant contre mon propre haut-le-cœur. Malheureusement, docteur Iverson était arrivé à ce moment-là. Superbe timing, comme toujours.

Au lieu de l'ignorer, je l'attaquai à mon tour.

— Si tu as fini de réprimander tous les autres internes au sujet de leur choix de profession et de vanter ton estomac supérieur, sache qu'il existe beaucoup d'autres facettes de ce travail qui peuvent faire d'excellents médecins sans impliquer leur résistance aux haut-le-cœur. Je te parie que je serai meilleure que toi dans n'importe quel autre domaine. Et je resterai professionnelle, parce que je n'ai pas besoin de rabaisser les autres pour me sentir mieux.

Il écarquilla les yeux, la bouche à moitié ouverte pour marquer sa surprise. J'avais rarement trouvé que ça valait la peine de réagir à ses piques. Mais apparemment, aujourd'hui, il avait choisi le mauvais moment pour tenter le diable. Parce que ce diable était maintenant secrètement une maman et il n'existait pas de créature plus féroce. Et elle se défendait, désormais.

Il ricana.

— Je ne faisais que te taquiner aimablement, Strong. Tu devrais apprendre à...

— Oh, je sais avoir de l'humour. Je travaille avec toi, non ?

Je rougis de colère et il me fallut faire un effort de volonté pour me maîtriser. J'étais parfaitement capable de passer un savon à ce crétin tout en restant professionnelle.

Ou peut-être ne l'étais-je pas, parce que mes hormones étaient enragées, ce qui ne m'aidait pas à contrôler mes réactions émotionnelles.

Il cligna des paupières.

— Pas besoin de réagir comme ça.

— C'est peut-être ce que tu as besoin de te dire à peu près chaque fois que tu ouvres la bouche pour me parler, parce que sincèrement, ton attitude est pourrie. Je l'ai déjà beaucoup trop tolérée. Mais j'espère qu'en étant franche avec toi maintenant, tu seras assez malin pour comprendre et faire attention.

Il leva un sourcil.

— Tu veux que je fasse attention avant de causer mon autodestruction ?

Je lui fis un sourire en coin.

— Oui. Quelque chose du genre.

Il leva une main, encore avec son geste passif du style *Je suis la victime, ici.*

— D'accord, d'accord, docteur Strong. Je vois que je suis tombé sur un de vos mauvais jours, alors...

Il recula en haussant les épaules.

— Non, c'est un de mes bons jours. Un jour où je suis enfin prête à dire ce que je pense. Soyez meilleur, docteur Iverson.

Il leva les sourcils, les yeux écarquillés avec indignation, et tourna les talons. Je le suivis du regard en plissant les yeux. D'une façon ou d'une autre, ce n'était pas terminé. Et maintenant que je l'avais vexé, il n'allait plus se retenir. La grosse décision apparaissait à l'horizon. Soit il allait comprendre et suivre mon conseil, ou alors j'allais devoir passer à une étape qui serait gênante pour nous deux.

Mais tant pis. Pourquoi les hommes n'avaient-ils pas à s'inquiéter de ce genre de choses ? J'avais tout noté, comme ma mère l'avait suggéré. Je sortis donc mon téléphone, attrapai une chaise et notai le jour et l'heure avec une description générale de la conversation… ainsi que ma réponse.

Ensuite, je ravalai quelques larmes de frustration inhabituelles. Je regardai le plafond pendant un moment, puis je poussai un soupir en essayant de rassembler mes forces pour retourner au bureau des internes afin de mettre à jour mes dossiers et de passer quelques coups de fil à des spécialistes.

Alors que je restai assise dans le silence, cela se produisit.

Au début, je crus que c'était peut-être une indigestion, ou même un spasme musculaire, cette étrange sensation de battement d'ailes juste sur la droite de mon nombril. Comme des ailes de papillon ou un vent fort dans les herbes hautes. Un moment d'existence éphémère, fugace, exigeant que je le remarque, avant de disparaître tout aussi vite.

Instinctivement, je posai immédiatement la main sur le ventre. Était-ce… ? Avais-je sérieusement senti ce que je pensais avoir senti ? J'en étais à dix-huit semaines aujourd'hui et mon ventre s'était considérablement arrondi sous mes vêtements d'hôpital.

Et juste quand je commençais à douter de ce que c'était, cela se reproduisit.

J'écarquillai les yeux. Waouh. C'était bien le bébé, qui se faisait enfin connaître.

Je sortis mon téléphone en me demandant si je devais appeler Adam. Il était sûrement en route pour le travail, en train de rouler entre les voies sur l'autoroute 73, même s'il m'avait juré-promis-craché qu'il ne le faisait pas. *Tes jours sur cette moto sont comptés, mon vieux.*

J'hésitai à lui dire tout de suite, par texto, ou à attendre le soir en personne. Je choisis le soir, mais ouvris un autre dossier de prise de notes sur mon téléphone et l'écrivis sur ma liste des étapes de la grossesse.

Ensuite, je me levai de ma chaise et retournai faire mon travail au bureau des internes, malgré le chef de clinique assistant pénible et le petit passager qui donnait des coups de pied.

CHAPITRE
TRENTE
MIA

IL SE TROUVA QUE JE NE VIS PAS ADAM AVANT L'HEURE DU coucher ce soir-là. Il avait une réunion de dîner dont il jurait m'avoir parlé, mais dont je n'avais aucun souvenir. C'était peut-être un cas de mamnésie ou d'internésie ou une combinaison toxique des deux.

Juste pour me rassurer sur son emploi du temps, je vérifiai encore notre calendrier partagé. Le voilà encore, ce pavé étrange sur son agenda. Des leçons d'entraînement au monocycle ? J'allais devoir lui poser des questions là-dessus, mais sans doute de manière détournée. Connaissant Adam, il allait se renfermer si je choisissais une approche directe.

Je profitai du temps libre supplémentaire pour lire les messages et voir les images envoyées par la décoratrice. Elle avait quelques idées fabuleuses et un merveilleux programme informatique qui montrait les pièces et insérait ses idées de meubles et de palettes de couleurs.

Quand Adam rentra à la maison, je me lavais déjà avant d'aller me coucher. Je fus surprise de voir qu'il monta mettre son pyjama pendant que je sortais de la douche et que je commençais ma routine des soins de la peau. Quand il fut sur le point de déposer un baiser sur mon visage, je me détournai.

— J'ai un goût de crème hydratante.

Il visa donc mon cou à la place. Ensuite, il se plaça derrière moi, posa les bras autour de ma taille avec une main sur mon ventre arrondi, faisant glisser les doigts sous mon haut.

— Et comment s'est passée ta journée, belle dame ?

Je me penchai en arrière contre lui, savourant le pur bonheur d'être dans ses bras solides.

— Hmm, très bien, sauf que mon beau prince n'était pas là pour le dîner, et que j'ai dû manger toute seule.

Il sourit.

— Ça valait peut-être mieux. Je parie que tu étais de mauvaise humeur avant et que tu as mangé pour deux.

Je souris à son reflet dans le miroir.

— C'est vrai que ces derniers temps, je suis de plutôt mauvaise humeur quand j'ai faim. Et tu sais ce que ton enfant m'a fait aujourd'hui ?

Il leva un sourcil.

— Oh, oh. Tu dis déjà *mon* enfant. Ce n'est pas bon signe.

— Il ou elle m'a donné un coup de pied.

Il écarquilla les yeux.

— Quoi, vraiment ? Tu as senti un coup ?

Je me mordis la lèvre pour ne pas sourire comme une idiote, juste afin de voir cette réaction chez lui. Le bébé était toujours une idée vague pour lui. Juste une chose dont nous parlions.

Malheureusement, ça allait durer un peu plus longtemps.

— J'ai senti le mouvement, oui.

— Tu le sens maintenant aussi ?

Il posa ses paumes sur la peau nue de mon ventre.

Je secouai lentement la tête.

— Non, et même si c'était le cas, tu ne pourrais pas encore le sentir. Le bébé ne fait que la taille d'une grosse pomme.

Heureusement, je ne vis pas de vraie déception sur son visage, mais au cas où, j'ajoutai :

— Tu pourras sentir les coups dans quelques semaines, toi aussi.

Il sourit de nouveau, puis il se pencha pour déposer un baiser dans mon cou avant de me relâcher et de s'écarter pour attraper sa propre brosse à dents.

— Ce sera vraiment quelque chose.

Il se pencha au-dessus du lavabo pour se brosser les dents pendant que je continuais ma petite routine, couvrant de crème mes mains, mes bras et mes coudes… et maintenant, mon ventre, espérant éviter le pire des vergetures qui allaient certainement arriver. Ce faisant, je le regardais : mon mari sexy.

Miam. Franchement. Est-ce qu'il s'était musclé les bras ? Les manches de son tee-shirt moulaient ses biceps qui gonflaient quand il se brossait les dents. Je regardai son visage et les poils qui commençaient à apparaître sur ses mâchoires. Adam n'aimait pas être négligé, mais c'était si beau sur lui. Et même avec la bouche pleine de mousse du dentifrice qui le faisait ressembler à un chien enragé, il restait le type le plus canon qu'il m'avait été donné de voir.

Et ce soir, je voulais en profiter.

Adam finit avant moi à la salle de bains, surtout parce que je décidai vite de me raser les jambes… comme ça, *presque* sans raison.

Quand j'entrai dans la chambre, il était assis sur le lit, appuyé contre un oreiller et il lisait sa tablette avec les lunettes de lecture qui avaient été prescrites pour contrer ses maux de tête. *Quadruple miam.* Le jeune prodige génial au look intello et canon. Cet homme vous mettait vraiment l'eau à la bouche.

Je me laissai tomber sur mon côté du lit et en même temps, je roulai maladroitement pour atterrir à moitié sur lui.

— *Ouf*, grogna-t-il bruyamment.

Ma mâchoire tomba pendant que je le dévisageais.

— Tu viens juste de me faire *ouf* ? Qu'est-ce que ça veut dire ?

Il fronça ses sourcils sombres.

— Ça veut dire que tu viens d'atterrir sur mon ventre et que tu as chassé l'air de mes poumons.

Je plissai les yeux.

— Qu'est-ce que tu viens de dire ?

Il me regarda avec méfiance.

— Tu m'as sauté dessus. Comment devais-je réagir ?

Je me raidis, irritée.

— Je cherchais peut-être un peu *d'affection* de la part de mon mari. Mais puisqu'il trouve approprié de me rappeler que je ne suis plus sexy, je suppose que je ne suis plus d'humeur.

Il se renfrogna.

— Emilia, tu as juste sauté et atterri sur mon ventre. Ce n'était pas un commentaire sur ton poids ou une espèce de critique sur ton physique.

Je me retirai en ravalant soudain mes larmes.

— D'accord, si tu le dis.

Je roulai de mon côté du lit et commençai à me faufiler sous les couvertures. Il y avait peut-être un trou quelque part dans le plancher ou j'allais pouvoir disparaître temporairement.

Il posa sa tablette sur le côté et retira ses lunettes.

— Hé… qu'est-ce que j'ai dit de mal ?

Je reniflai, étrangement au bord des larmes. C'était vraiment idiot de pleurer pour ça, mais je me sentais incapable de m'en empêcher. Que les hormones aillent se faire voir.

— Tu as fait *ouf*.

Il tendit les bras vers moi et me serra contre lui.

— Ça voulait juste dire que tu avais raté ta cible.

Je reniflai bruyamment.

— Alors, je suis une grosse vieille empotée maladroite.

— Tu as tort sur quatre points.

Il serra les bras autour de moi pour m'empêcher de m'éloigner en gigotant, ce que je tentai de faire.

— Tu n'es ni grosse, ni vieille, ni empotée, ni maladroite.

Des larmes mouillèrent mes cils.

— Alors, je dis juste n'importe quoi et je suis bête.

Son visage afficha une véritable inquiétude :

— Emilia…

Je détournai la tête quand il essaya de m'embrasser sur la joue.

— Que se passe-t-il ? Tu es fatiguée ?

J'essuyai mes yeux, soudain abattue.

— Tu ne me trouves plus désirable.

Il hésita, la bouche toujours ouverte, réfléchissant prudemment à ce qu'il allait dire.

— Je ne pense pas pouvoir gagner, là. Parce que dire que ce n'est pas vrai te donnera tort et quand j'ai dit que tu avais tort, tu t'es vexée. S'il te plaît, explique-moi ce que je peux dire pour ne pas empirer la situation.

Malgré mes larmes soudaines, je me surpris à rire un peu. Mais j'étais encore assez émotive pour que d'autres larmes coulent en même temps sur mes joues. Et quand je ris, de la morve gicla de mon nez et… mince.

Tout ce que je voulais, c'était un peu d'amour, d'affection, et de sensualité de la part de mon mari canon, mais cette soirée devenait soudain désastreuse.

— Emilia, dit-il avec une voix véritablement inquiète. S'il te plaît, dis-moi comment faire pour que ça aille mieux.

Je haussai les épaules.

— Je ne sais pas du tout pourquoi je pleure en ce moment. Je… *merde.*

Il me serra davantage contre lui, posa le menton sur mon épaule et attendit pendant que je reniflais. Enfin, je laissai mon corps se détendre contre sa carrure solide, fondant entre ses bras costauds. Je me calmai en prenant conscience de la présence de son corps autour du mien et du sentiment de sécurité que cela me procurait.

Nous restâmes allongés de cette façon, au calme et en silence, pendant de longues minutes. Et vous savez quoi ? C'était exactement ce dont j'avais besoin. Pas d'une leçon, d'être boudée, de le voir lever les yeux au ciel avec lassitude. Quand je relâchai le souffle que j'ignorais avoir retenu, il posa un baiser dans mon cou et chuchota :

— Je suis désolé.

Je levai une main et la posai sur sa joue rugueuse.

— Non, c'est *moi* qui suis désolée. Tu n'as rien fait de mal. Tu as dit *ouf*, et ce n'est pas un crime.

— Je suis tellement soulagée. J'essayais déjà de trouver comment ne plus jamais dire *ouf.*

Mon rire déclencha plus de morve et il attrapa un mouchoir sur la table de chevet pour me le donner. J'épongeai le mélange de larmes et de morve. Waouh, j'étais vraiment tout l'opposé de séduisante. Je lui dis.

Il recula et me fit une grimace.

— Au risque de te contrarier encore, tu as tort. Pour moi, tu n'as jamais été plus séduisante.

Je me figeai brièvement, pleine d'espoir.

— Vraiment ?

Je reconnus tout de suite la manière dont ses yeux s'enflammaient.

— Je veux te retirer cette chemise de nuit pour profiter de toi.

Je me mouchai et finis de m'essuyer le visage.

— Ne bouge pas. Je reviens tout de suite.

Je descendis du lit, trottinai jusqu'à la salle de bains pour me laver le visage, puis je revins en courant sur le lit… tout en prenant particulièrement soin de ne pas atterrir sur le ventre d'Adam afin de ne pas recommencer le cycle précédent.

Et *waouh*, il me montra vraiment combien il me trouvait encore séduisante. Je réussis cependant à le convaincre d'épargner ma chemise de nuit, cette fois.

Il m'entoura de tendresse, prenant son temps pour m'explorer comme s'il ne m'avait encore jamais vue nue. Il fit attention à mes seins trop sensibles, mais il y passa quand même du temps, les embrassant doucement. Je fermai les yeux en passant les doigts dans ses cheveux sombres et épais.

— Tu es tellement belle, murmura-t-il contre ma peau quand je cambrai le dos sous ses baisers. Tellement douce.

Il me caressa, puis il déposa des baisers sur mon ventre arrondi.

— Encore plus belle qu'avant, avec mon bébé en toi. Comment aurais-je pu penser autre chose ?

Je m'ouvris à lui, fière de recevoir toute son attention. Je caressai son corps solide.

— Espèce de bel homme délicieux, dis-moi plus.

Il éclata de rire, la bouche appuyée contre ma peau.

— Tu ne vois pas combien tu m'excites ?

Il appuya son érection déjà très prête contre moi et continua :

— Absolument tout le temps. Même quand je suis trop fatigué pour agir. Tu es la femme la plus incroyable au monde pour moi. La partenaire parfaite. Et tu es la mère de mon enfant, la cerise sur le gâteau. Je te trouverai toujours incroyablement et irrésistiblement belle… moralement *et* physiquement. Parfois, c'est presque trop douloureux de détourner mes yeux de toi.

Sa tête vint rejoindre ma bouche et nos lèvres et nos langues se mêlèrent, créant le vortex d'une tempête née de notre lien, de notre excitation. C'était le centre du monde que nous habitions maintenant, juste nous deux.

Des siècles et des civilisations et des mondes pouvaient s'écrouler tout autour de nous sans que nous le sachions, ici, dans notre bulle. Juste nous deux – juste nous *trois* – enfermés dans un univers que nous avions créé.

Il posa sa paume contre la mienne, nos doigts s'écartèrent. Ses lèvres continuèrent à s'emmêler avec les miennes et les vagues s'écrasaient, des nuages sombres faisaient rage et nous traversions cette tempête.

— Baise-moi, chuchotai-je dans sa bouche, et je sentis presque son sourire entendu contre mes lèvres.

— Oh, c'est ce que je vais faire. Promis. Mais avant, je veux te vénérer.

Avant d'entrer en moi, il me fit jouir deux fois… une fois avec sa bouche délicieuse, une fois avec sa main. Quand je baignai dans la torpeur de ce deuxième orgasme, il roula sur le dos et me plaça à cheval sur lui.

— Je veux te regarder. Je veux te voir tout entière pendant que je suis en toi.

Je déplaçai mes hanches sur les siennes et il glissa facilement en moi. Il m'allait parfaitement : une métaphore pour toute notre vie ensemble. Il y avait peut-être un peu de friction parfois, ou un timing raté, mais au bout du compte, notre union nous conduisait à plus de joie, plus de bonheur. Tandis que j'allais et venais sur lui, nous serrâmes fermement nos mains, nos doigts entrelacés longuement avant qu'il relâche sa prise.

Ses grandes mains caressèrent mes seins, mon ventre, mes hanches, tandis que je continuais à bouger, lentement, profitant de le sentir en moi, du bruit de sa respiration rapide mêlée à mes soupirs de plaisir.

— Tu es tellement incroyable, souffla-t-il en s'agrippant à mes hanches pour m'encourager à accélérer. Ma partenaire parfaite.

Je me penchai en avant et mes longs cheveux tombèrent par-dessus mon épaule, sur son torse. Il retint son souffle et je tournai volontairement la tête pour recommencer. Une de ses mains quitta mes hanches pour se mêler à mes cheveux et je sentis cette montée familière jusqu'à l'orgasme.

Ma respiration changea et il poussa un grognement rauque.

— Oui… c'est ça. Je veux que tu jouisses encore. J'adore te donner du plaisir.

Je bougeai plus vite, appuyant les mains sur ses pectoraux durs.

— Oh, tu m'en donnes. Tu m'en donnes *beaucoup*.

J'accélérai encore et il respirait profondément maintenant, comme pour lutter contre l'inévitable. Je le sentis jouir juste au moment où la tension atteignit le sommet. Je cambrai le dos et ma tête tomba en arrière, la vague d'extase passant sur ma peau, sur chaque muscle de mon corps. L'intensité fut impressionnante : un orgasme du corps tout entier.

Je pense l'avoir senti jusque dans mon cuir chevelu et au bout de mes doigts.

Juste au moment où il attrapa mes hanches pour m'immobiliser, je me laissai tomber contre son torse dur en me sentant seulement à moitié consciente quand j'y atterris.

Il me serra contre lui tandis que nous profitions de cette volupté. Nos visages étaient collés et ses poils me grattaient la joue à la façon que j'adorais. Je savourai la sensation de son corps si différent du mien appuyé contre moi.

— Je crois que j'adore déjà le deuxième trimestre, déclara-t-il. Le premier, pas tellement. J'étais trop inquiet tout le temps. Mais ça ? C'est sympa.

Je ricanai en glissant lentement sur le côté pour m'allonger.

— Tu l'aimes juste parce que je suis excitée comme une chèvre.

Il s'esclaffa.

— Eh bien, je ne vais pas nier que cette partie-là me plaît. Mais toi, avec toute ton énergie, et tu es simplement… quand je te regarde, tu *brilles*.

— Et je suis en manque et tu en bénéficies.

— D'accord, d'accord. Tu es plus excitée que jamais auparavant et je ne vais pas nier que cette façon de faire l'amour est mille fois plus agréable que quand on essaie de faire un bébé.

Je ris.

— Ce n'est pas très difficile.

Sa main vint caresser ma joue.

— Ça fait du bien de t'entendre rire. De te voir heureuse. Et en bonne santé.

Il y eut une longue pause pendant laquelle nous nous tenions dans l'obscurité. Je me raclai la gorge, prononçant une pensée que je n'avais pas encore dite.

— Tu n'as pas toujours peur, si ?

Il lui fallut un moment pour répondre et quand ce fut le cas, sa voix était un peu plus basse.

— Parfois j'ai peur, oui.

J'appuyai ma joue contre son torse, appréciant le bruit et la sensation des battements de son cœur sous sa peau.

— Merci d'être franc avec moi.

Ses doigts trouvèrent mes cheveux, attrapèrent une grande mèche et l'enroulèrent autour de son index.

— Le fait de ne pas savoir. Que le cancer pourrait revenir sans que nous le sachions.

J'immobilisai sa main en refermant mes doigts dessus.

— Nous faisons des prises de sang tous les mois. Jusqu'ici, tout va bien. Je sais que ce n'est pas la certitude absolue dont tu as besoin, mais rien n'est jamais certain, tu sais ? Je m'inquiète pour toi chaque jour que tu prends ta foutue moto.

Il poussa un soupir.

— Tu as détesté cette moto depuis le premier jour.

— Eh bien, c'est un engin monstrueux, pour moi. Considère que c'est mon équivalent de tes inquiétudes pour moi. Et puis, les papas ne font pas de moto.

— Les papas cool, si.

— Tu es déjà un papa cool, sans la moto.

Il resta longtemps silencieux, si longtemps que je crus qu'il s'était endormi, jusqu'à ce qu'il reprenne la parole.

— Voilà ce que je te propose : quand le bébé sera né, je n'irai plus au travail à moto, et je la garderai pour faire un petit tour agréable de temps en temps.

Je passai la main sur son torse légèrement poilu et embrassai son pectoral dur.

— Très bonne idée. Je suis d'accord.

— Bien. Nous avons donc un marché. Tu restes en bonne santé et tu continues à prendre soin de toi… même quand le bébé sera sorti.

Je poussai un soupir.

— Je le ferai autant que mon emploi du temps le permet. Je mangerai sainement, je dormirai autant que possible et je ferai du sport.

Il entrelaça nos doigts.

— Marché conclu.

Il se pencha alors et m'embrassa. Ce fut un long baiser sur les lèvres. Il était plein de passion et je me demandai presque si ça voulait dire que le deuxième round arrivait. Pour être honnête, j'étais trop épuisée pour le deuxième round.

À la place, Adam poussa un soupir, son souffle chaud sur mon visage, et affirma :

— Tu as dit que rien n'est certain, mais ce n'est pas vrai. Certaines choses sont certaines. Le moment présent. Il est réel. Ce que je ressens pour toi est certain… et plus solide que la Sierra Nevada. Et…

Il descendit la main pour caresser mon ventre avant de poursuivre.

— Il est certain que je vous aime tous les deux plus que je n'aurais cru possible de pouvoir aimer quelqu'un d'autre.

Chapitre
Trente et un
Adam

Emilia en etait a vingt semaines quand vint le moment pour plus de cryptographie. C'était ce que m'évoquait la soi-disant grande échographie.

Je pris l'après-midi de congé et la rejoignis chez le médecin. Elle travaillait sur son ordinateur, avec ses vêtements d'hôpital, car elle venait de finir un service court, tout cela en buvant une petite bouteille de jus d'orange, ce qui n'était pas sa boisson habituelle. Je fronçai les sourcils.

— Qu'est-ce que c'est ? Tu n'es pas malade, hein ?

Elle secoua la tête.

— Non, c'est pour l'échographie. Je dois de nouveau avoir la vessie pleine, mais il y a beaucoup de sucre dans le jus de fruits, et ça fera bouger le bébé. Je ne veux pas qu'il soit timide et ne montre pas ses parties.

Je levai un sourcil.

— Ou leur absence. Si c'est une fille, il n'y aura pas de parties.

Emilia hocha la tête.

— C'est vrai. Quoi qu'il en soit, j'ai entendu parler de gens qui ont fait leur échographie et le bébé est resté tranquille en gardant les jambes fermées tout le temps. Ils ont seulement découvert le sexe quand le bébé a fini par sortir.

— Ah, comme à l'ancienne, fais-je remarquer avec un sourire en coin.

— Oui, je ne veux pas le faire à l'ancienne. Je veux savoir. Nous sommes à l'époque moderne et il s'agit de médecine moderne...

— Et ta mère meurt d'envie de savoir comment décorer la chambre du bébé.

Elle acquiesça en caressant son ventre arrondi. Sa blouse était toujours ample, mais sous un certain angle, les changements de son corps devenaient évidents. Je la regardai dans les yeux.

— Tu as commencé à le dire à tes collègues ?

Elle secoua la tête en détournant le regard.

— Non, pas encore. Bientôt. Peut-être quand nous aurons découvert le sexe du bébé.

Je plissai les yeux.

— On ne va pas faire une de ces fêtes bizarres ou une vidéo TikTok, hein ?

Elle fronça ses sourcils sombres.

— Tu plaisantes ? Depuis que j'ai lâché mon blog, on n'est pas dans ces conneries sur les réseaux sociaux. L'idée de faire une fête en ce moment m'épuise complètement, et on n'est même pas encore au trimestre fatigant, alors, non. Pas de fête, pas de spectacle de feux d'artifice menaçant de faire brûler la moitié de l'État de Californie. Rien qui pollue ou qui nous ridiculise devant le monde entier.

Eh bien, c'était un soulagement, au moins, même si j'espérais qu'elle ne soit pas trop fatiguée à la fête prénatale pour laquelle ses amies m'avaient forcé la main. Mais elle n'avait lieu que dans au moins un mois.

— Personne n'a de temps pour ces choses-là, surtout quand on suit en même temps des cours de parentalité de niveau troisième cycle.

Elle commença à rire.

— Ce dernier test était insensé. J'ai un diplôme en médecine et j'ai quand même loupé une question !

— Oui, tu as un avantage injuste.

— Ah bon ? dit-elle en levant un sourcil. Quel était ton score ?

— J'ai passé mon certificat des premiers secours, je te signale, fis-je remarquer avec un ton outré.

Je n'avais pas l'intention de lui dire combien de fois j'avais dû refaire le test, cependant.

Cette fois, nous fûmes envoyés dans une salle différente, et au lieu de l'obstétricienne, ce fut une technicienne des échographies. Ce rendez-vous fut long, parce que la technicienne regarda de près le développement des organes et elle prit des mesures des différents os. Emilia observa attentivement et fit quelques commentaires, remarquant que le bébé était dans toutes les normes et même en haut des courbes, en fait. Un grand bébé.

Et cette fois, j'eus une meilleure idée de ce que nous regardions, du moins quand Emilia m'eut montré le crâne du bébé et les longs os, les quatre parties du cœur qui semblaient battre régulièrement, etc.

Quand elle eut terminé tous ses clics et ses mesures, la technicienne demanda :

— Souhaitez-vous connaître le sexe de votre bébé ?

Emilia fit un grand sourire.

— J'ai déjà eu un aperçu.

Je plissai les yeux en la regardant.

— Tu veux dire que tu le savais déjà, et tu ne me l'as pas dit ?

Elle haussa les épaules.

— Je sais ce que je regarde.

J'écarquillai les yeux.

— D'accord, eh bien, dis-le-moi. Est-ce qu'on va avoir un fils ou une fille ?

Son sourire devint plus éclatant et elle se retourna vers l'écran en désignant une certaine zone.

— C'est ici qu'il faut regarder. Qu'est-ce que tu ne vois pas ?

Je levai les yeux au ciel.

— Emilia, je ne sais pas du tout ce que je vois et tu n'es vraiment pas obligée d'utiliser ce moment pour me faire une leçon, dis-moi simplement...

— Il y a une vulve, ici. Pas de pénis, affirma-t-elle sur un ton pragmatique.

— Mon fils n'a pas de pénis ? lâchai-je, inquiet pendant environ deux secondes avant de comprendre la stupidité de ma phrase.

La technicienne éclata immédiatement de rire.

Emilia me sourit.

— Non, ta *fille* a une vulve.

Je clignai des paupières, ma mâchoire tomba, mon regard retourna immédiatement à l'endroit désigné par Emilia. J'allais devoir la croire sur parole, parce que le fonctionnement d'un ordinateur et les différents langages de programmation étaient beaucoup plus faciles à comprendre que ça.

— Elle est en train de sucer son pouce, vous avez remarqué ? signala la technicienne. Ooh, c'est trop mignon.

Emilia leva la tête, puis elle se mordit la lèvre avant de se tourner vers moi avec des larmes dans les yeux. Elle me prit par la main.

— Tu es prêt à être le papa d'une fille ?

Je pris une grande inspiration et serrai sa main tout en regardant cet écran incompréhensible.

— Est-ce qu'un homme est un jour prêt à être le papa d'une fille ?

Elle rit.

— Si tu suggères de la nommer Alloreah'ala, j'exerce immédiatement mon droit de veto.

— Eowyn ?

— Non.

— Daenerys Khaleesi ?

— Certainement *pas* celui-là.

Le lendemain matin, je laissai la moto au garage et je pris la voiture au travail.

Parce que maintenant je n'avais pas une, mais deux femmes dans ma vie à protéger.

Environ une semaine après avoir découvert que nous avions une fille en route, nous étions allongés au lit en train de lire. J'étais sur ma tablette, pendant qu'elle lisait un livre en papier avec une petite lampe de lecture pincée sur les pages. C'était encore un livre sur la grossesse. Apparemment, celui-ci avait un point de vue médical plus hardcore, d'après tous les mots en latin éparpillés ici et là quand je jetai un coup d'œil sur les pages qu'elle tenait.

Pour une fois, je lisais avec plaisir un roman de fantasy assez immersif pour retenir mon intérêt. Cela faisait longtemps que je n'avais pas attrapé un roman, ayant préféré les longs livres d'histoire épiques au sujet de l'Empire romain et ce genre de choses. Mais ce roman était assez bon pour me captiver. Ce ne fut que lorsqu'elle secoua le lit une troisième fois en se retournant, que je remarquai combien Emilia était agitée.

Après son vingtième soupir explosif et la cinquième fois qu'elle changeait de côté pour se mettre sur le dos puis sur l'autre côté et enfin de nouveau sur le dos, je levai la tête de ma tablette.

— Tout va bien ? Tu n'as pas l'air confortable.

Elle poussa un grand soupir.

— Ce n'est pas vraiment ça, mais elle n'arrête pas de donner des coups de pied. Elle fait beaucoup ça dernièrement. Elle est calme pendant la journée, mais la nuit, je la sens bouger comme si elle jouait à Dance Dance Revolution.

— Tu supposes automatiquement que notre fille va être une gameuse ?

Elle leva les yeux au ciel.

— Je t'en prie, elle n'a pas le choix. Regarde qui sont ses parents. C'est déjà dans son ADN.

— Ne mets pas notre bébé dans la case des geeks. Elle peut devenir tout ce qu'elle veut.

— Oui, et bien pour l'instant, elle veut devenir danseuse étoile ou danseuse de hip-hop. Peut-être même joueuse de foot.

Je ne pus pas résister à la tentation de poser ma main sur son ventre arrondi.

— À quel endroit te donne-t-elle des coups ?

Emilia attrapa mon poignet et replaça ma main en hauteur sur son ventre.

— Elle aime beaucoup cet endroit, mais je ne sais pas si elle est déjà assez grande pour que tu puisses la sentir.

J'attendis une minute, et nous nous regardâmes, mais il ne se passa rien.

— Est-ce que tu sens quelque chose en ce moment ? Parce que je n'ai rien.

— Non, elle s'est soudain calmée. C'est peut-être le trac.

Je poussai un soupir. Tant pis, j'avais encore le temps. Je gardai la main où elle était, mais j'appuyai sur le bouton de ma tablette pour la réactiver et je continuai à lire.

Emilia sembla se mettre à l'aise et elle se cala dans cette position, appuyant la tête sur son bras pour pouvoir continuer à lire son livre.

Quelques minutes plus tard, un muscle de son ventre tressaillit. Elle retint son souffle et me regarda avec de grands yeux.

— Tu as les muscles qui se contractent, dis-je.

— Euh, non. Ce n'était pas moi. C'était ton enfant. Elle recommence, apparemment, après sa sieste de deux minutes. Elle doit être nocturne.

Je clignai des paupières, ajustant la main pour qu'elle reste exactement à cet endroit.

— C'était le bébé ?

— Oui, tu l'as sentie. Elle donne des coups de pied ou de tête.

Enchanté, je déplaçai ma paume sur son ventre et appuyai légèrement à la surface.

— Allez, tu peux le faire. Donne-moi un autre coup de pied.

Presque comme si elle m'avait entendu, il y eut de nouveau cette sensation : ce que j'avais pris pour le tressaillement d'un muscle.

Emilia écarquilla les yeux.

— Est-ce qu'elle vient juste de faire exactement ce que tu lui as demandé ?

Je souris.

— Oui. Ça présage de bonnes choses pour l'avenir, non ?

Elle secoua la tête, émerveillée.

— Elle n'est même pas encore sortie, et elle est déjà la petite fille à papa.

Je souris, puis je posai ma tablette sur la table de nuit, ayant oublié mon roman de fantasy.

— Roule sur le côté, dis-je.

Quand elle me tourna le dos, je m'appuyai contre elle et je plaçai les deux mains à l'endroit où le bébé donnait maintenant des coups de pied sans relâche.

— Ça te fait mal ?

Elle secoua la tête et ses cheveux doux qui sentaient bon tombèrent contre mon nez. J'inspirai profondément. Elle sentait tellement bon. Mes lèvres plongèrent automatiquement sur son cou pour y déposer un baiser.

Elle poussa un soupir de bonheur.

— Je crois que Papa avait autre chose en tête que de dormir ?

— Je ne sais pas trop si j'aime que tu m'appelles Papa au lit.

Elle ricana.

— Je ne t'appelle pas Papa de cette façon-là. Sauf si c'est ce que tu veux ?

Quand je ne répondis pas, elle roula face à moi.

— Alors ?

Je clignai des paupières.

— Ce n'est pas une bizarrerie qui me plaît, non. Mais je vois peut-être l'attrait… dans de bonnes circonstances.

Elle fit une grimace comme si elle envisageait vraiment la chose.

— Toi et moi, tu ne crois pas qu'on a déjà assez de problèmes avec l'image paternelle pour explorer ça ? Est-ce que ça ne nous enverrait pas directement en thérapie ?

Je clignai des paupières, soudain sur la défensive sans comprendre pourquoi.

— Serait-ce une mauvaise chose ?

Elle fronça les sourcils.

— Suivre une thérapie ? Non, pas du tout. Je plaisantais, c'est tout, mais…

Elle haussa les épaules, presque gênée.

— Ce n'est absolument pas un souci de suivre une thérapie. Cette blague n'était pas appropriée.

— Parce que, tu as déjà suivi une thérapie, alors je me posais la question.

— Oui, ça m'a aidé. Je disais juste ça pour être drôle. Et tous les gens qui ont des problèmes avec l'image paternelle – ou qui sont fétichistes du papa – n'ont pas besoin de suivre une thérapie. Est-ce que je… est-ce que cette plaisanterie t'ennuie ?

J'écarquillai les yeux.

— Pas spécifiquement, non. Mais…

Je respirai profondément pendant qu'elle me regardait, dans l'expectative. Le bébé donna encore un coup de pied, et cette fois, avec son ventre appuyé contre le mien, je le sentis directement dans l'abdomen. Impressionnant, petite mademoiselle Drake. Très impressionnant.

Je croisai le regard de sa mère et soudain, on se sourit comme deux idiots. Au bout d'un moment, son sourire s'estompa.

— Je suis désolée. J'espère que ma blague ne t'a pas vexé.

Je redevins sérieux.

— Non. Ça m'a juste fait penser à quelque chose, et j'ai compris que j'avais un aveu à te faire.

Elle sembla légèrement inquiète.

— Quoi donc ?

Je ravalai ma salive.

— J'ai consulté une psy, ces derniers mois.

Elle fronça les sourcils en me regardant, cherchant sans doute à distinguer si je me moquais d'elle ou pas. Elle éclata soudain de rire, comme si elle avait conclu que je plaisantais. Mais quand elle vit que je ne riais pas avec elle, elle redevint sérieuse.

— Oh, pardon. Je croyais que tu plaisantais. Je… pardon. Il faut que je digère l'information.

Elle se mordit la lèvre et fronça brièvement les sourcils.

— Chaque fois dans le passé, quand j'ai abordé l'idée de consulter quelqu'un, tu as semblé réticent – parfois très réticent. Je suis stupéfaite que tu aies pris la décision d'y aller tout seul et puis que tu aies décidé de ne pas m'en parler.

Je poussai un soupir.

— Je suis désolé. Ce n'était pas vraiment que je voulais le cacher, c'était juste que… je ne voulais pas te donner de faux espoirs. Au cas où cela ne fonctionnerait pas, je ne voulais pas que tu sois déçue si je décidais de lâcher l'affaire.

Elle hocha lentement la tête, semblant comprendre.

— Je vois, mais ce n'est pas à moi d'être déçue. C'est à moi de soutenir ton initiative. Et si je ne le savais pas, alors comment…

Elle s'interrompit comme si elle pensait soudain à autre chose. Elle plissa le front, puis sembla hilare.

— Les leçons de monocycle, les cours de cirque, celui pour tresser des paniers sous l'eau et l'étrange DM.

Je ris en comprenant ce qui venait de lui passer par la tête.

— Eh bien, il fallait que je mette quelque chose sur mon calendrier à cette heure-là pour que Maggie ne me prenne pas un autre rendez-vous.

Elle rit encore et le bébé donna deux coups de pied comme pour faire écho à l'amusement de sa mère.

— DM, ça veut dire quoi ?

— Dépiautage Mental.

Elle éclata de rire.

— D'accord, c'est malin.

Je souris. Elle me comprenait. Cette femme incroyable, intelligente et belle me comprenait vraiment. Même quand je mettais des blagues idiotes dans mon calendrier.

— Je ne savais pas que tu consultais encore mon calendrier ces derniers temps.

— Il l'a fallu pour tous les rendez-vous de grossesse et nos emplois du temps insensés. Ton calendrier est un cauchemar avec tes plages horaires à la Tetris, et on a des cours d'éducation parentale et des examens et tout ça.

— Exactement, il fallait donc que je place quelque chose sur ce créneau, et le fait que je consulte quelqu'un ne regardait pas vraiment Maggie.

Elle pencha la tête.

— Mais moi, ça me regarde.

Elle sourit adorablement et posa la main sur ma joue.

— Et maintenant que je le sais, comment je peux te soutenir ?

— Eh bien, nous pourrions y aller ensemble dans quelques mois. Ma psy a suggéré que c'est quelque chose que nous devrions faire dans quelque temps.

Elle acquiesça.

— D'accord. Tiens-moi au courant, et je le mettrais dans mon calendrier beaucoup moins Tetris.

Je secouai la tête.

— Tu es dans le déni, si tu penses que ton emploi du temps est moins rempli que le mien, docteur Strong.

Elle me dévisagea longuement.

— Alors, ça ne te gêne pas si je te demande ce qui t'a poussé à aller consulter ?

Je réfléchis une minute, remarquant la brève accélération de mon pouls correspondant à ma réaction familière de fuite ou combat quand elle voulait que je m'ouvre à elle. Je reconnus le sentiment, je compris d'où il venait et je me rappelai que j'étais en sécurité ici. Avec elle, j'étais toujours en sécurité. Tiens, bizarre. Était-ce une preuve que la thérapie fonctionnait ?

Je posai la main sur son ventre.

— Je le fais pour elle. Je veux être le meilleur père qui soit. Mais je veux aussi être le mari que tu mérites.

Elle écarquilla les yeux et cligna rapidement des paupières, son visage devenant plus doux.

— Oh, Adam. Tu es déjà plutôt incroyable.

Je souris.

— Mais toujours pas ce que tu mérites. Je vais y arriver.

Elle secoua lentement la tête.

— Eh bien, tu mets la barre très haut ce soir, monsieur.

Elle se pencha pour m'embrasser et le bébé donna de nombreux coups de pied, comme pour traduire les émotions de sa mère. Cette femme dans mes bras, notre bébé en sécurité dans son ventre, entre nous. J'étais carrément le plus chanceux sur cette planète.

Je l'embrassai profondément et elle rendit mon baiser avec des lèvres et une langue fougueuses. Quand je m'écartai légèrement, elle poussa un soupir de contentement et se pencha pour approfondir le baiser.

— Je suis tellement excitée maintenant, Adam Drake. Tu as intérêt à faire attention.

Et quand elle me poussa sur le dos et fit des choses diaboliques et délicieuses à mon corps, je pus seulement me prélasser dans ce bonheur et l'apprécier pour ce qu'il était. Ce présent. Cet instant. Je fus submergé de gratitude pour ce que j'avais et j'étais prêt à me battre comme un chevalier pour sa quête afin de protéger ce qui m'était précieux. Et si ça impliquait d'errer dans les régions mystérieuses et inconnues de mon esprit avec une thérapeute pour guide, alors j'allais le faire, et j'avais déjà commencé. Parfois, ces régions ressemblaient au Marais de Feu, et d'autres fois, c'était comme le Mordor, là-dedans.

Mais je n'allais pas laisser tomber.

Parce que je voulais devenir l'homme qu'elle méritait. Qu'*elles* méritaient.

CHAPITRE
TRENTE-DEUX
MIA

APPAREMMENT, NE JAMAIS DIRE EXPLICITEMENT QUE l'on ne voulait pas d'une fête prénatale n'était pas le meilleur moyen de l'éviter.

J'aurais dû soupçonner quelque chose quand Adam suggéra de m'emmener pour un brunch du dimanche dans un complexe hôtelier près de là. Quand je lui jetai un regard étonné, il marmonna quelque chose au sujet de rejoindre ma mère et Peter là-bas. Cela me sembla plus crédible, alors je l'accompagnai sans plus de questions, sans doute parce que mon cerveau fatigué n'en avait pas l'énergie.

Mais nous étions là maintenant, sur une terrasse privée donnant sur l'océan, avec mes amis et collègues, des fleurs roses, des ballons et des centres de table partout. Tellement de rose.

Mes amies – April, Jenna, Alex et Katya, les hôtesses enthousiastes – m'accueillirent en me serrant dans leurs bras et en caressant mon ventre grandissant.

Alex sautilla sur place, les yeux écarquillés. Elle me lança, sur un ton accusateur :

— Tu ne m'avais jamais dit que tu avais des amis parmi les célébrités.

Je fronçai les sourcils.

— De qui parles-tu ?

— Eh bien, c'est un vrai héros, je suppose que tu ne le vois peut-être pas comme une célébrité, s'empressa-t-elle de rectifier quand je lui jetai un regard étonné.

— Oh, intervint Kat. Elle parle du commandant Ty. Je viens de passer devant lui. Il se souvenait de moi quand j'avais fait la démonstration pour les astronautes, il y a quelques années. C'était cool.

Je me tournai vers Alex.

— C'est un ami d'Adam. Ils se connaissent depuis longtemps.

Je saluai ensuite le commandant et son adorable fiancée, le docteur Gray Barrett, une intello comme je les aimais.

— Félicitations, dit Gray en ponctuant son vœu sincère par une embrassade. Je suis vraiment heureuse pour vous deux.

Son beau copain et héros national, le commandant Ryan Tyler, donna une tape sur le bras de mon mari avec un grand sourire.

— Bien joué, Adam. C'est votre devoir, à Mia et toi, de peupler la planète de gens brillants.

Je croisai le regard d'Adam et même s'il souriait, je pouvais le lire au fond de ses yeux. Il n'allait plus jamais se mettre – ou me mettre – dans cette situation, alors cette notion de repeuplement était sans doute hors de question.

Avant que je puisse dire quelque chose, Adam rétorqua :

— Tu dois m'aider à porter ce fardeau, Ty. Nous avons absolument besoin de plus d'astronautes parmi la génération suivante.

Ty leva un sourcil :

— Cela nécessiterait que j'admette mon âge et le fait que j'ai besoin d'être remplacé.

— Allez viens, on fait un bouchon, fut la seule réponse de Gray aux fanfaronnades masculines concernant le repeuplement de la planète.

La planète était déjà largement assez peuplée, ce n'était pas un problème.

Ensuite, ce fut au tour de Lindsay avec son compagnon. Elle me fit un gros câlin en expliquant combien c'était amusant d'acheter des affaires de bébé pour nous.

— Adam, je ne savais pas du tout que tu connaissais Dominic Fischer. Pourquoi ne me l'as-tu jamais présenté ? dit-elle en plaisantant à moitié tandis que son copain était parti poser leur énorme cadeau sur la table.

C'était vraiment typique de la part de Lindsay.

Adam sembla très amusé par cela.

— Tu me donnes l'impression de t'en être très bien sortie par toi-même. Tu n'as pas besoin de mon aide.

— C'est vrai, c'est vrai. Je suis plutôt heureuse, mais quand même, tu es plein de surprises, hein ? Adam Drake, toujours aussi secret.

Je me mordis la lèvre, cachant mon propre amusement. Il était beaucoup moins secret maintenant, au moins avec moi, mais je voyais de quoi parlait Lindsay. Adam ne partageait rien, en général. Il gardait les choses enfouies en lui et cachait bien son jeu, ce qui me poussa encore à me demander comment ça se passait pour lui en thérapie. Depuis qu'il avait lâché cette petite révélation le mois dernier, il était rare qu'une journée s'écoule sans que j'y pense.

Comment cette pauvre femme faisait-elle pour qu'il s'ouvre à elle alors qu'il était plus ou moins comme un Fort Knox enfoui profondément sous la Montagne Solitaire avec presque tous ses proches ?

Je n'enviais pas sa place, à essayer de lui soutirer des informations qu'il ne voulait pas donner. Elle aurait aussi bien pu chercher à extraire des diamants rares dans une mine en Afrique du Sud. Mais le fait qu'il soit allé la consulter tout seul sans être persuadé ou contraint était révélateur. Il était peut-être prêt, désormais.

La queue pour dire bonjour commençait à être un peu pénible, mais c'était néanmoins merveilleux de voir d'autres amis. Louisa, Josh et leur magnifique fils Wilder étaient présents.

Louisa rit.

— Wilder et votre petite sortiront peut-être ensemble un jour.

L'homme à côté de moi fulmina presque dans son rôle de protecteur paternel.

— C'est un peu tôt pour parler de rencards.

Je lui jetai un regard. *Du calme.*

Josh s'esclaffa.

— Quelqu'un va fixer l'âge de son premier petit copain à quarante-trois ans, hein ?

— Plutôt cent quarante-trois ans, lui dit Adam en souriant.

Ce pauvre bébé, quand elle allait devenir adolescente et commencer à fréquenter les garçons, elle allait devoir prendre des calmants, ou les donner à son père. Je me mordis la lèvre. Nous allions peut-être devoir travailler lentement à l'habituer à cette idée avant ce moment-là, mais nous avions plus d'une décennie avant d'avoir à nous inquiéter pour ça.

Jordan arriva ensuite avec April pour nous embrasser aussi. Jordan secoua vigoureusement la main d'Adam et déposa un baiser sur ma joue avec des félicitations sincères.

Ensuite, il dit ce qu'il y avait de plus Jordan-esque qui soit.

— Il y a de l'alcool ?

Adam et moi éclatâmes de rire.

April lui frappa le bras du dos de la main.

— C'est une fête pour l'arrivée du bébé, andouille.

Il la regarda.

— Alors… même pas une bière ? La bière est vendue dans des bouteilles de la taille de biberons. Les biberons, ce sont des trucs pour bébés.

April le tira à l'écart en s'excusant abondamment, les yeux rieurs. Ces deux-là devaient beaucoup rire, à mon avis.

Dom Fischer vint ensuite. Adam s'avança avec un grand sourire.

— Waouh, content que nous ayons pu t'attraper à un moment où tu n'étais pas dans le nord.

Il sourit à son tour.

— J'essaie de passer plus de temps ici. Obligations familiales, vois-tu.

— Merci beaucoup pour le cadeau. Tes assistants m'ont prévenu que ça avait été déposé à la nouvelle maison hier, mais nous n'avons pas eu le temps d'y aller pour voir ce que c'était.

Dom Fischer était un très bel homme. Grand, brun, les yeux gris, une carrure solide. Je sentais presque tous les yeux des femmes célibataires sur lui… et de certains des hommes, aussi. Il sourit mystérieusement.

— Je comprends tout à fait vos emplois du temps bien remplis. Mais j'espère que ça vous plaira. Et surtout, j'espère que ça lui plaira, à *elle*.

Il fit un geste vers mon ventre.

Je caressai l'arrondi généreux en souriant.

— Quoi que ce soit, je suis sûre que ça lui plaira.

— Je dois passer au travail aujourd'hui, alors surtout, ne croyez pas que je suis impoli quand je partirai tôt. Je m'excuse par avance.

— Je n'ai encore jamais entendu cette excuse, dis-je sur un ton sarcastique en jetant un regard à mon mari.

Il haussa les épaules, l'air gêné, alors j'ajoutai :

— Nous comprenons tout à fait. Inutile de vous excuser.

Quand tous les invités furent salués, nous nous installâmes à des tables dans la salle à manger adjacente pour manger le brunch en bavardant et en écoutant de la musique live. Dans d'autres circonstances, j'aurais peut-être été trop occupée pour remarquer que Jordan préparait manifestement quelque chose. Mais bon sang, il était tellement peu discret en allant voir les gens dont j'étais sûre qu'il ne les connaissait pas, et en sortant son téléphone toutes les cinq secondes.

Je me dis qu'il fallait interroger April là-dessus, mais elle était occupée à gérer les jeux idiots que j'aurais aimé éviter.

Notamment… l'infâme jeu des barres chocolatées dans les couches. Dégoûtant.

Mes amies firent tourner des couches numérotées contenant des barres chocolatées fondues et elles demandèrent aux invités de deviner de quel type de barres chocolatées il s'agissait.

La première fois que quelqu'un leva une couche devant son visage pour renifler, mon estomac se retourna. Argh. Bientôt, on allait demander s'il était possible de goûter.

Avant que ça arrive, je tentai ma grande évasion.

Je donnai un coup de coude à Adam et lui jetai un regard appuyé sans dire un mot.

Ensuite, je me levai maladroitement de ma chaise et m'excusai pour aller aux toilettes, prenant soin de jeter un autre regard appuyé en direction de mon mari pour être certaine qu'il n'avait pas raté mon message subtil. Il pencha légèrement la tête, comme pour indiquer qu'il avait compris qu'il devait me rejoindre dehors.

Je m'étirais vainement le dos quand il arriva.

Adam s'avança tranquillement avec un sourire diabolique et dévastateur. Il montra la piscine près de là.

— Salut, belle dame. Vous voulez vous baigner toute nue avec moi ?

Je plissai les yeux.

— Je ne flirte pas avec les inconnus. Mon mari vous casserait la figure, s'il l'apprenait.

Il sourit.

— J'ai l'impression que c'est une brute sans cervelle.

Il passa les bras autour de moi et me serra contre lui pour m'embrasser.

— Tu arrives à peine à faire le tour avec les bras, hein ?

Il secoua la tête.

— Pas du tout. Mes bras font parfaitement le tour de ton corps magnifique.

Je laissai échapper un long soupir en faisant semblant d'être irritée.

— Arrête de flirter. Tu détournes mon attention.

Il fronça les sourcils.

— De quoi ? Je croyais que tu voulais simplement une excuse pour t'éloigner du jeu dégoûtant du caca de bébé.

— C'était dégoûtant, mais c'était aussi une très bonne excuse pour sortir discrètement et te parler de quelque chose.

— De quoi ?

— Jordan.

Adam fronça les sourcils.

— Qu'est-ce qu'il y a avec Jordan ? Il agit de manière inappropriée ? Dois-je aller lui casser la figure – ou encore plus effrayant pour lui – demander à April de s'en charger ?

Je secouai la tête.

— Non. Ça va. Mais il agit bizarrement. Il n'arrête pas de s'approcher des gens et de sortir de la salle avec eux. Ça me semble louche, comme une espèce de marketing de réseau.

Adam me jeta un regard sceptique.

— Dans des circonstances normales, Jordan en serait capable, mais certainement pas pour notre fête prénatale.

— Tu pourrais découvrir ce qu'il fabrique ?

Adam haussa les épaules.

— Je vais essayer. Mais on ne sait jamais, il prévoit peut-être une surprise agréable pour nous, ou le bébé, ou les deux. Tu ne voudrais pas que l'on gâche ça, si ?

Je lui jetai un regard.

— Tu es Adam Drake. Tu détestes les surprises, tu n'as pas oublié ? Même les meilleures.

Il hocha la tête en poussant un soupir.

— Ce n'est pas faux.

Nous nous séparâmes peu de temps après, lorsque Jenna vint me chercher parce que ma participation à l'activité suivante était obligatoire.

Pas très longtemps après, quand j'allai vraiment aux toilettes, Adam me rejoignit de nouveau. Cette fois, je vis de l'exaspération sur son visage.

— J'ai résolu le mystère Jordan. Il prend des paris. Les dates et les heures de naissance.

Je clignai des paupières.

— Qu'est-ce que… *quoi* ?

— Les gens mettent en jeu de l'argent et plus la date est proche de la date du terme, moins ils peuvent remporter. La mise la moins élevée se situe à plus de deux semaines de chaque côté de la date du terme. Ça rapporte moins autour de la pleine lune en décembre, à cause des statistiques. Il a vraiment réfléchi à ces conneries.

Malgré ma surprise, j'éclatai de rire. C'était tellement typique de la part de Jordan de transformer la future naissance de notre enfant en une combine pour gagner de l'argent. J'aurais été déçue s'il ne l'avait pas fait.

— À vrai dire, il m'a demandé si je voulais acheter un créneau pour le jour du Nouvel An. J'ai dit que tu allais m'assassiner si tu découvrais que je pariais sur autant de retard par rapport au terme.

— Tu n'as pas tort. Je me rendrais veuve et mère célibataire en un seul coup.

— Oui, alors histoire de me protéger, j'ai refusé. Mais la façon dont il a tout planifié montre qu'il a fait des recherches et qu'il y a beaucoup réfléchi, alors c'est au moins ça.

— Que Dieu vienne en aide à April quand et s'ils décident un jour d'avoir un enfant, parce que… *waouh*. C'est à peu près aussi intense que tes smoothies dégoûtants au chou kale.

Il leva un doigt.

— Ne critique pas les smoothies au chou. Ils sont entièrement sains et bons pour toi. D'accord, ils sont un peu dégoûtants et ils t'ont donné la nausée, mais c'est hors sujet.

Je le dévisageai en plissant les paupières.

— Pas pour moi, non.

Il s'esclaffa et me tira dans ses bras avant de déposer un baiser sur ma tête. Nous étions dans cette position quand Jordan nous trouva.

— Trouvez-vous une chambre, vous deux. Je vous aurais aussi conseillé de vous protéger, mais c'est trop tard pour ça.

Il nous fit à tous les deux son sourire rusé et charmeur typique. Parfois, malgré son côté bravache, je pouvais voir ce qu'aimaient les femmes qui tombaient à ses pieds comme des mouches. Mais en général, je le trouvais plutôt affectueusement irritant. Comme en ce moment, par exemple.

— Alors, c'est quoi cette histoire de paris sur la date de la naissance ?

Je croisai les bras en les posant sur mon ventre proéminent.

Jordan fit une tête de biche surprise par les phares d'une voiture et jeta un regard trahi comme celui de César à Brutus. *Tu quoque, Adam ?*

— Désolé, mon vieux. Il fallait que je te dénonce. Femme heureuse, vie heureuse, tu vois ? Et sinon, tu le comprendras très bientôt de toute façon.

— Oui, mais meilleur ami heureux… oh, je ne sais pas, je n'ai pas autant de répartie que vous deux. Sachez juste que quelqu'un va gagner beaucoup d'argent grâce à l'arrivée imminente de votre adorable petite fille, et ce sera très probablement quelqu'un que vous aimez.

— Pas si c'est toi qui gagnes, rétorquai-je avec un sourire espiègle.

Jordan posa une main sur son cœur et avec la voix la plus sincère et pince-sans-rire qui soit, annonça :

— Mia, tu me blesses, vraiment.

Je lui fis un sourire en coin tout en m'avançant pour le serrer dans mes bras.

— Je suis à peu près certaine de ne pas avoir eu le moindre effet sur ton cœur noir.

Il éclata de rire, puis il se pencha et m'embrassa sur la joue.

— Fais-moi plaisir et transmets tout ce sarcasme à ta fille. Ça me fera du bien de savoir qu'Adam est constamment rhabillé pour l'hiver par les femmes de sa maison.

Au fil des conversations, je découvris que presque tout le monde avait participé aux paris… y compris ma propre mère. Cependant, personne ne voulait me révéler les dates choisies, de peur de se porter malheur. Comme si je maîtrisais la situation. D'un autre côté, j'avais presque envie de tous les faire échouer en choisissant un moment sur lequel personne n'avait parié pour prévoir une césarienne.

Est-ce que j'avais la berlue, ou bien avais-je vu Adam donner un billet de vingt à Jordan quand il a cru que je ne regardais pas ? Je décidai de ne pas poser la question. Mais il avait intérêt à ne pas avoir acheté le créneau du Nouvel An.

Après avoir organisé le transfert des cadeaux avec la gérante de l'hôtel, ce qui était la seule tâche que nous avions à régler parce que nos hôtesses étaient très douées, nous nous rendîmes vers la sortie. Nous avancions lentement, épuisés et prêts à nous installer à la maison pour le reste de la journée.

Avant que cela arrive, cependant, je croisai Louisa en sortant. Josh avait déjà emmené Wilder jusqu'à la voiture.

L'expression sur son visage était assez sérieuse pour que je m'arrête et demande à Adam de superviser le chargement des cadeaux. Louisa me ramena vers la terrasse pour plus de confidentialité. Elle baissa la voix afin de ne pas être entendue par l'équipe de nettoyage.

— Je sais que tu vas bientôt prendre ton congé maternité, mais je voulais que tu saches que j'ai croisé une infirmière vraiment contrariée lors de mon stage en psychiatrie.

Iverson était en stage avec elle. J'articulai son nom sans parler et Louisa hocha lentement la tête avec un regard appuyé. Il avait gardé ses distances, ne s'adressant pas à moi et ne me regardant pas depuis que j'avais annoncé à mes collègues que j'étais enceinte.

Je m'étais dit que j'avais de la chance et j'avais espéré que cela mettrait fin à son comportement étrange et inapproprié. Toutefois, il était peut-être juste passé à une autre cible.

— Elle a l'impression que personne ne fera attention à la plainte d'une infirmière au sujet d'un médecin – même si ce n'est qu'un interne. Tu sais combien l'organisation est patriarcale dans un hôpital… tout particulièrement avec des médecins blancs et masculins.

Je respirai profondément, lâchai mon souffle et jetai un coup d'œil vers l'intérieur de l'hôtel pour être certaine que mon mari ne se trouve pas à portée de voix.

— Je devrais dire quelque chose, pour qu'ils prennent sa plainte au sérieux.

Louisa me regarda attentivement.

— Ça l'aiderait vraiment. Je crois qu'il a été très osé avec elle et il l'a peut-être même invitée à un rencard.

Je clignai des paupières.

— Ça n'est pas du tout approprié.

— Non, en effet. S'il continue sans être contrôlé, imagine comment il sera avec ses propres employées à l'avenir, étant donné qu'il est déjà terrible alors qu'il n'est qu'un fichu interne.

Je serrai la mâchoire avant de la relâcher.

— D'accord. Tu peux lui dire qu'elle n'est pas seule. Je déposerai une plainte. J'étais prête à le faire, mais je n'ai pas arrêté de douter parce que ce type est comme une mort par un millier de petites coupures. Une seule chose qu'il a faite ou dite ne suffit pas à se plaindre, mais quand on additionne le tout, ça donne autre chose.

— Un lieu de travail hostile, à tout le moins. Ses futures collègues et ses employées te remercieraient pour ça, si elles l'apprenaient un jour, ce qui ne sera pas le cas.

Je hochai la tête en inspirant profondément, et je sentis une nouvelle détermination s'installer au fond de moi.

— D'accord… je suis prête à tout faire pour aider mes collègues féminines dans les métiers de la santé.

Louisa se pencha et me serra dans ses bras.

— J'adore que tu sois aussi courageuse et je ne suis pas sûre de l'être autant à ta place.

— Heureusement, dans ce cas au moins, tu as été épargnée.

Je l'embrassai également et je m'écartai. Louisa rejoignit Josh et Adam m'attendait à l'accueil.

Il me jeta un regard interrogateur et je me contentai de hausser les épaules.

— Elle avait quelques conseils pour moi.

Je me frottai le ventre pour détourner son attention. Rien de tout cela n'était un mensonge et il n'était pas obligé de passer en mode mari bestial en apprenant tous les détails.

Je n'avais aucune intention de donner une raison au père de ma fille de se faire jeter en prison avant même qu'elle soit née.

Ce soir-là, je sortis mon ordinateur portable et je composai mon e-mail décrivant le comportement du docteur Iverson. Une boule d'angoisse froide se forma dans mon ventre quand je décrivis brièvement ses paroles et ses actions en consultant mon fichier de documentation. Je me demandai franchement pourquoi j'avais attendu pour le faire, et dans le but de soutenir quelqu'un d'autre au lieu de ressentir cette indignation pour moi-même.

Apparemment, j'avais encore beaucoup de choses à apprendre, et en tant que femme dans un monde toujours patriarcal, je doutais malheureusement que ce soit la dernière fois que je me trouve dans une telle situation.

J'espérais seulement qu'il en résulte quelque chose de mieux.

CHAPITRE
TRENTE-TROIS
ADAM

La veille du reveillon de Noël, Emilia etait horriblement grognon. Et agitée toute la journée... incapable de rester tranquille. Nous avions un rendez-vous pour le déclenchement le lendemain de Noël, car le bébé devenait grand et elle aurait dépassé le terme à ce moment-là. Mais c'était dans deux longues journées.

Nous avions donc prévu un Noël très calme et tranquille et nous n'avions fait aucune promesse à nos familles. En attendant, je gardais la bouche fermée et fis de mon mieux pour être à ses ordres sans parler, parce qu'apparemment, le bruit de ma voix l'enrageait inexplicablement.

Je n'allais jamais comprendre les femmes enceintes... et j'avais pourtant passé les neuf derniers mois à vivre avec l'une d'entre elles, ce qui en disait long.

J'avais fait des journées de travail plus longues pour intégrer Jordan dans le poste de PDG, mais cette dernière semaine j'étais surtout resté à la maison, anticipant le moment où ma femme allait spontanément commencer à accoucher. Malheureusement pour elle, ça n'avait pas encore eu lieu et elle en avait assez d'être enceinte. Jordan et moi avions décidé que la naissance serait la ligne de démarcation entre mon leadership et le sien. Ou son *prélancement* en tant que PDG, comme il disait. Les employés et le public savaient seulement qu'il s'agissait de mon congé paternité. Mais pour nous, c'était une étude de faisabilité. Il allait diriger l'entreprise et quand notre fille aurait trois ou quatre mois, je retournerais au travail assez longtemps pour faire une passation officielle, l'annoncer au public et soutenir cérémonieusement mon meilleur ami.

Jordan était volontaire et il était prêt. Et bon sang, qu'il était impatient ! J'avais l'impression qu'il avait anticipé cela depuis au moins un ou deux ans, et qu'il s'était préparé en conséquence. J'avais bien choisi mon remplaçant.

Le soir avant le réveillon, après ne pas avoir assez dormi pendant des semaines, je m'endormis rapidement et – c'était inhabituel – avant Emilia. Elle avait choisi de dormir dans la chambre d'amis la plupart des nuits et j'avais essayé de ne pas être vexé. Pendant un bref moment où elle n'était pas de mauvaise humeur, elle m'avait expliqué qu'elle ne voulait pas me réveiller alors qu'elle tournait et se retournait dans le lit.

Cependant, quand je me réveillai à deux heures du matin, je la découvris assise au fond du lit, avachie et respirant fort.

Il me fallut une minute pour comprendre ce qu'il se passait. Je me levai et partis aux toilettes en clignant des paupières quand j'allumai la lampe. J'étais en train de pisser longuement quand je compris ce qu'indiquaient sa position avachie et sa respiration forte. Je sursautai, finis, me lavai les mains et me précipitai vers elle.

— Qu'est-ce qui se passe ? Est-ce que ça va ?

Il lui fallut une minute pour répondre, alors je me laissai tomber sur le lit à côté d'elle et je passai un bras autour de ses épaules. Elle fit immédiatement retomber mon bras.

— Ne me touche pas... aboya-t-elle avant de respirer. Excuse-moi, je ne voulais pas être aussi sèche.

— Aucun souci. Est-ce que ça va ?

— Oui et non. J'ai commencé l'accouchement et ça fait affreusement mal.

— Tu as des contractions en ce moment ?

Elle laissa échapper un long soupir qui m'indiquait que j'avais dit une bêtise. Je me préparai à être le méchant dans son histoire pendant les heures à venir. J'avais lu quelque chose à ce sujet et j'étais entièrement prêt à avoir la peau dure.

— Oui, Adam. C'est le principe de l'accouchement : des contractions.

— D'accord, elles sont espacées de combien de temps ?

— Je ne sais pas. Je ne les ai pas chronométrées. J'ai juste respiré pour les supporter. Elles ne sont pas assez proches pour que nous ayons à nous inquiéter pour l'instant... oh... En voilà une autre.

Je me levai de l'endroit où j'étais assis et je m'approchai de ma table de chevet où j'attrapai mon téléphone.

— Je vais chronométrer les suivantes, pour être sûr.

Elle se frotta le ventre en se balançant et en respirant profondément. Une minute ou deux plus tard, elle sembla de nouveau respirer normalement.

— Nous avons encore des heures avant que je doive aller à l'hôpital.

Et elle avait raison. Pour le moment, les contractions avaient onze minutes d'écart. Grâce aux cours de préparation où nous étions allés, je savais que ce n'était que le début de cette aventure.

À cinq heures du matin, les contractions ne s'étaient pas encore rapprochées. J'avais mis mes lunettes maintenant et je cherchais attentivement sur tous les sites de naissance que je connaissais pour découvrir s'il était normal que le début d'un accouchement progresse si lentement. C'est-à-dire, qu'il ne progresse pas du tout pendant trois heures.

Et effectivement, beaucoup indiquaient qu'une primipare – l'étrange terme médical pour une mère du premier enfant – avait souvent un accouchement long. Emilia semblait rejoindre leurs rangs.

Mais quand elle revint des toilettes, elle parut étonnée et elle appuya une main sur son ventre gonflé.

— Je suis à peu près certaine d'avoir perdu les eaux.

Avant de dire quoi que ce soit, j'enregistrai l'heure sur le fichier de mon téléphone, puis je levai la tête. Le bas de sa chemise de nuit était mouillé.

Je bondis du lit, rangeai mon téléphone dans la poche et attrapai un sac avec nos vêtements et les affaires que nous avions préparées la semaine précédente.

— On va t'habiller…

Elle me chassa de la main et partit vers son dressing.

— Je peux m'habiller moi-même. J'arrive.

— D'accord, je vais charger la voiture et ramener une voiturette de golf depuis le pont. Ne descends *pas* ces escaliers sans moi.

Elle poussa un soupir.

— Je peux descendre par moi-même, Adam.

— Je sais que tu le peux, mais je vais t'aider de toute façon, au cas où tu glisserais ou bien que tu aurais une contraction en pleine descente.

Elle leva les yeux au ciel, mais ne dit rien, disparaissant dans le dressing. Je dus me rappeler que cette attitude était seulement temporaire et déclenchée par l'inconfort et la douleur. Pour l'aider à traverser cela, j'étais prêt à être son sac de frappe au sens figuré – et peut-être même au sens littéral.

Après avoir chargé la voiture, je garai la voiturette de golf sur notre palier et je retournai dans la maison, montant les marches deux à deux. Je la fis descendre et l'installai dans la voiturette sans incident.

— Marcher jusqu'à la voiture serait pas mal pour faire progresser mon accouchement, protesta-t-elle légèrement.

— Conserve ton énergie. Tu en auras besoin plus tard, insistai-je.

Elle ne me contredit pas. Si j'avais raison, cette journée allait être affreusement longue pour nous deux.

Finalement, avec l'aide de médicaments par intraveineuse, Emilia put progresser rapidement vers une grossesse active. Et bon sang, même si je savais que ce moment était nécessaire, c'était difficile de la voir vivre ça. En fait, je détestai cela et j'aurais aimé qu'il existe un moyen pour que j'affronte la douleur à sa place.

À travers l'histoire, j'étais à peu près certain de ne pas être le seul homme à souhaiter cela. Nous autres, dont l'instinct était de protéger, nous pouvions seulement regarder, impuissants, pendant que la nature suivait son cours. Dieu merci, nous vivions à une époque où l'accouchement était bien plus sûr qu'il l'avait été les siècles précédents… même pour une femme ayant déjà eu des problèmes médicaux significatifs.

Je restai assis à côté d'elle, replaçant un linge froid et mouillé sur son front quand elle me le permettait et quittant rapidement la chambre quand elle me le demandait. Mais cette fois-ci, ce n'était pas par colère. Elle s'inquiétait que je ne mange pas.

Pourtant, je m'étais promis de ne plus manger tant qu'elle ne le pouvait pas.

— Tu es ridicule, avait-elle dit. Descends à la cafétéria et va manger quelque chose de nourrissant, bon sang.

— Mais…

Elle fronça les sourcils.

— Si ça peut te rassurer, je n'ai absolument aucune envie de manger. Si tu restes là à mourir de faim quand la prochaine contraction arrive, je te botte le cul. Je suis sérieuse.

Je lui obéis, mais finis par attendre devant la salle d'accouchement, réticent et à vrai dire, incapable de la quitter malgré son ordre. Une infirmière eut pitié de moi et envoya une commande au service de restauration.

J'attendis près de la machine à café, à environ quatre mètres, et j'avalai un croque-monsieur en cinq bouchées. Ce n'était pas la façon la plus saine de me nourrir, mais il était treize heures et je n'avais rien mangé depuis la veille au soir, alors j'étais affamé.

Les infirmières assises à un bureau près de là m'observèrent en chuchotant et en riant doucement. Je me rendis compte que je devais donner l'impression d'être un animal affamé ou un homme des cavernes qui avalait son dernier repas avant de se faire attaquer par un tigre à dents de sabre. Je n'avais pas l'intention de retourner dans la chambre avec mon repas dans la main pour manger devant elle. Pas alors que son ventre était tout aussi vide et qu'il lui fallait attendre des heures avant de pouvoir manger.

Une des infirmières au visage plus aimable s'approcha de moi.

— Monsieur Drake, vous pouvez manger dans les salles d'accouchement, vous savez. Sinon, il y a notre salle de repos avec une table juste au coin du couloir.

J'avalai l'énorme bouchée que je mâchais et je me tournai vers elle en me demandant comment elle connaissait mon nom.

— Je vais juste finir ça et je ne veux pas vraiment manger devant elle.

Elle sourit en hochant la tête.

— Je comprends, mais laissez-moi vous assurer qu'en ce moment, elle ne pense pas vraiment à manger. Ce qui se passe est global. Elle est fatiguée et elle a faim, mais elle n'enregistre aucun de ces éléments.

Je marquai une pause en y réfléchissant.

— Oui, je sais que c'est censé me rassurer, mais ce n'est pas le cas. De plus, elle a insisté pour que je descende à la cafétéria, alors si je reviens dans la chambre avec mon repas, elle saura que je ne l'ai pas fait, et j'aimerais vraiment ne pas la fâcher en ce moment.

L'infirmière rit.

— Je déteste vous annoncer ça, monsieur Drake, mais le simple fait de votre existence va la fâcher aujourd'hui.

Je lui fis un sourire.

— Je m'y suis préparé.

Juste à ce moment-là, la sage-femme quitta la chambre et je croisai son regard.

— Où en sommes-nous ? demandai-je.

Elle me fit un léger sourire.

— Elle a un peu progressé. Six centimètres et elle est vraiment dans la phase active de l'accouchement, maintenant. Les choses devraient donc commencer à aller un peu plus vite. Sa mère est à l'intérieur avec elle. Pourquoi n'iriez-vous pas à la cafétéria ?

Je secouai la tête et je retournai dans la chambre avec la canette de soda que je pris soin de poser hors de sa ligne de mire. Elle avait peut-être soif et je ne voulais pas remuer le couteau dans la plaie. Ce qui me rappela…

— Est-ce que tu veux que j'aille te chercher des glaçons ?

Elle grogna.

— J'emmerde tes glaçons.

Elle était manifestement au milieu d'une autre contraction, alors je fermai la bouche et jetai un coup d'œil vers Kim, qui grimaça.

Elle allait redevenir rationnelle dans quelques minutes et cela durerait quelques minutes.

Mais bon sang, les choses allaient beaucoup trop lentement à mon goût. Cette fillette était déjà une diva, apparemment, et elle prenait tout son temps pour faire son apparition dans ce monde.

CHAPITRE
TRENTE-QUATRE
MIA

J'AVAIS A PEINE CONSCIENCE DU MONDE QUI M'ENTOURAIT à travers le brouillard de douleur qui accompagnait chaque contraction. Tous les muscles de mon corps se serraient, évacuant l'air de mes poumons. J'étais piégée dans un étau invisible qui se resserrait autour de moi. Mes cheveux étaient collés contre mon front par la transpiration. L'infirmière et parfois le médecin entraient et sortaient de la chambre. Adam resta tout le temps à mes côtés, et pourtant… je ne perçus ces circonstances qu'à la périphérie de ma conscience.

Au cours des dernières heures, tout était devenu douleur.

J'avais choisi une épidurale, mais comme l'accouchement avait progressé lentement, ils attendaient le début de la phase active, ce qui rendait tout le processus encore plus difficile.

Malgré tout, je restai penchée en avant sur ce lit, essayant d'être aussi immobile que possible et espérant qu'une autre contraction ne me prenne pas pendant que l'anesthésiste enfonçait une aiguille dans ma colonne.

L'épidurale eut pour effet secondaire connu de ralentir l'avancée de l'accouchement. Le soulagement de la douleur ne dura donc pas. Ils finirent par baisser le produit qui m'engourdissait en espérant encourager le bébé à sortir.

Ainsi, après être restée éveillée pendant plus de quarante heures et avoir subi des contractions pendant bien plus de seize de ces heures, j'étais un véritable zombie.

La seule chose qui me permit de tenir ? C'était de savoir qu'à la fin, j'allais voir ma petite fille. La tenir. La sentir. Sentir sa peau douce sous mes lèvres quand j'embrassais sa tête. Allait-elle plus ressembler à Adam ou à moi ? Je luttai comme une tigresse pour garder ces questions en tête pendant que l'accouchement progressait et que la situation empirait.

Et j'étais à peu près certaine d'être une horrible connasse aigrie avec mon pauvre mari épuisé, mais puisqu'il me tenait la main, même quand je serrais très fort, j'étais à peu près certaine qu'il ne m'en voulait pas. Après tout, c'était son enfant que je poussais hors de mon corps violenté, non ?

Quand vint enfin le moment de commencer à pousser, j'étais épuisée au-delà de toute compréhension. D'accord, il m'était déjà arrivé de veiller aussi longtemps – et même plus longtemps – avant. La formation de médecine n'était pas une plaisanterie. Mais je n'étais jamais restée éveillée aussi longtemps en gérant activement les contractions impitoyables de l'un des muscles les plus puissants de tout mon corps tout en supportant la douleur qui les accompagnait.

Seize heures, c'était une longue période pour avoir mal.

Ceci n'était pas la lumière au bout du tunnel que j'avais espéré.

Au bout d'une heure, j'étais trempée de sueur et presque incohérente. Et le bébé n'était pas plus loin dans le canal utérin que quand j'avais commencé. Après une contraction particulièrement affreuse, tandis que la médecin vérifiait la position du bébé, je regardai par la fenêtre. Depuis quand faisait-il à nouveau nuit ? Quelle heure était-il ? Je regardai l'horloge sur la table de chevet à côté de moi. Il était bien plus de vingt et une heures.

— Le bébé n'a pas avancé, Mia, me dit l'obstétricienne avec un regard triste.

Je poussai un soupir exaspéré en levant les yeux au ciel.

— L'infirmière vient de dire qu'elle était plus loin qu'avant.

— Elle avait tort. La tête du bébé gonfle, alors elle a cru qu'elle s'était engagée plus loin, mais ce n'est pas le cas.

Je me tapai la tête contre mon oreiller avec un soupir de frustration.

— *Merde.*

Elle poussa un soupir.

— Le bébé est dans le canal utérin depuis un moment avec très peu d'avancée. Je crois qu'il est temps d'envisager une césarienne.

Je secouai la tête alors que des larmes me piquaient immédiatement les yeux. Je ne voulais pas passer par une grosse opération. Surtout après avoir traversé tout ceci. Se remettre d'une opération était déjà assez difficile… et douloureux. Et injuste, après avoir supporté toute la douleur de l'accouchement pendant la majeure partie de la journée.

Adam s'approcha de moi.

— Emilia, je crois que la médecin pourrait avoir raison.

— Je ne veux pas d'opération. Ce n'est pas juste ! criai-je en répétant mes propres pensées sur le sujet.

Certaines personnes mal avisées jugeaient les mères qui accouchaient par césarienne comme n'ayant pas vécu une véritable naissance, mais c'était idiot. Une naissance restait une naissance. Ce que je ne voulais pas, c'était une grosse incision douloureuse au bas de mon ventre dont je devais me remettre tout en m'occupant d'un nouveau-né.

Adam leva la main pour sécher mes larmes.

C'était un geste si adorable et dont j'avais tellement besoin. Je le regardai dans les yeux et il repoussa doucement les cheveux de mon visage en sueur. Il y avait aussi des larmes dans ses yeux.

— Je suis tellement fier de toi… tu es une battante. Mais je crois que la médecin à raison. Qu'est-ce que tu en penses ?

Je ravalai ma salive et m'affalai sur le lit quand une autre contraction arriva. Quand j'attrapai ma jambe pour commencer à pousser, l'infirmière posa doucement une main sur la mienne.

— Contente-toi de respirer pendant celle-ci, Mia. Ne pousse pas pendant un moment. Tu peux faire une pause en prenant cette décision.

— Le bébé… ? demandai-je sans finir ma question.

— Elle n'est pas en détresse pour l'instant. Mais cela peut changer rapidement. Tu pousses depuis presque une heure et demie et elle ne bouge pas. J'ai bien peur qu'elle sorte dans la mauvaise position.

— En position postérieure ? demandai-je.

Adam fronça les sourcils.

— Qu'est-ce que ça veut dire ?

L'infirmière répondit à la question d'Adam pendant que je respirais pour surmonter la contraction.

— En général, les bébés naissent le visage vers le bas. La forme de la tête fait que c'est plus facile de descendre le long du canal utérin dans cette position. Mais tous les bébés ne reçoivent pas la note de service, et certains descendent même les fesses les premières, ce que nous appelons par le siège. La vôtre ne descend pas par le siège, mais il est évident qu'elle a du mal. Ou alors, elle a peut-être simplement une tête trop grande pour passer à travers le pelvis de Mia.

Je fermai les yeux. J'aurais presque pu m'endormir s'il n'y avait pas ces fichues contractions toutes les trois minutes. Je déglutis, humidifiant ma gorge pour pouvoir parler.

— Faites-le, alors.

— Je suis désolée, je n'ai pas entendu ? répondit la médecin.

— Allez-y et préparez la césarienne. Je vais signer les papiers.

— D'accord.

La médecin hocha la tête.

— Je vais vous envoyer quelqu'un. Pendant ce temps, je vais aller préparer une salle d'opération. Et quelques pédiatres de l'hôpital pour enfants.

Et miraculeusement, tout cela fut fait en l'espace de trente minutes. On me roula jusqu'à la salle d'opération où Adam me rejoignit, entièrement vêtu d'une tenue chirurgicale. Je venais de souffler pendant une contraction particulièrement douloureuse, luttant contre le besoin presque instinctif de pousser.

Mon mari me sourit derrière son masque chirurgical.

— Comment ça va ? me demanda-t-il doucement.

— Mieux, maintenant. Tu es très sexy en blouse d'opération.

Il rit.

— Je crois que tu es fétichiste des médecins.

— Eh bien, toi aussi, sinon tu ne m'aurais pas épousée.

Les coins de ses yeux se plissèrent quand il me fit un plus grand sourire.

— Tu n'as pas tort.

Peu de temps après l'arrivée des équipes chirurgicales et pédiatriques, leur travail commença. On me demanda d'écarter les bras à angle droit de mon corps, ce qui aide à positionner mes organes de manière correcte pour la naissance. J'avais assisté à plusieurs césariennes en école de médecine pendant mon stage en obstétrique, alors je savais ce qu'il se passait de l'autre côté du paravent qui cachait le travail en bas de mon ventre.

Même pendant que mon obstétricienne expliquait ce qu'elle faisait, je savais à quoi m'attendre. L'incision extérieure, l'intérieure, la sensation que l'on tirait sur mon corps quand ils délivrèrent le bébé et le placenta.

Comme je n'avais pas d'autre endroit à regarder, j'observai le visage d'Adam. Je vis la transformation quand il devint un père. Il ne regarda pas le travail des médecins, et c'était compréhensible. Peu de personnes voulaient vraiment voir les entrailles de leur épouse. Mais quand la médecin leva le bébé pour qu'il puisse la voir, je le vis écarquiller les yeux. Ils refirent ensuite descendre le bébé pour s'occuper du cordon ombilical.

J'étais à peu près certaine de lui en vouloir à vie d'avoir été le premier d'entre nous à voir notre fille. Mais j'allais la voir dans quelques secondes.

Même si je ne pourrais pas la tenir avant plusieurs heures.

Tant pis…

Elle fut silencieuse quand ils la soulevèrent rapidement juste au-dessus du paravent pour me la montrer. Je regardai ses yeux bleu sombre. Sa petite tête avait quelques cheveux noirs. Et –, oh, mon Dieu – même maintenant, je le voyais déjà. C'était une mini Adam. Elle lui ressemblait parfaitement.

Ils l'emportèrent aussi vite qu'ils me l'avaient montrée pour la faire examiner par l'équipe pédiatrique, puis ils la lavèrent pendant que l'équipe chirurgicale travaillait sur moi.

Adam quitta mes côtés pour s'approcher de la table où ils examinaient le bébé.

Il revint presque immédiatement en fronçant les sourcils.

— Qu'est-ce qui ne va pas ?

— Ils sont en train de mettre un tube dans sa gorge.

Je clignai des paupières.

— Elle a dû avaler du méconium.

Je lui attrapai la main en ajoutant :

— Tout ira bien. Ça arrive parfois avec les accouchements longs.

Effectivement, après avoir travaillé sur elle quelques minutes de plus et l'avoir nettoyée, ils nous l'apportèrent. C'était un tout petit paquet au visage rouge, enveloppé dans une couverture d'hôpital. À cause des douze heures de poussée, sa tête avait temporairement une forme conique. L'infirmière la déposa doucement dans les bras d'Adam.

— La voici. La petite Drake, annonça la pédiatre avec un grand sourire avant de se tourner vers moi. Elle était effectivement en position postérieure et il a fallu aspirer ses voies respiratoires, mais tout va bien maintenant.

Je hochai la tête.

— Merci.

Adam regarda le petit paquet dans ses bras avec un air émerveillé.

— Elle ne pleure toujours pas.

— Elle essaie de tout assimiler, dis-je. Elle regarde. Tu as vu ? Elle dit « salut, papa, me voilà ».

Il respira en tremblant et regarda sa bouche s'étirer.

— Elle est magnifique, dit-il. Comme sa maman.

— Elle ne me ressemble pas du tout, m'esclaffai-je.

Il se tourna pour regarder le bébé au moment où l'infirmière apparut avec un couffin d'hôpital à roulettes afin de l'emmener en néonatalogie.

— Nous allons la placer en couveuse pendant que vous serez en salle de récupération, puis elle ira dans votre chambre quand vous serez transférée.

Je me tournai vers Adam.

— Va avec elle. Ils doivent me surveiller pendant que l'anesthésie s'estompe, alors il me faudra rester environ une heure en salle de récup.

Je n'avais jamais vu une expression pareille sur son visage. Complètement émerveillé et stupéfait et un peu perdu. Il hocha la tête et suivit le couffin hors de la salle d'opération.

De mon côté ? Je succombai à mon épuisement et m'endormis. Quatre-vingt-dix minutes après, on me déclara prête à être transférée dans ma chambre et il me tardait de tenir enfin mon bébé contre moi.

Une demi-heure plus tard, j'étais dans ma chambre et elle me fut apportée, portant cette fois une minuscule couche, un bonnet en tricot et son lange.

Comme un pro expérimenté, Adam la souleva hors du couffin et enfin, à presque minuit après le jour le plus long de ma vie, ma petite fille fut dans mes bras.

— Oh, waouh, tu es tellement mignonne, roucoulai-je tandis qu'Adam glissait un bras autour de mon dos et regardait sa fille par-dessus mon épaule.

Il se pencha pour embrasser mes cheveux.

— Ça, c'est vrai.

Je la posai au creux de mon bras gauche et touchai sa main avec ma main droite. Son poing minuscule se referma immédiatement autour de mon doigt. Cela suffit à faire irrévocablement chavirer mon cœur.

— Comment s'appelle-t-elle ? demanda Adam. Nous n'avons jamais résolu ce problème.

Mais maintenant, après l'avoir vue, je ne doutais plus de ce que devait être son prénom.

— Elle s'appelle Sabrina, si tu es d'accord.

Adam resta silencieux pendant un long moment, imprégnant la chambre avec cette émotion incroyable et poignante. Nous étions enveloppés dans un nuage d'amour, notre minuscule petite famille toute neuve. J'avais les larmes aux yeux et je savais qu'Adam devait lui aussi lutter contre ses émotions, même si à cause de l'angle et de l'endroit où il se tenait, je ne voyais pas ses efforts.

Enfin, en essuyant vite ses yeux et en se raclant doucement la gorge, il dit :

— Je pense que c'est parfait. Sabrina Eloisa ?

Je secouai la tête en riant.

— Pas de noms de jeux vidéo, même si c'est tentant. Je pensais la nommer en l'honneur de ta sœur et de ma mère… Sabrina Kimberly.

— C'est parfait, parce que Kimberly est aussi ton nom.

J'acquiesçai.

— Oui, ça marche. C'est son nom.

— Sabrina Kimberly Drake.

Sa grande main vint se poser avec révérence sur la tête presque chauve de sa fille.

— La plus belle petite princesse au monde.

Et cet instant fut magique. J'aurais beaucoup aimé pouvoir figer le temps. Juste nous trois, ensemble et enveloppés d'amour.

Mais cela ne dura pas longtemps.

Parce que la consultante en lactation entra dans la chambre et il me fallut affronter le défi d'allaiter le bébé pour la première fois avec une inconnue qui tirait sur mon sein pour pousser le bébé à s'y accrocher et lancer le processus.

Mais à la fin, Sabrina et moi apprîmes ensemble, et tout se passa bien. Il fallut du travail et j'étais totalement épuisée, mais elle s'était vite mise à manger comme une championne.

Chapitre
Trente-cinq
Mia

L E SEJOUR A L'HOPITAL – PROLONGE, DESORMAIS, A CAUSE de la césarienne – fut presque aussi épuisant que l'accouchement. Nous eûmes un répit le premier jour suivant sa naissance, parce que peu de gens pouvaient rater les festivités de Noël, et nous profitâmes du silence. Mais ensuite ? La parade de famille et d'amis qui passa dans ma chambre pendant les heures de visite donna l'impression que c'était une fête nationale.

La plupart d'entre eux apportèrent des cadeaux, mais ils n'étaient pas pour nous. C'est le bébé qui reçut tout le butin. Heath arriva avec un énorme dragon en peluche – presque aussi grand que lui – en hommage à son héritage de gameuse. Jordan et April passèrent avec un énorme et magnifique bouquet d'hortensias rose pâle. April demanda à tenir Sabrina et elle la souleva comme une pro, comme si elle manipulait des bébés depuis des années.

Quand elle vit ma surprise, elle haussa les épaules.

— Ma sœur et mon frère ont douze et quatorze ans de moins que moi. J'ai déjà porté des bébés.

William et Jenna vinrent tous les jours, m'apportant du fast-food quand je les suppliais. Le deuxième jour, le cousin d'Adam me montra un dessin au crayon absolument exquis qu'il avait fait pour notre petite fille.

— William, soufflai-je, bouche bée, en contemplant la ressemblance. C'est incroyable.

— C'est juste une ébauche au crayon. Je l'ai apportée pour voir si ça te plaît afin de faire quelque chose de plus permanent.

J'écarquillai les yeux.

— Bien sûr que ça me plaît. J'adore. Je veux garder l'ébauche aussi. Je suis cupide.

— Il va me falloir l'heure exacte de sa naissance pour que je fasse sa carte du ciel et son thème astrologique, dit Jenna avec un sourire éclatant.

J'évitai de croiser le regard d'Adam, car je savais qu'il ne croyait pas en l'astrologie. Moi non plus, probablement, même si je ne m'étais pas encore vraiment fait un avis.

Et Jenna elle-même avait un diplôme de physique et elle l'enseignait au lycée. Mais cela ne fit que l'éloigner davantage du stéréotype de la scientifique sceptique. Elle était la première à se lancer dans la relation entre la métaphysique et la physique quantique, quand on lui posait la question. Je ne croyais pas avoir déjà connu quelqu'un à l'esprit aussi ouvert que Jenna.

Maman, bien sûr, passa plusieurs heures par jour avec moi à l'hôpital, se contentant de contempler sa petite-fille avec un air rêveur en bavardant avec moi. Quand Adam repartait à la maison pour aller chercher quelque chose ou pour passer brièvement au bureau, elle était là pour moi. En fait, pendant mon séjour à l'hôpital, je ne fus jamais seule.

Jamais.

Et ça, c'était déjà épuisant en soi.

La nuit, Adam restait à mes côtés sur un lit convertible qui se transformait en canapé pendant la journée. Mais nous ne dormions pas beaucoup. Dès que le bébé remuait, il sautait du lit avant que je puisse bouger... ou parfois même avant que je me réveille. Il changeait sa couche comme un pro. En fait, je n'en avais pas encore changé une seule. Ensuite, il me la donnait avec précaution après m'avoir passé le coussin d'allaitement. C'était moi qui la nourrissais, bien sûr, puisqu'il ne disposait pas de l'équipement nécessaire.

Il était deux heures du matin le troisième jour et plus tard dans la journée, j'espérais avoir l'autorisation de quitter l'hôpital. Adam venait de poser le bébé sur mon coussin d'allaitement et il s'était rallongé sur son lit temporaire. Bien qu'il me paraissait aussi épuisé que moi, il appuya la tête sur sa main et nous regarda pendant que j'allaitais. Je faillis m'endormir en plein milieu, mais quand je secouai la tête pour me réveiller, je découvris qu'il nous regardait avec un sourire fatigué sur les lèvres.

— Dors, lui dis-je. Je peux la remettre dans son couffin quand elle aura terminé.

Il secoua la tête.

— Non. C'est mon travail et je le prends au sérieux. Et puis, j'aime vous regarder ensemble. Tu es si belle et une si bonne mère.

Je le regardai en levant un sourcil.

— C'est beaucoup trop tôt pour le dire. Ça ne fait que trois jours que je suis maman.

Il haussa les épaules.

— Je le vois déjà et je suis très bon juge.

Je souris.

— Et tout à fait impartial.

— Oui, bien sûr. Et c'est mon opinion entièrement impartiale que je me trouve dans une chambre avec les deux plus belles femmes du monde.

Je savais que je n'allais peut-être pas me souvenir de longues périodes de cette nouvelle ère où nous étions juste tous les trois en tant que toute nouvelle famille. Mais j'étais entièrement consciente, même sur le moment, que j'allais chérir chaque seconde de ce dont j'espérais me souvenir avec affection un jour.

Pour l'instant, ce n'était pas un crime de souhaiter plus de sommeil.

Quand vint le moment de quitter l'hôpital, Adam engagea un chauffeur avec un SUV entièrement désinfecté pour nous ramener à la maison. De cette façon, nous pouvions tous les trois être assis à l'arrière. Cela m'étonna, jusqu'à ce que je voie le téléphone dans la main d'Adam : il prenait toutes sortes de photos et de vidéos de l'événement. Le premier trajet en voiture de bébé. Le premier siège auto de bébé. Le premier rot de bébé dans la voiture. La première sieste de bébé dans la voiture. Rapidement suivi par la première sieste de maman aussi. Je suis sûre qu'il a pris des photos de moi alors que j'étais avachie contre la vitre, agréablement inconsciente.

Quand je me réveillai, ce fut parce que nous étions sortis de l'autoroute et je n'étais plus hypnotisée par les vibrations. J'étais désorientée. Je ne savais pas pourquoi je voyais des collines et la crête des montagnes de Santa Ana qui s'approchait au lieu de l'étendue plate qui conduisait jusqu'à la côte et notre maison.

clic

Le téléphone d'Adam passa devant ma tête pour prendre une autre photo. Je grimaçai.

— Que se passe-t-il ? Est-ce que ce type sait où nous vivons ?

— Oui.

— Alors, pourquoi allons-nous vers… oh, on se rend à la nouvelle maison ? Est-ce que tu dois donner ton accord pour quelque chose ?

La rénovation ne devait être finie que dans un mois. Nous allions déménager peu après.

— Oui, je dois donner mon accord pour une partie du travail sur la maison. J'espère que le détour ne te gêne pas.

— Si elle reste endormie tout ce temps, ça me va très bien. Ça me fera peut-être du bien de marcher un peu.

— Tu as toujours mal ? demanda-t-il.

Je haussai les épaules.

— L'incision est un peu douloureuse, mais ça va.

C'était plus qu'*un peu* douloureux, mais je n'allais pas lui dire. J'allais encore avoir mal pendant au moins une semaine. Mais au-delà de ça, il y avait la fatigue terrible de mon corps qui dépensait quatre-vingt-dix pour cent de son énergie à fabriquer du lait maternel ou à guérir de l'opération.

Je ne le dis pas, mais j'avais envie de faire une longue sieste dans mon propre lit. Tant pis. À cette heure-ci de la journée, ce détour, s'il était rapide, n'allait pas durer plus de quarante-cinq minutes.

Après un court trajet à travers le canyon, nous nous engageâmes dans la longue allée qui montait en serpentant jusqu'à notre nouvelle maison. La première chose que je remarquai, ce fut l'absence de camions. Les travailleurs avaient peut-être pris la journée. Mais pourquoi demander à Adam de signer quelque chose aujourd'hui alors qu'ils n'étaient même pas en train de travailler sur le site ?

Cependant, quand la voiture s'arrêta, Adam passa la main dans sa poche et sortit une clé. Il me la donna.

— Bienvenue à la maison.

J'écarquillai les yeux, toujours un peu lente à comprendre… selon moi, c'était à cause des antidouleurs.

— Je ne…

Adam tendit la main vers la coque du siège auto et la détacha, l'attrapant par la poignée. Il hocha la tête vers ma portière.

— Va jeter un coup d'œil. Je m'occupe d'elle.

Je sortis de la voiture et je les laissai derrière moi en montant le sentier jusqu'à la porte. Il y avait des arbustes et des plantes en pot sur le devant : l'aménagement paysager était nouveau et pour l'instant, c'était un peu vide, mais cela promettait de devenir absolument époustouflant dans l'année qui venait. Je clignai des paupières, stupéfaite. D'accord, ils avaient fini en avance à l'extérieur, mais qu'est-ce que ça signifiait pour l'intérieur ?

J'ouvris la porte d'entrée et retins mon souffle. Le travail sur la maison avait été entièrement terminé… jusqu'à la peinture blanc cassé sur les murs que j'avais sélectionnée plusieurs mois auparavant.

La maison était meublée de manière exquise, mais pas avec des meubles que je reconnaissais. C'était comme si quelqu'un d'autre vivait ici, au milieu du même style ranch de Californie que j'avais choisi avec ma palette de couleurs terre cuite, sauge et safran.

Les planchers avaient été entièrement revernis et les chambres étaient recouvertes de moquette neuve. J'avais correspondu avec la décoratrice ici et là quand je le pouvais, et j'avais répondu à toutes ses questions, mais je n'aurais pas pu imaginer qu'elle allait prendre ce que je lui avais donné, les palettes de couleur que j'avais sélectionnées, et qu'elle allait créer une maison aussi sublime et élégante tout en étant chaleureuse.

— Pour l'instant, c'est mis en scène, expliqua Adam quand il me rejoignit. Nous pouvons acheter les meubles et le décor tel qu'il est, ou bien notre décoratrice fera les modifications que nous voulons. Mais je ne voulais pas t'ennuyer avec les détails, à cause de tout ce que tu avais à faire.

Je clignai des yeux en secouant la tête.

— C'est incroyable. Elle a vraiment capturé notre style, mais aussi la sensation du canyon et de la nature qui nous entoure ici. Je suis époustouflée.

Il sourit, plutôt satisfait de lui-même.

— Et de cette façon, nous n'avons pas eu à déménager nos vieux meubles, alors j'ai pu tout organiser sans que tu t'en doutes.

Je lui jetai un regard en coin.

— Tu aimes beaucoup trop faire ça.

Le bébé se réveilla et Adam posa la coque du siège auto sur le canapé, détacha Sabrina et la sortit doucement.

— Je vais la rendormir. Elle n'a pas besoin d'être allaitée avant au moins une heure et dix minutes.

Je me mordis la lèvre, me rappelant qu'il était inutile d'être surprise parce qu'il avait déjà organisé un planning dans sa tête pour le bébé. Il prenait même des notes pour savoir quand elle faisait ses besoins et combien de fois… pour éviter tout danger de déshydratation, bien sûr.

Je passai dans la cuisine : parfaite, grande, et avec tout l'électroménager dont j'aurais pu rêver. Ensuite je longeai le couloir jusqu'au reste de la maison : son bureau, le mien, un salon. Pas encore de belle salle de cinéma, mais cela constituait ce qu'il appelait la « phase deux » des travaux : un bâtiment extérieur pour les loisirs et loger les invités.

Adam me rejoignit environ deux minutes après que je sois entrée dans la chambre d'enfant. Je me tournai vers lui, les yeux écarquillés, complètement émerveillée.

— Je stressais parce que la nôtre n'était pas terminée et elle allait rentrer à la maison dans une chambre ennuyeuse au lieu de la jolie chambre avec les thèmes de livres pour enfants dont j'avais tellement envie. Mais ici c'est… comme de la magie.

Il sourit.

— Certaines personnes m'ont soupçonné d'être secrètement un magicien, c'est vrai. Tu te souviens, il y a quelques mois, quand je t'ai posé des questions bizarres ? Elles venaient d'un questionnaire secret que notre décoratrice m'avait envoyé.

Tous les livres préférés de mon enfance étaient représentés : les *Chroniques de Narnia, Winnie l'ourson, Anne... la maison aux pignons verts*. Et les siens : *Le Hobbit. Le Petit Monde de Charlotte. Le Jardin secret*. Non seulement les petites bibliothèques aux murs abritaient des éditions spéciales reliées en cuir de ces livres, mais il y avait des cadres avec des couvertures spéciales et des extraits des livres avec des couleurs assorties au décor de la chambre : rose poudré, beige et blanc cassé.

Adam tenait Sabrina en sécurité au creux de son bras. Il suivit mon regard en souriant. C'est alors que je le remarquai : le prénom du bébé écrit sur le mur avec des lettres géantes en bois rose poudré.

— Comment… comment as-tu fait ça ? On ne savait même pas comment on allait la nommer en partant à l'hôpital.

Adam déposa doucement le bébé dans son magnifique berceau en bois couvert de tulle écru. Apparemment, elle s'était rapidement rendormie. Il vint ensuite se placer dans mon dos, ferma les bras autour de moi et me serra contre lui.

— Il existe cette invention incroyable qui s'appelle le téléphone, si tu n'as pas oublié. Tu as tendance à être très sèche au sujet de ma relation avec cet objet.

Je laissai ma tête tomber en arrière sur son épaule.

— Hmm. Tout ça, c'est le travail de notre décoratrice magicienne ?

— En effet. Elle était très motivée pour terminer en avance, étant donné les fêtes qui approchaient. Et elle a utilisé toutes tes suggestions. Notre maison est encore entièrement intacte, en dehors de tous nos effets personnels qui ont été déménagés pendant que tu étais à l'hôpital. Les vieux meubles sont toujours à la maison et tout ce que tu veux sera ramené ici. Mais nous dormons là ce soir.

Je poussai un long soupir de soulagement.

— Tu n'as pas idée comme je suis contente de ne pas avoir à faire et à défaire des cartons.

— C'était impensable. Pas alors que tu as tout le reste : tu dois nourrir un bébé affamé vingt-quatre heures sur vingt-quatre tout en te remettant d'une grosse opération.

Comment avais-je fait pour avoir autant de chance ? Je n'en avais pas la moindre idée.

— Alors, pourquoi as-tu décidé de précipiter le travail et de nous faire emménager maintenant ?

Il resta un instant silencieux, puis il nous fit tourner tous les deux afin de regarder notre fille endormie.

— Je voulais que la princesse soit ramenée directement dans son nouveau château. Elle mérite une chambre toute prête pour la recevoir.

— Ça ne fait que trois jours, mais tu es un papa incroyable. Cette petite fille a beaucoup, beaucoup de chance. Et sa maman aussi.

Adam et moi n'avions pas eu la chance de connaître nos pères. Mais j'étais à peu près certaine d'avoir raison, car toutes les nouveautés qu'entreprenait Adam, il les faisait avec enthousiasme, avec tout son cœur et son énergie. Et l'amour que je sentais émaner de lui quand il la regardait… eh bien, cette fillette allait grandir en étant aimée – et en le sachant – chaque seconde de sa vie précieuse. Elle avait vraiment, vraiment de la chance.

— C'est parfait, soupirai-je. Nous sommes chez nous.

Il m'embrassa alors et nous laissâmes le bébé endormi dans sa chambre. Au début, nous allions faire des co-dodos, mais elle pouvait faire la sieste dans sa chambre spéciale. Adam me conduisit dans notre nouvelle chambre à coucher, et je fus encore une fois stupéfaite. Elle était magnifique, décorée d'une façon qui me rendait immédiatement sereine et calme avec des couleurs sauge et crème et plein de verdure. Le sanctuaire parfait pour décompresser entre deux longues gardes en tant qu'interne en médecine.

Pour l'instant, je n'avais pas à m'en inquiéter avant la fin de mon congé maternité, dans trois mois. Jusqu'à ce qu'Adam retourne au travail, nous avions le temps d'apprendre à nous connaître, juste nous trois dans ce sanctuaire à nous.

Et nous allions pouvoir commencer une nouvelle vie excitante ici, ensemble.

CHAPITRE
TRENTE-SIX
MIA

ADAM RETOURNA TRAVAILLER QUATRE HEURES PAR jour quand Sabrina eut quatre semaines. C'était bon pour nous, parce que franchement, passer toute la journée ensemble, chaque jour, sans pause, cela commençait à devenir un peu ennuyeux.

Et il devait maintenant gérer les communiqués de presse, l'annonce officielle, et la passation à Jordan en tant que nouveau PDG de Draco Multimedia, pendant qu'Adam faisait sa propre transition vers le poste de président du conseil d'administration.

J'avais ainsi quelques heures toute seule chaque jour. Sabrina dormait toujours beaucoup, même si elle ne tenait pas encore toute la nuit, car elle avait besoin d'être nourrie deux fois au petit matin. Je manquais donc toujours de sommeil, mais j'essayais d'apprendre à utiliser un tire-lait pour être tranquille la nuit. C'était un processus lent, mais les cours de parentalité et un internat en médecine m'avaient aidé à me préparer pour les débuts. En règle générale, la vie était agréable.

Maman m'aidait beaucoup, prenant le relais pendant quelques heures en début d'après-midi pendant que je faisais la sieste. Comme nous étions en janvier, l'auberge était fermée et c'était Peter qui était très occupé. Au printemps, ils allaient retourner à Anza et rouvrir le Bed & Breakfast pour la pleine saison pendant que Peter passait au travail à distance.

Comme Adam ne faisait que des demi-journées, il partait tard le matin et revenait du travail juste avant l'heure du dîner.

Adam était de retour au travail depuis une semaine et nous avions eu une nuit particulièrement difficile avec le bébé, alternant pour la promener dans nos bras jusqu'à ce qu'elle s'endorme enfin, avant de devoir la nourrir juste quelques heures plus tard. Ce jour-là, ma mère ne put m'accorder qu'une pause d'une heure à cause d'un rendez-vous.

Quand Adam arriva à la maison, j'étais trop épuisée pour penser à manger. Je voulais simplement qu'il prenne le bébé pour que je puisse dormir avant que tout recommence pendant la nuit.

Mais il était épuisé aussi. Quand il se rendit à la chambre pour se changer et qu'il n'émergea pas au bout de vingt minutes, je partis le chercher.

Il était endormi, à plat ventre sur le lit, toujours avec ses habits de travail.

— Tu avais l'intention de manger ? demandai-je d'une voix forte, sans préambule.

Il ouvrit les paupières, le visage toujours enfoncé dans les couvertures.

— Non, ça va. J'ai juste besoin de dormir un peu.

Je grinçai des dents et croisai les bras.

— Eh bien, dommage, parce que je voulais vraiment me reposer, moi aussi.

Il ne bougea pas.

— Ta mère n'est pas venue, aujourd'hui ?

— Elle a dû partir tôt parce qu'elle avait rendez-vous chez le dentiste.

— Hmm.

J'attendis la suite. Il n'y eut rien. Ce fut tout ce qu'il me dit. *Hmm.*

Je penchai la tête et le regardai, puis je remarquai sa respiration. Il s'était à nouveau endormi. L'enfoiré.

— Hé, moi aussi je suis fatiguée. Ce n'est pas juste que tu puisses rentrer à la maison et t'endormir à plat ventre sur le lit en m'obligeant à gérer.

— Hmm, fut sa seule réponse.

Mon sang ne fit qu'un tour.

— Adam, marmonnai-je en serrant les dents.

Il ne bougea pas. Merde.

— *Adam,* criai-je alors.

Il se réveilla en sursaut avec un ronflement bruyant.

— Quoi, qu'est-ce qui s'est passé ?

— Tu t'es endormi. Encore.

Il se frotta les yeux.

— Hmm, oui, c'était trop bien.

Je poussai un soupir de dégoût.

— Si seulement je savais combien c'est agréable. Je dors plus que ça pendant mes longs services au travail. Je devrais peut-être y retourner en avance… pour dormir davantage.

Il cligna des paupières et se tourna sur le côté, mais pas tout à fait assez pour me regarder directement.

— Tu es fâchée contre moi ?

Je serrai la mâchoire et la chaleur monta dans mes joues. Comment faisait-il pour ne rien comprendre ?

— Je ne vois vraiment pas pourquoi je serais fâchée contre toi, marmonnai-je alors que je sentais presque la vapeur sortir par mes oreilles.

Il roula sur le dos et me dévisagea. Et waouh, il avait très mauvaise mine. Il était pâle avec des cernes sombres sous les yeux.

Malgré mon irritation, je poussai un soupir.

— Est-ce que tu as pu dormir, la nuit dernière ?

— Non. Je n'ai pas réussi à me rendormir chaque fois que tu prenais le relais avec le bébé.

— Eh bien, c'est de ta faute, mon vieux. Dans cet environnement, c'est chacun pour soi. Ne t'attends pas à ce que je reste éveillée quand tu es avec elle, parce que ça n'arrivera pas.

Il passa les doigts dans ses cheveux et regarda le plafond.

— Nous devons reconnaître qui est le véritable ennemi ici. Celle qui nous prive de sommeil. C'est un monstre, murmura-t-il en soupirant. Elle torture ses prisonniers en les privant de sommeil, pour que nous nous retournions les uns contre les autres. Nous faisons exactement ce qu'elle veut.

Malgré moi, je ris en me frottant le front.

— C'est un génie du crime. Un petit docteur Denfer, avec le même crâne chauve.

— Je vote pour que nous commencions à l'appeler Maîtresse des Marionnettes… ou mieux encore, Bébé Palpatine.

Dans mon état de fatigue, je trouvai cela hilarant.

— Bébé Palpatine ! Pal pour faire court.

Et presque comme si nous avions répété, ses pleurs nous parvinrent par le baby-phone dans ma main.

— Sa Majesté Impériale exige son dîner, soupirai-je.

— Je suis vraiment triste de ne pas pouvoir être impliqué là-dedans. Tellement, tellement triste.

— Va te faire, rétorquai-je, avec une légère trace de rire dans la voix.

Il se redressa pour s'asseoir dans le lit.

— Si tu me donnes une heure ou deux pour faire la sieste, je pourrais rester debout cette nuit avec elle, jusqu'à ce qu'elle ait besoin d'être allaitée.

J'avais déjà franchi la porte.

— Marché conclu.

J'éteignis la lampe afin qu'il commence sa sieste tout de suite.

Pendant des jours après ça, nous fîmes référence au bébé en l'appelant Sa Majesté Impériale ou Bébé Pal. Adam commanda même une cape de bébé noire qu'elle pouvait porter pour renforcer l'effet.

Mais tout s'améliorera. Nous fîmes venir une aide-soignante de nuit pour nous soulager quand elle commença à accepter le biberon de lait que je tirais. À huit semaines post-partum, je commençai à me sentir un peu plus humaine. L'incision avait guéri, et je reprenais des forces. Je fis aussi l'effort de surveiller ma propre santé mentale, car la dépression post-partum était courante chez les nouvelles mères. Heureusement, je pus l'éviter.

Un soir, nous avions envie de jouer un peu. Nous invitâmes donc Heath et Kat pour dépoussiérer nos vieux personnages de DE et parcourir le jeu comme au bon vieux temps.

Cette époque semblait avoir eu lieu mille ans plus tôt, franchement, à l'époque où je ne savais pas qui était vraiment FallenOne et où Kat était simplement une voix qui venait du Canada par Internet.

Maintenant, nous étions tous ensemble dans la même pièce, une des chambres d'amis conçue comme une salle de jeux, assis autour d'une table avec les ordinateurs portables devant nous. Mais il n'y avait pas de casque audio ce soir, puisque nous étions tous ensemble.

— Bon, on a deux bonnes heures avant que Sabrina ait besoin d'être allaitée. Faisons quelque chose de bien.

Heath fronça les sourcils en parcourant les quêtes de son personnage.

— Eh bien, il y a ce boss irritant – le Pourfendeur – que nous n'avons jamais réussi à tuer, mais il a un butin incroyable.

Je soupirai.

— Ce n'est pas celui qui nous a fait mourir, et de manière répétée ?

Kat hocha la tête.

— Oui, on a essayé de se le faire tous les soirs pendant presque une semaine. Il est impossible.

Elle jeta un regard indéchiffrable vers Adam qui détourna vite la tête.

Je fronçai les sourcils.

— Attends… Kat, tu ne sais pas comment le battre ? Tu testes ce jeu tous les jours pour ton travail. Ne me dis pas que tu n'as pas été tentée de…

Elle secoua la tête.

— Je faisais du test en boîte blanche pour cette dernière extension, alors je n'étais pas dans les tranchées à me battre contre les boss.

Heath plissa le front.

— Et tu n'as pas été tentée d'entrer et de découvrir une faille, un truc ou même une vraie stratégie solide pour battre ce type ? Il était horriblement frustrant.

— Eh bien, dis-je en me tournant vers Adam, les sourcils levés. Tu partages ?

Il haussa les épaules.

— Comment devrais-je le savoir ? Tu crois que je suis en train de concevoir les nouveaux boss dans une extension tout en essayant de diriger toute l'entreprise ?

— Vous n'avez pas eu l'idée d'enquêter là-dessus, ni l'un ni l'autre ? insistai-je.

Adam et Kat échangèrent un regard et haussèrent les épaules.

— C'est tricher, déclara Kat.

— Oui, confirma Adam en montrant Kat du doigt. Comme elle a dit. Ce serait ennuyeux pour moi de jouer avec vous si je connaissais toutes les réponses.

— C'est la seule raison pour laquelle on te garde avec nous, rétorquai-je pour plaisanter.

Pendant ce temps, Heath resta penché devant son écran, scrutant quelque chose.

— Je suis sur la chaîne YouTube de GameJunkie. Il y a une soluce complète sur les mobs.

— Tricheur, gronda Adam.

Il détestait ce genre de sites Internet qui gâchaient le plaisir de la découverte. Il ne pouvait pas grand-chose contre eux, parce qu'ils apparaissaient comme des champignons sur une merde dans une grotte, quelques heures à peine après la mise en ligne d'une nouvelle extension.

Heath l'ignora et expliqua quelques astuces pour attaquer les mobs sans donner exactement le déroulé révélé par le streamer.

Nous en étions à notre troisième essai et vraiment proches de lui casser la figure, quand le bébé se mit à pleurer.

En fait, nous étions plongés si profondément dans le jeu qu'il fallut une minute, et ce fut Heath qui demanda :

— Ce n'est pas le bébé ?

— Le Pourfendeur en est à trente pour cent, les gars. On gère, s'exclama Kat.

Adam se tourna vers moi.

— Sa Majesté Impériale te convoque.

J'étais penchée en avant, prête à agir.

— Quand le boss en sera à vingt pour cent, il va faire apparaître tous ces orques, répondis-je. Je dois rester là pour contrôler la foule. Va la chercher et ramène-la ici. Tu peux jouer avec une seule main.

Adam poussa un soupir.

— Je n'ai installé aucune de mes macros sur cette machine. Je ne peux pas faire ça à une main.

Heath faisait le tank… Il essayait de faire en sorte que le Pourfendeur reste suffisamment furieux contre lui pour qu'il n'attaque pas les personnages plus fragiles. Particulièrement Kat. En tant que guérisseuse du groupe, il était très important qu'elle reste en vie.

— Que l'un d'entre vous aille la chercher pour la ramener. On peut le faire, dit Kat, à bout de souffle.

— Ne le faites pas descendre à vingt pour cent avant mon retour, criai-je en étant déjà à moitié debout, appuyant sur quelques boutons avant de piquer un sprint vers la chambre du bébé pour l'attraper et la ramener.

— Bon, Pal est de retour, dis-je en revenant dans la pièce avec elle au creux de mon bras.

Elle ne devait être nourrie que dans une heure, alors j'imaginais qu'elle pleurait parce qu'il fallait changer sa couche ou simplement parce qu'elle était grognon. Après avoir vite vérifié, je vis que sa couche était toujours propre.

Parfois, elle avait simplement fini de dormir et elle voulait être dans nos bras ou sous son mobile.

Adam avait tourné mon ordinateur pour pouvoir l'atteindre, appuyant sur quelques boutons de mon clavier. Je poussai un soupir.

— Vous l'avez déjà ramené à vingt pour cent ?

Adam fronça les sourcils en regardant mon écran.

— Mets Pal dans la balancelle, ça devrait l'occuper jusqu'à ce qu'on ait fini. Je peux gérer pendant quelques secondes de plus, au moins.

Kat secoua la tête.

— Tu fais monter les DPS de deux persos *et* tu maîtrises la foule. Je te respecte à mort, Adam.

— Si Eloisa ne revient pas dans la minute suivante, ça ne va pas être aussi impressionnant, répondit Adam d'une voix tendue.

Je déposai précautionneusement Pal sur sa balancelle et attachai les sangles pour la maintenir en sécurité. J'appuyai sur un interrupteur et le mobile s'illumina en faisant retentir une musique métallique. Des étoiles et des lunes tournèrent au-dessus de sa tête, tandis que la balancelle oscillait doucement.

Je fonçai ensuite vers ma chaise et me laissai tomber dessus, récupérant mon ordinateur des mains d'Adam.

— Attends, quoi ? Tu n'as quand même pas lancé mon sort d'étourdissement de groupe, hein ? J'en avais besoin pour les cinq pour cent.

— J'étais désespéré, répondit Adam en frappant sur son propre clavier pour maintenir FallenOne au centre du combat, infligeant des dégâts avec des coups rapides et des manœuvres élégantes de son bâton, sa robe de moine marron volant autour de lui pendant qu'il tourbillonnait autour du Pourfendeur.

Et moi ? Je devais me concentrer pour maîtriser tous les orques invoqués par le Pourfendeur, car il ne fallait pas qu'ils nous submergent.

Apparemment, Sabrina ne voulait pas de sa balancelle, car elle commença à râler.

— C'est ton tour, il faut que je m'occupe de ces orques, dis-je à Adam.

Il ne répondit pas et le bébé râla encore.

— Qu'un de vous deux s'en occupe. Je ne veux pas entendre la détresse de ma nièce, lâcha Heath en figeant son propre écran du regard.

— Elle n'est pas en détresse, elle veut juste être dans nos bras. Adam peut faire son travail avec une seule main, rétorquai-je.

Encore une fois, mon mari ne bougea pas de son ordinateur, mais il lança :

— Elle sent monter ta colère. Terrasse ces orques avec toute la force de ta haine, et tu auras terminé ton voyage vers le côté obscur.

Je ricanai.

— Tout se passe à présent comme elle l'avait prévu, tu vois.

J'appuyai pour rafraîchir mon sort d'étourdissement dès qu'il fut à nouveau disponible. Adam s'était plutôt bien débrouillé en jouant avec Eloisa, mon enchanteresse, pendant mon absence, mais il ne comprenait pas les subtilités de cette classe de personnages. Ce qui était logique, car cela faisait cinq ans que je jouais avec, de manière intermittente.

Adam revint avec Pal en la berçant sur son bras tandis que sa main libre volait sur son clavier pour déclencher des manœuvres.

— Si tu la mets en colère, elle exécutera l'Ordre 66 et on sera tous fichus.

Heath nous regarda en plissant les yeux.

— Ma magnifique nièce n'est pas un Seigneur Sith dictateur de la galaxie.

— Donne-lui environ vingt ans. Elle le deviendra, rétorqua Adam.

Le bébé, de son côté, semblait parfaitement bien contre le torse de son père pendant qu'il la berçait avec son bras musclé.

Papa Adam était la version la plus canon d'Adam. Sans mentir.

Mais je ne me laissai pas distraire longtemps par cette pensée, et nous finîmes enfin par vaincre le Pourfendeur et ses hordes de minions orques.

Après, pendant que nous parcourions le butin, je pris le bébé du bras d'Adam. Elle se mit immédiatement à pleurer.

Je fronçai les sourcils.

— Bon, je ne vais pas le prendre personnellement. Ou peut-être que si.

Adam ricana, mais il ne demanda pas à la récupérer.

Heath apparut à mes côtés.

— Donne, elle veut son Marroncle Heath, c'est clair.

Et bon sang, la gamine arrêta de pleurer dès que Heath la souleva et la berça en marchant dans la pièce. Apparemment, j'étais juste la camionnette du laitier, dernièrement.

Notre vieille maison fut vendue, et les bateaux déplacés dans la marina d'un club de voilier près de là afin que nous puissions toujours les utiliser quand nous le voulions. Pendant ce temps, nous nous habituâmes à l'adorable petite ville de Canyon Hollow et aux habitants gentils et parfois étranges – parfois vraiment étranges – qui l'occupaient.

Il me restait encore des mondes à conquérir, alors April et Lindsay me rejoignirent la semaine suivante pour faire un point sur les progrès des papiers administratifs et de l'installation de notre organisation à but non lucratif. Il allait falloir des années avant que la clinique soit sur pied et prête à fonctionner, mais ça avançait.

Lindsay s'extasia en voyant le bébé et sembla stupéfaite de voir combien elle ressemblait à Adam.

— Franchement, je ne te vois pas du tout là-dedans. Est-ce que ses gènes ne s'entendent pas bien avec les autres ? Parce que ça ne m'étonnerait pas.

Cela nous fit rire. J'imaginais qu'en grandissant, Sabrina me ressemblerait un peu plus ici et là. Du moins, je l'espérais.

Après le départ de Lindsay, April rassemblait ses blocs-notes et son ordinateur portable pour les ranger tandis que je finissais de donner le deuxième déjeuner à Sabrina. Nous aurions peut-être dû la surnommer Bilbo, ou juste la Hobbit ?

Mais Pal était resté, en tout cas, pour l'instant.

April se pencha vers moi et demanda doucement :

— Alors, euh, tu peux me le dire si ça ne me regarde pas, mais… je me posais la question. Comment a été résolue toute cette histoire avec ton chef de clinique assistant ?

Je clignai des paupières.

— Eh bien, mon congé maternité prend fin dans deux semaines et il lui reste trois mois avant d'avoir terminé son internat. L'hôpital a choisi de ne pas lui faire une offre pour l'engager ensuite.

Elle leva les sourcils.

— Oh, waouh, et qu'en penses-tu ?

— C'est un sentiment mitigé, à vrai dire. Il aura une bonne carrière et il a eu des offres ailleurs, d'après ce que j'ai compris. J'espère seulement qu'il a appris de cette expérience et qu'il examinera ses erreurs et les corrigera.

April hocha la tête.

— Es-tu assez à l'aise pour avoir une conversation avec lui à ce sujet ?

Je haussai les épaules.

— Ce n'est pas ma place, et je ne pense vraiment pas devoir faire plus que ce que j'ai déjà fait. C'est à lui de s'améliorer.

Elle me fit un grand sourire.

— Tu es vraiment courageuse. Plus que je l'aurais été.

Je secouai la tête.

— C'est nul que les femmes travaillent depuis si longtemps et qu'il nous faille toujours gérer ce genre de conneries. Ça s'améliore, ou en tout cas j'aimerais l'espérer.

— Ça s'améliore quand on apprend à se défendre et à se soutenir les unes les autres pour saboter le patriarcat quand on le peut. C'est pour cette raison que j'aime tellement notre projet. Toi, Lindsay, moi. Toutes des femmes puissantes. Des boss dans notre domaine.

Je souris.

— Exactement. C'est à nous de faire de ce monde un endroit meilleur pour les femmes qui veulent suivre leur propre voie.

April baissa les yeux vers le bébé qui tétait et sourit.

— Oh, elle va certainement être une boss comme sa mère.

— Ou avec un peu de chance, encore meilleure.

— Alors, comment as-tu empêché Adam de passer en mode attaque quand tu lui en as parlé ?

J'écarquillai les yeux en hésitant.

— Aah.

Elle rougit immédiatement.

— Oh, je suis désolée. J'avais simplement supposé que tu lui avais dit. Mais il valait peut-être mieux pas.

Et cela me fit réfléchir… n'avais-je pas confiance en mon mari pour qu'il supporte cette information sans réagir ? Qu'est-ce que ça disait de moi et de notre relation ?

Adam rentra ce soir-là de sa dernière journée officielle au bureau. À l'avenir, il n'irait que quand on avait besoin de lui et seulement pour les affaires du comité d'administration.

Quand il passa par la porte et m'embrassa, je le pris dans mes bras et le serrai contre moi.

— Le dîner est presque prêt, mais je voulais te parler de quelque chose vite fait.

Je le fis asseoir à côté de moi sur le canapé de notre salon.

Il fronça les sourcils.

— D'accord.

— Eh bien, avant de commencer, je veux que tu saches que c'est simplement pour s'informer de quelque chose qui est arrivé et que j'ai déjà géré. Mais dans le but d'être transparente et franche, je pense que tu devrais être au courant.

Adam garda un visage remarquablement calme, mais je vis une lueur d'inquiétude passer dans ses yeux sombres. Il ne dit rien, hochant la tête pour que je continue.

— Tu te souviens du type que tu as remarqué à la fête de Noël, puis quand tu es venu à l'hôpital pour mon anniversaire, l'année dernière ? Le chef de clinique assistant, docteur Iverson.

— Oui.

— Bien, d'accord. Eh bien, ça ne s'est pas très bien passé avec lui. Je ne sais pas ce qui a motivé tout ça et ça m'est vraiment égal, mais il a saisi la moindre occasion pour être désagréable avec moi au travail.

— Je me souviens que tu t'es beaucoup plaint de ton planning et j'ai compris il y a longtemps que ça avait un rapport avec lui, puisque c'est son travail.

J'acquiesçai.

— C'est un peu plus que ça.

Je racontai alors, brièvement, certaines de nos confrontations. Adam ne montra aucune émotion en dehors d'une légère irritation dans les yeux, un peu de couleur dans son cou.

— Souviens-toi que j'ai dit avoir géré la situation.

J'ajoutai le fait qu'il avait dragué l'infirmière, ce qui m'avait poussée à le signaler aux RH.

— Il travaille toujours à l'hôpital ? demanda Adam avec une voix tendue.

— Oui, pendant quelques mois de plus, mais ses statuts de gestionnaire des plannings et de chef de clinique assistant ont été révoqués.

— Et tu retournes au travail dans une semaine. Il faudra que tu travailles avec lui.

Je hochai la tête.

— Il n'aura aucune autorité sur moi et nous serons dans des stages différents. On lui a demandé de rester à l'écart. À vrai dire, il m'a plus ou moins ignorée pendant des mois avant que je parte pour mon congé.

Quand Adam me regarda avec un air interrogateur, je répondis :

— Je crois, euh, eh bien, je crois que le changement de son comportement a eu lieu quand j'ai annoncé au travail que j'étais enceinte.

— On dirait que tu aurais dû cracher la nouvelle plus tôt, si c'est ce qui a enfin indiqué à ce crétin que tu étais prise. Mais ton alliance aurait dû suffire. Quel que soit ton statut, qu'est-ce qui lui a donné l'impression qu'il pouvait se croire tout permis ?

Je hochai la tête.

— Dans un monde parfait, je n'aurais pas eu à m'en inquiéter du tout, mais certains types ne comprennent rien…

— Les crétins.

Je souris, puis je le regardai dans les yeux en silence.

— Alors, tu es fâché ?

Il écarquilla les yeux.

— Fâché qu'une espèce d'ordure ait cru pouvoir se faire ma femme ? Carrément oui, ça m'énerve.

Je laissai échapper un petit rire.

— Non, pas ça. Est-ce que tu es fâché parce que je n'en ai pas parlé ?

Il respira profondément, souffla, puis détourna les yeux comme s'il cherchait une pensée ou un souvenir. Il caressa mon bras avec un geste rassurant, de l'épaule jusqu'au coude. Quand il me regarda de nouveau, il fut mortellement sérieux.

— Je comprends pourquoi tu ne me l'as pas dit, étant donné le passé et mon besoin de… prendre les choses en main. Je suis fier de toi parce que tu as eu le courage de t'en occuper.

Cependant, je suis contrarié de ne pas avoir pu te soutenir, parce que tu avais l'impression de ne pas pouvoir te fier à ma réaction.

Je me mordis la lèvre.

— Je sais que tu as beaucoup travaillé sur toi-même. Nous ne sommes pas parfaits et nous apprenons toujours. Mais merci. Et je suis désolée de ne pas t'avoir mis au courant pour que tu puisses me soutenir.

Adam leva la main et caressa ma joue avec son pouce.

— Promets-moi de me le dire s'il fait encore une connerie avant son départ.

Je souris en tournant la tête pour déposer un baiser sur son pouce.

— Promis. Non seulement je te le dirai, mais les RH vont m'entendre aussi.

Il me serra contre lui pour appuyer ses lèvres sur ma tempe.

— Bien.

Je souris en me penchant tout près.

— Merci d'être toi.

Il serra les bras autour de moi et répondit :

— Emilia, c'est toi qui as fait de moi l'homme que je suis. Alors… remercie-toi aussi.

Et là-dessus, nous nous embrassâmes encore… et je fis presque brûler le repas.

CHAPITRE
TRENTE-SEPT
ADAM

— QU'EST-CE QUE C'EST ? DEMANDA EMILIA quand je lui apportai une tasse de café dans son bureau.

Elle était assise devant son ordinateur portable. Sur le bureau, il y avait le cadeau que j'y avais déposé la nuit précédente avant d'aller me coucher. Je lui tendis un café latte dans un mug sur lequel était écrit *Assez mignonne pour que ton cœur s'arrête, assez douée pour le faire repartir*, avec un dessin d'électrocardiogramme. C'était un cadeau de sa collègue, Louisa, pendant son stage en cardiologie.

Je hochai la tête vers le cadeau.

— Eh bien, c'est emballé, alors si tu veux vraiment le savoir, tu devrais, je ne sais pas moi, l'ouvrir.

Elle leva un sourcil vers moi par-dessus sa tasse de café.

— Pour être honnête, je ne te demandais pas ce qu'il y a dans la boîte. Je voulais savoir quelle était l'occasion. Mon anniversaire était il y a des mois. Tu m'as déjà offert quelque chose pour la fête des Mères. Quelle est ta raison pour me gâter aujourd'hui ?

Je souris.

— Faut-il qu'il y ait une raison ?

Et avant qu'elle puisse répondre, je continuai :

— C'est un cadeau de poussée.

Elle fronça les sourcils en avalant sa première gorgée de café, puis elle posa son mug.

— Un cadeau de *quoi* ?

— Les mamans au cours Parent et Moi ont parlé de ce que leurs maris leur ont offert comme cadeau de poussée et je ne savais pas que ça se faisait.

Elle cligna des paupières.

— Explique-moi ce qu'est un cadeau de poussée.

— Apparemment, c'est le cadeau que donne un mari à sa femme pour avoir poussé le bébé à sortir à la naissance..

Elle sembla encore plus perplexe.

— Ça existe ?

Je haussai les épaules.

— D'après les mamans du cours, oui. Et j'ai été négligent en ne t'en offrant pas.

— Ce cours ne s'appelait-il pas Maman et Moi ?

Je lui fis un sourire gêné par-dessus ma tasse de café noir.

— Eh bien, c'était effectivement un cours de Maman et Moi, mais elles ont décidé qu'il devait être inclusif quand j'y ai emmené Sabrina. Elles l'ont donc changé en Parent et Moi.

Elle rit.

— Je ne t'ai jamais demandé si tu aimes être le seul papa de ce cours.

Je haussai les épaules.

— Ça va. Sabrina adore. Je ne vais pas laisser quelques contrariétés m'empêcher de faire quelque chose qui lui fait du bien.

Son beau visage s'illumina quand elle me sourit.

— Tu es le meilleur papa.

Je bus une autre gorgée en hochant les épaules avec un air plein d'autodérision.

— J'essaie.

Ensuite, je montrai le cadeau avec ma tasse.

— Ouvre-le.

Elle posa son mug et souleva le cadeau avec enthousiasme.

— J'ai cru que tu n'allais jamais me le demander, s'esclaffa-t-elle.

Quand le papier d'emballage fut retiré, elle enleva le couvercle du carton et à l'intérieur, il y avait un écrin à bijoux rouge.

— Hmm, dit-elle en plissant les yeux quand elle ouvrit l'écrin.

Dedans, assorti à celui que je lui avais donné pour notre premier anniversaire, se trouvait un autre bracelet Cartier Love en or rose avec des diamants. Ses yeux s'illuminèrent, mais elle me regarda.

— J'ai une paire, maintenant.

— Eh bien, j'ai remarqué que tu aimes porter l'autre. Lis l'inscription sur celui-ci. Elle est différente.

Sur notre bracelet anniversaire, il était écrit : *EKS + AD = Nat 20* avec notre date de mariage. Sur ce bracelet assorti, il était écrit : *Sabrina Kimberly Drake* avec sa date de naissance, l'heure, la latitude et la longitude jusqu'à la seconde près du lieu de sa naissance.

Emilia bondit de sa chaise et passa les bras autour de mon cou.

— C'est incroyable et tellement adorable. Merci.

Et pour faire bonne mesure, elle posa un baiser saveur café sur mes lèvres. Cela me plut, car j'adorais le goût du café – et Emilia.

Elle recula la tête en me tenant toujours dans ses bras.

— Tu es prêt pour notre grand jour ? Apparemment, Canyon Hollow met le paquet pour toutes les fêtes.

Mes mains glissèrent jusqu'à ses hanches et je ris.

— Même une fête aussi ordinaire que Memorial Day. J'ai lu le flyer. J'ai l'impression que ça va durer toute une journée.

Memorial Day était une journée chaude et sèche d'un lundi férié à la fin du mois de mai. Nous marchâmes deux kilomètres et demi depuis l'autre bout du canyon jusqu'à la grand-place, poussant Sabrina dans sa poussette que nous avions prise pour porter les affaires du bébé, plus que Sabrina elle-même.

Je contemplai le sac de couches et toutes les affaires supplémentaires calées sur son siège dans la poussette en me demandant encore une fois comment une personne aussi petite avait besoin d'autant de choses. Partout où nous allions, nous transportions au moins cinq fois son poids en bazar. Pas étonnant que les parents aimaient les minivans. Ça n'avait aucun rapport avec les enfants et tout à voir avec les affaires qui les accompagnaient.

Nous avançâmes jusqu'à la ligne de stands et de camions installés à l'ombre des chênes de la rue principale : une place de forme plus ou moins trapézoïdale. Il y avait un pré relativement plat avec un kiosque à musique pittoresque, un autre pré pour les sports de balle improvisés et quelques magasins et restaurants le long du bord. Ces derniers avaient tous des stands ouverts et des assiettes de choses à goûter gratuitement sous leurs stores.

Beaucoup de monde était venu des *plaines* – comme les gens faisaient référence au reste du comté. J'essayais de ne pas le prendre personnellement, car j'étais moi-même récemment importé de la plaine. Les voitures étaient garées partout, le surplus relégué juste à l'extérieur de l'entrée du canyon, contribuant à un flot régulier de gens qui arrivaient et se positionnaient de part et d'autre de la place en attendant la parade.

Mais avant ça, les gens voulaient grignoter et Emilia avait déclaré qu'elle mourait de soif, une plainte courante de sa part depuis qu'elle avait commencé à allaiter un bébé. Nous voilà donc à faire la longue queue du stand de limonade : Sabrina se mit à pleurer, mais avant que je puisse réagir, Emilia l'avait détachée et prise dans ses bras pour la bercer.

— Elle n'a pas besoin de manger, si ? demandai-je.

— Oh, elle a tellement grandi !

La propriétaire de la boulangerie locale, Marianne, était sortie sur la terrasse avec un plateau de mini muffins tout frais à donner, et elle nous avait vus tout de suite.

Elle s'approcha et commença à s'extasier sur notre bébé en nous donnant sans cesse des pâtisseries tout en bavardant sans s'arrêter au sujet de ses petits-enfants. En venant, nous avions croisé Miguel, le facteur astronome. Il avait, comme d'habitude, raconté quelques faits tout nouveaux sur le télescope James Webb. Il ne s'était pas encore répété, ce que je trouvais impressionnant.

Après avoir vécu cinq mois ici, je pouvais affirmer sans craindre de me tromper que Canyon Hollow était une aventure et ne ressemblait à aucun endroit où j'avais déjà vécu, peuplé de personnages excentriques, mais intéressants.

Marianne venait tout juste de nous quitter pour poser son plateau d'échantillons de muffins devant la boulangerie quand Stacia, une des mamans du groupe Parent et Moi s'avança.

— Salut Adam ! Je suis contente de te voir ici avec bébé Brina.

Elle se pencha et pinça la joue du bébé en disant rapidement bonjour à Emilia, puis elle se tourna vers moi.

— Tu as lu l'article que je t'ai envoyé ? Qu'est-ce que tu en as pensé ?

Je hochai la tête.

— C'était très intéressant.

Et plein de théories alternatives et farfelues auxquelles je n'adhérais pas, mais je gardai cette opinion pour moi.

— Oui, c'est une très bonne philosophie. J'adore.

Elle hésita quand je ne donnai pas mon opinion. J'étais entièrement certain qu'elle n'allait pas aimer ce que j'avais à dire au sujet de l'article et de sa philosophie sous-jacente. Sans oublier que je n'avais même pas pris la peine de faire passer le lien à Emilia, parce que je savais aussi ce qu'elle allait en dire.

Stacia bavarda un peu plus avant d'affirmer qu'elle devait se dépêcher d'aller rejoindre son mari et ses enfants.

— C'était quoi, *ça* ? me demanda Emilia quelques minutes plus tard, quand nous eûmes nos boissons dans les mains et que nous marchâmes pour aller nous asseoir à l'une des tables temporaires installées pour les rafraîchissements.

Je balayai l'épisode de la main.

— Oh, encore un article sur une méthode d'éducation farfelue.

Elle leva les sourcils et but une gorgée de sa boisson, mais je vis à son langage corporel qu'elle taisait beaucoup de choses.

Je fronçai les sourcils.

— Quoi ?

Elle réprima un sourire.

— Je ne crois pas qu'elle voulait vraiment te parler d'éducation farfelue. Pas alors qu'elle battait des paupières et gonflait la poitrine en te regardant.

Je secouai la tête.

— Non, vraiment, elle est simplement très passionnée par le sujet.

— Ou très attirée, ricana Emilia.

— Elle me vante toujours ces choses-là…

— Mais pas avec les autres mamans ?

Je clignai des paupières en réfléchissant. Est-ce que Stacia faisait du prosélytisme avec les autres mamans ?

— En tout cas, elle était trop occupée à flirter pour avoir conscience de mon existence, ajouta Emilia.

Je la dévisageai, remarquant son air amusé plutôt que jaloux.

Je secouai encore la tête.

— On parle de temps passé sur le ventre et de cycles de sommeil. Il n'y a pas de flirt du tout.

Elle rit.

— Adam, je sais ce que c'est que flirter. Apparemment, c'est toi qui es aveugle.

Je lui souris.

— Je ne suis pas aveugle quand c'est toi qui flirtes avec moi.

Elle me fit un grand sourire.

— C'est vrai. Tout à fait vrai. Mais je ne peux pas m'empêcher de me demander si tu n'es pas le participant le plus populaire du cours de Parent et Moi.

Je haussai les épaules.

— Si c'est le cas, c'est seulement parce que je suis une rareté, étant le seul père.

— Oui, le père *canon*. Le DILF, tu veux dire.

— Je suis *ton* DILF et celui de personne d'autre.

Elle se pencha pour déposer un baiser sur mes lèvres.

— Oui, exactement comme j'aime.

Quand nous terminâmes nos boissons, Emilia me donna Sabrina pour commencer à fouiller parmi les affaires de la poussette à la recherche d'un accessoire pour bébé essentiel. De l'autre côté de la rue, j'aperçus Dom qui sortait de la supérette en portant un sac en papier.

Quand son regard croisa le mien, je souris et lui fis signe d'approcher. Même si nous vivions dans le canyon – presque en tant que voisins – depuis des mois maintenant, je l'avais seulement vu deux ou trois fois et il n'avait pas encore accepté notre invitation ouverte à venir dîner. J'avais remarqué les nombreux regards curieux jetés dans sa direction par les habitants. J'avais entendu quelques chuchotements et traces de rumeurs ici et là au sujet de cette personne mystérieuse et énigmatique parmi eux. Mais dès que les gens avaient compris que nous étions amis, on ne m'avait plus rien dit. Et franchement, ça me convenait très bien comme ça.

— Salut, Adam, dit-il dès qu'il fut assez près de nous. Il fallait que je passe chercher quelque chose au magasin. Je ne peux pas rester longtemps.

Et comme pour ponctuer cette remarque, il jeta un coup d'œil à sa montre. Il sourit à ma femme.

— Mia, tu as l'air en forme. Et comme la petite dame a poussé ! Le sourire d'Emilia devint éclatant.

— Dom, merci beaucoup. Et oui, elle sera bientôt assez grande pour jouer avec l'incroyable cabane que tu lui as envoyée. Elle est superbe… parfois, j'ai même envie de m'y installer moi-même.

Le cadeau de Dom pour la fête précédant la naissance avait été incroyable et unique : une cabane pour enfants en bois faite à la main avec des détails exquis.

— Ça vient directement de mon pays, m'avait-il dit en donnant seulement un léger aperçu du passé dont il parlait rarement.

Je savais que ses parents et lui avaient émigré de Roumanie quand il était assez jeune, ce qui expliquait pourquoi il n'avait pas gardé d'accent.

La cabane avait peut-être été construite en Roumanie ? En tout cas, c'était un cadeau attentionné, unique et généreux.

— Vous avez déjà mis son nom sur la liste pour l'académie ? J'ai entendu dire qu'il y avait une longue liste d'attente, précisa Dominic.

— Oh, tu parles de l'Académie Helena Modjeska ?

Nous nous tournâmes tous les deux pour regarder l'autre bout de la place, en direction d'un complexe de bâtiments anciens situé contre la falaise du canyon et sur un promontoire surplombant la vallée.

Apparemment, c'était très prestigieux.

Je ris.

— Elle ne sera pas encore prête pour aller à l'école à…

— Mettez son nom sur la liste maintenant. Je suis sérieux. Ça en vaut la peine. J'y suis allé moi-même.

Dom suivit nos regards vers les terres de l'académie et une expression étrange, comme un fantôme, passa dans ses yeux.

— Viens dîner avec nous le week-end prochain, dit brusquement Emilia.

Dominic sourit.

— Merci, Mia, mais il faudra remettre à une autre fois. Je ne serai pas en ville, je serai dans le nord.

— Eh bien, contacte-nous avec des dates disponibles sur ton calendrier. On aimerait beaucoup te voir.

Il hocha la tête avec un grand sourire.

— Promis. Je vais partir avant que cette parade démarre, sinon tout sera bouché sur des kilomètres. Prenez soin de vous, tous les trois.

Je le regardai partir et peu de temps après, comme il l'avait dit, le défilé commença avec la fanfare de l'académie, des habitants costumés à dos de cheval, le conseil municipal de Canyon Hollow roulant sur un char qui était plus ou moins une voiturette de golf transformée.

Emilia leva le bébé pour lui montrer. Elle agita les mains avec enthousiasme quand les chiens du refuge local passèrent devant nous, tenus en laisse. Nous allions peut-être devoir adopter un chien à un moment donné. De toute façon, j'en avais toujours eu envie. Et si Sabrina était aussi enthousiaste rien qu'en les voyant… alors il fallait que je l'envisage.

Je souris en la regardant et me souvins soudain de ma séance la plus récente avec la psy. J'avais été en train de chercher mon rôle, l'étape suivante dans ma vie.

— Avez-vous remarqué que vous étiez peut-être déjà en train de l'accomplir ? avait demandé Kendra en levant un sourcil au-dessus de ses lunettes.

Je haussai les épaules.

— Je ne fais pas grand-chose, si ce n'est des discours et quelques jobs de consultation ici et là.

— Non, je ne veux pas dire au niveau de votre carrière. Je suis sûre que vous trouverez bientôt quelque chose. Vous êtes bien trop ambitieux pour arrêter et prendre votre retraite. Non, je voulais juste signaler que votre rôle suivant dans la vie est celui que vous avez déjà adopté.

Je penchai la tête et la regardai en plissant les paupières.

— Vous voulez parler de mon rôle de père ?

Son sourire s'épanouit sur son visage et illumina ses yeux. Elle m'évoquait une maîtresse d'école qui était enfin témoin des progrès d'un élève maladroit.

Je clignai des yeux en m'appuyant contre le dossier large et confortable de mon fauteuil, et poussai un long soupir.

— Je sais simplement que je veux être le meilleur que je peux être. Et je le veux pour elle. Pour toutes les deux. Je suis le protecteur de cette petite fille et vous savez quoi ? Ça me rend très heureux.

De retour dans le présent, il commençait à faire chaud et nous étions fatigués. Il était presque temps pour Sabrina de manger. Quand Emilia essaya de la remettre dans la poussette pour retourner à la maison, cependant, la petite demoiselle Drake refusa.

— Laisse-moi la prendre, dis-je en tendant les mains vers elle.

Emilia se tourna vers moi et leva un sourcil.

— Le chemin du retour est long. Tu veux le porte-bébé ?

— Oui, je veux bien.

Comme Emilia avait été la dernière à le porter, il me fallut l'ajuster pour que ce soit à ma taille. Ensuite, Emilia me passa le bébé et m'aida à l'installer. Elle replaça le reste des affaires pour bébé dans la poussette et on se mit en route.

Sabrina se calma dès que nous commençâmes à marcher. Emilia et moi saluâmes quelques voisins qui s'affairaient autour de nous… Même si nous ne connaissions pas encore tous leurs noms, ils étaient si aimables.

Presque en bas de notre allée, le souvenir de quelque chose que Jordan m'avait dit me revint en tête : il m'avait fait promettre de ne jamais porter mon bébé sur mon torse comme un accessoire de mode.

— Qu'est-ce qui ne va pas ? demanda Emilia quand je m'arrêtai pour sortir mon téléphone et passer l'application de la caméra en mode selfie.

— Il faut juste que j'envoie un texto rapide à Jordan.

Et là-dessus, je tendis les bras pour avoir le bébé et le porte-bébé dans le cadre et je pris la photo. Ensuite, j'appuyai sur « envoyer » et pour légende, je choisis simplement une émoticône. Un doigt, bien sûr.

Prends ça, Jordan. Je portais mon bébé et je n'allais laisser personne se moquer de moi.

Je pris alors ma femme par la main et nous retournâmes à la maison. Tous les trois ensemble.

Chapitre

Trente-huit

Mia

J'ÉTAIS DE RETOUR AU TRAVAIL DEPUIS ENVIRON TROIS MOIS et je commençais à boucler ma deuxième année en tant qu'interne quand le docteur Iverson termina son internat.

J'évitai comme la peste le petit rassemblement pour fêter son départ. Quelqu'un avait apporté un gâteau et des boissons dans la salle de repos des internes. Je n'avais pas non plus signé sa carte. Pas étonnant. Je n'étais pas sa plus grande fan.

Après avoir terminé ma ronde du soir, j'étais en train de retourner vers la salle de repos pour voler discrètement une part de gâteau quand Louisa, qui faisait une garde longue, quitta l'accueil des infirmières pour me demander si nous pouvions parler vite fait.

Nous trouvâmes une salle d'examen vide.

— Hé, je ne sais pas si tu sais que c'est le dernier jour d'Iverson aujourd'hui. Il traîne encore quelque part. Je voulais juste te prévenir au cas où il déciderait de te lancer une dernière pique.

Je hochai la tête.

— Merci.

— Tu te souviens de l'infirmière en psychiatrie ? Elle voulait que je te remercie de l'avoir dénoncé. Elle est vraiment ravie qu'il ne soit pas définitivement embauché ici.

Je souris.

— C'est terrible qu'elle ait été obligée de supporter ça. Surtout parce qu'elle avait l'impression que sa voix ne serait pas entendue. J'aurais aimé faire plus pour l'aider.

Les yeux de Louisa s'illuminèrent et elle se pencha en baissant la voix avec un ton de conspiratrice.

— Eh bien, sois discrète là-dessus, mais elle a décidé d'engager un avocat, parce qu'il y en a d'autres qui ont eu des plaintes à son sujet aussi. Elles veulent le poursuivre pour des dommages et intérêts, de sorte qu'il subisse de réelles conséquences au lieu d'une simple réprimande. Elles veulent une petite vengeance, tu vois ?

J'écarquillai les yeux en espérant que cette vengeance n'implique pas la violence et le fait de se débarrasser d'un corps dans l'océan par exemple. *C'était tentant, mais…* non.

— Comment puis-je aider ?

— Elles se demandaient si tu voulais témoigner. Elles sont en train de préparer le procès.

Je clignai des paupières.

— Mais les choses qu'il m'a faites ne sont pas comparables à…

— Il t'a quand même causé du tort. Il se croit tout permis et il va continuer à faire n'importe quoi tout en gravissant les échelons. Tu sais qu'il finira en tant que chef de la médecine quelque part et qu'il continuera à traiter les femmes avec lesquelles il travaille de cette façon.

Je poussai un grognement intérieur : j'avais redouté la même chose, mais je m'étais sentie impuissante. Je tenais peut-être ma chance.

Louisa passa la main dans sa poche et sortit une carte de visite.

— Elle m'a demandé de te donner cette carte pour son avocat. Si tu veux l'aider, appelle-le. En tout cas, penses-y.

J'écarquillai les yeux et me mordis la lèvre.

— Je ferai ce que je peux.

Louisa se pencha et me serra dans ses bras.

— Je sais qu'il faut du courage pour affronter un collègue, surtout quand tu es dans la position vulnérable d'être interne. Tu es trop forte, Mia.

— Je ne me sens pas vraiment forte ces jours-ci, mais je veux aider comme je peux.

Et je voulais aussi faire un chèque pour contribuer à leurs frais légaux après avoir trouvé comment contribuer anonymement.

Quelques minutes plus tard, je me faufilai dans la salle de repos des résidents pour terminer des paperasses et finir ma journée. Ignorant les quelques décorations peu enthousiastes – une pancarte et un bouquet de ballons – je m'approchai des restes du gâteau et me coupai une part. Après tout, c'était mon préféré : un gâteau à la vanille rempli de crème pâtissière et couvert de crème au beurre.

J'étais encore là, après avoir goulûment avalé le gâteau, terminant toujours mes dossiers médicaux, quand le docteur Iverson entra dans la salle. Je levai les yeux, croisai son regard, puis reportai mon attention sur l'écran. C'était à peu près toute l'étendue de nos interactions depuis que ma plainte avait été déposée chez les RH.

Ce qui me convenait très bien. Et cela aurait pu continuer de cette façon s'il n'avait pas, après avoir vidé son casier, fini par se tenir à côté de moi avec ses affaires dans un grand sac de sport jeté sur son épaule.

— Euh, salut, commença-t-il, mal à l'aise, quand je levai les yeux de mon travail.

Je levai un sourcil.

— Salut, répondis-je en entrelaçant soigneusement les doigts des deux mains sur le bureau.

— J'aimerais te parler.

Je regardai la salle de repos vide autour de moi. Nous étions seuls. Ayant soudain l'impression que la situation pouvait prendre une tournure bizarre, je décidai de me mettre au même niveau que lui, sans qu'il me surplombe.

— Vas-y, dis-je en me levant pour aller vers la machine à café.

J'étais à la fois curieuse et angoissée à l'idée de ce qu'il avait à dire. Dans son minuscule cœur dur, il allait peut-être trouver le cran de présenter des excuses. D'une manière ou d'une autre, j'en doutais.

Il me suivit quand j'attrapai la cafetière et que je me servis une tasse.

— Bon, je comprends que tu as fait ce que tu croyais devoir faire, dit-il avant de marquer une pause. Mais tu sais, ça aurait été sympa si tu m'avais parlé avant d'aller me dénoncer.

Je levai les yeux vers lui, puis je me remis à contempler mon café.

— Mais je t'ai parlé. À de nombreuses reprises. Chaque fois, ta réaction m'a donné l'impression que j'étais déraisonnable.

Il fronça les sourcils, mais je continuai avant qu'il essaie inévitablement de m'interrompre.

— Vous avez deux choix, docteur Iverson : vous pouvez devenir hostile et rancunier envers moi, ou bien vous pouvez le prendre comme un apprentissage. Vous allez continuer à travailler avec des gens. Des professionnels qui auront passé de longues années à étudier et à pratiquer pour être là. La leçon est simple. Traitez-les bien. Respectez-les. Vous n'êtes pas le personnage principal. Ne leur imposez pas vos désirs et vos besoins.

Il rougit et je vis mille pensées lui passer par la tête pendant qu'il digérait mes paroles. Je touillai mon café et évitai son regard, mais demeurai à ma place.

Il sembla rejeter ces choix et haussa légèrement les épaules en levant les yeux au ciel.

— Eh bien, restons-en là. J'essayais simplement de te pousser à t'améliorer. Je me suis dit que c'est ce que voudraient la plupart des professionnels. Mais je suppose… que le plus gros problème est que tu n'as pas reconnu l'alchimie qu'il y a entre nous. Sinon, il n'y aurait pas eu d'étincelles entre nous. Dans d'autres circonstances, nous aurions pu fonctionner en tant que couple.

Je fis un rictus.

— Ce que certaines personnes appellent *alchimie*, d'autres peuvent le voir comme de l'*aversion*.

Eh bien, voilà. Il restait un enfoiré et il n'avait rien appris du tout.

Il me fit un sourire condescendant.

— Tu sais qu'on dit qu'il n'y a qu'un pas entre la haine et l'amour.

Je continuai calmement à boire mon café sans montrer la moindre réaction. Je jetai aussi un coup d'œil à ma montre pour noter l'heure.

Voyant mon absence de réponse, il adopta une teinte de rouge plus sombre. Il y eut une lueur malveillante dans ses yeux.

— Eh bien, bonne chance avec ta carrière, Mia. Tu es un bon médecin, même sans que l'on te pousse. Qui sait, nous travaillerons peut-être à nouveau un jour ensemble ? Ou bien tu pourras me contacter si tu décides un jour de laisser tomber ton pisseur de code informatique pour trouver un homme véritable.

Je ne le regardai même pas. Je me contentai de boire mon café.

— Aucune de ces choses n'arrivera.

Après une autre seconde, il pivota et disparut avec son sac géant. Je poussai un soupir de soulagement que j'avais retenu depuis un moment. Je jetai un coup d'œil vers la caméra de sécurité située juste au-dessus de moi. Avec un peu de chance, elle avait saisi toute la rencontre. Dans le cas contraire, je recréai toute la conversation pour mes notes.

Encore des armes pour le procès. Et il n'allait jamais revenir dans cet hôpital. Tant mieux.

Quand je rentrai à la maison, je m'attendis à marcher tout droit dans les bras de mon mari. La journée avait été très longue et il avait fait son premier voyage international depuis la naissance du bébé. Mais la maison était silencieuse, et Adam était au lit, en train de dormir au lieu de m'attendre.

Avec un soupir, j'avançai dans la chambre sombre et me laissai tomber sur le bout de notre lit. Je le regardai. Il était parti pendant presque une semaine pour parler dans une énorme conférence sur les jeux vidéo, Gamescom, à Cologne, en Allemagne. J'avais regardé son discours inaugural sur Internet et j'avais été tellement fière de lui.

Il était rentré à la maison seulement quelques heures plus tôt, alors je supposais qu'il n'avait pas pu dormir beaucoup pendant le long vol depuis l'Europe. Normalement, il n'allait jamais se coucher si tôt.

Même si j'étais tentée de le réveiller et de l'embrasser partout, juste pour lui faire un bon accueil, je le laissai dormir. Il semblait si paisible et si terriblement beau. Maintenant bien engagé dans la trentaine, il était encore plus beau que quand il était plus jeune. Je faillis lâcher un soupir béat. Il m'avait tellement manqué. Je me frottai les muscles raides de la nuque et je ne pus m'empêcher de penser aux millions de choses que je devais faire… la plus importante étant de quitter ma blouse d'hôpital et me coucher. Mais je n'en avais pas envie… pas encore.

— Tu vas rester assise là à me regarder comme une perverse, ou tu vas venir ici et m'embrasser ? marmonna-t-il en ouvrant une paupière dans la lumière tamisée.

J'éclatai de rire.

— Je t'ai réveillé ?

Je me levai et fis le tour jusqu'à son côté du lit pour déposer un gros baiser sur ses lèvres sexy.

— Non. Je suis resté allongé là en attendant que tu rentres à la maison. Et tu as pris ton temps, en plus.

Je haussai les épaules.

— Désolée. J'avais de la paperasse à finir.

Et il a fallu que je me débarrasse d'un chef de clinique idiot…

Adam roula sur le dos et passa un bras autour de ma taille.

— Hmm. Tu as une urgence sérieuse à gérer ici, docteur.

Sa main remonta le long de mon dos et il me tira vers le bas pour m'embrasser. Il n'eut pas besoin de faire beaucoup d'efforts, parce que j'étais plus que volontaire pour sucer sa bouche délicieuse. Il mêla ses doigts à mes cheveux et je vis son alliance scintiller dans la lumière tamisée. Il retira bientôt mes longs cheveux de l'élastique qui les maintenait en queue de cheval, et les laissa tomber sur mes épaules.

Ma bouche dévora la sienne, goûtant chaque centimètre, chaque recoin. Entre deux baisers fébriles, je parvins à échanger des banalités pendant qu'il me retirait mes vêtements de travail.

— C'était comment, l'Allemagne ?

— Tu m'as manqué, répondit-il.

Il leva les mains pour dégrafer mon soutien-gorge.

— Toi aussi, tu m'as manqué.

Il fit passer mon haut par-dessus ma tête et mon soutien-gorge suivit au bout de quelques secondes. Je caressai son torse nu et glissai les mains sous les draps, remarquant qu'il m'avait épargné la peine de le déshabiller en allant se coucher nu.

— C'est très présomptueux de ta part, non ? ricanai-je en déposant des baisers sur les crêtes de son torse délicieux, goûtant chaque vallée.

Il poussa un long grognement grave.

— Une prémonition, marmonna-t-il en relevant ma tête vers la sienne pour me revendiquer avec sa bouche. Je savais que tu serais submergée de désir et que tu me sauterais dessus dès ton retour à la maison.

Ses lèvres voyagèrent ensuite contre ma mâchoire, mon cou, y évoquant des sensations étourdissantes.

— Tu es tellement sûr de toi, dis-je en retenant ma respiration quand sa bouche quitta mon cou pour longer ma clavicule et mon torse jusqu'à s'accrocher à un téton.

Il caressa l'autre avec sa main libre. Je cambrai le dos avec un hoquet de plaisir.

— Non, en fait, c'est de *toi* que je suis sûr.

Quand je crus qu'il allait me faire passer sur lui, je m'écartai en riant et montai sur lui, disposée à lui donner raison.

— Cette cowgirl est prête à te chevaucher. Tu ferais mieux de t'accrocher !

Je me penchai, attrapai un préservatif dans le tiroir de la table de chevet et ouvris habilement le paquet avec mes dents. Je lui enfilai d'un geste rapide. Il partit d'un rire haletant qu'il avait toujours quand il était excité.

— Tu ne perds pas de temps, hein ?

— Pas si j'ai un beau morceau de viande virile entre les jambes.

— Je me sens vraiment comme un homme objet.

En souriant, il saisit mes hanches et glissa en moi. Nous poussâmes un gémissement en chœur. La journée avait été longue, ma garde aussi. J'aurais dû être prête à tomber, mais à la place j'étais euphorique, mon sang sifflant dans mes veines avec fébrilité et excitation, juste parce que j'étais enfin de retour dans les bras de cet homme.

— Tu adores ça, soufflai-je.

— Carrément, oui.

Je le chevauchai lentement, profitant de la sensation de l'avoir en moi, ses mains sur mes seins, ses doigts parcourant le tatouage qui couvrait ma vieille cicatrice, la constellation Draco.

Puis, avec un empressement grandissant, je bougeai plus vite, glissant mes hanches sur les siennes, nous rapprochant tous les deux de l'orgasme. Il posa une main autour de ma nuque et tira ma bouche vers la sienne. Nous ondulâmes ensemble, comme un ciel nuageux frôle les montagnes dentelées : lui était solide, dur, et moi fluide, passant sur lui. Nos bouches s'unirent pour un long baiser passionné. Je jouis ainsi, avec ses pouces sur mes tétons, nos corps joints. Je m'appuyai contre lui et sentis mon monde s'évanouir autour de moi par vagues successives de plaisir extatique.

En un clin d'œil, Adam échangea nos places et monta sur moi pour finir, allant et venant en moi avec force avant de s'immobiliser tandis que je caressais son dos, ses épaules. Il poussa un long soupir et se pencha en avant pour saupoudrer doucement mon visage de baisers.

Quand il descendit, je restai allongée sur mon oreiller, me sentant aussi reposée que si je venais de me réveiller après une nuit de sommeil. Avec un soupir rêveur, je le regardai se lever, partir dans la salle de bains et revenir s'installer à côté de moi.

— Bon, maintenant, on peut parler… dit-il avec un sourire.

Je roulai sur le côté et passai le bras autour de lui.

— Pour l'instant…

Il rit et m'embrassa.

— Alors, raconte-moi tout ce que j'ai manqué.

— J'ai eu les résultats pour le scanner des cinq ans, aujourd'hui, annonçai-je. Tout va bien.

Il serra les bras autour de moi et souffla dans mes cheveux.

— Bien sûr que tout va bien.

Sa voix était légère, détendue, mais je savais combien il était angoissé chaque année quand j'allais passer un scanner. Et maintenant que nous avions dépassé le seuil des cinq ans, le risque d'une récurrence du cancer diminuait drastiquement.

Dieu merci.

Nous parlâmes un peu plus : au sujet de son voyage et des dernières actualités de l'industrie du jeu vidéo, tandis que je racontais des choses qui étaient arrivées au travail, et les nouvelles de nos amis et membres de la famille. J'omis la conversation étrange que j'avais eue avec Iverson moins de deux heures auparavant.

Adam me serra longtemps contre lui, ses mains caressant mon corps comme s'il ne m'avait jamais touchée. Il les fit glisser lentement sur mes seins, mon ventre, la cicatrice de ma césarienne juste au-dessus de mon bassin, avant de descendre plus bas. Je souris en écartant les jambes. J'étais prête pour une deuxième fois.

Un cri perçant retentit soudain et nous nous figeâmes. Adam se raidit contre moi et je tendis la main pour baisser le volume du babyphone sur la table de nuit. Il voulut s'asseoir, mais je l'arrêtai.

— N'y va pas. La plupart du temps, elle roule sur un côté et se rendort.

Il s'écarta et me jeta un regard comme pour signifier *tu plaisantes ?* Il glissa hors du lit et passa dans son dressing pour enfiler son bas de pyjama. Quand il quitta la chambre, je m'assis en soupirant. J'éteignis le babyphone, me levai et attrapai ma propre chemise de nuit pour la mettre. Tant pis pour la deuxième fois. C'était un cadeau rare ces jours-ci, de toute façon.

Une minute plus tard, il fut de retour dans la chambre avec l'autre amour de sa vie dans ses bras, déposant des baisers sur ses joues couvertes de larmes. Elle avait un poing potelé dans la bouche. Ses cheveux sombres, de la même couleur que ceux d'Adam, bouclaient en formant une aura autour de son visage angélique.

— Salut bébé, dis-je en tendant les mains vers elle, mais elle détourna la tête en la calant sous le menton d'Adam. Ah, maintenant que papa est revenu à la maison, je ne t'intéresse plus.

Adam s'allongea en s'appuyant contre la tête de lit, déposant notre fille sur son torse musclé. J'attrapai une tétine dans la table de chevet et la lui tendis. Elle la prit et en moins de deux secondes, ses longs cils sombres tombèrent sur ses joues toutes douces.

— Tu la gâtes trop, chuchotai-je.

— C'est le privilège de Papa, répondit-il en me faisant un sourire.

Il prit ma main dans la sienne en déposant un baiser sur la tête de Sabrina. Mon cœur s'arrêta un instant de battre, comme toujours quand je les regardais ensemble. Même maintenant, aussi petite qu'elle soit, je reconnaissais la relation privilégiée qu'il y avait entre eux.

— Elle non plus, je ne l'ai pas vue depuis une semaine. Et elle a grandi.

Je souris paresseusement en serrant sa main.

— C'est ce que font les bébés. Et vite.

J'étais tellement reconnaissante pour tout ce que j'avais. Lui, elle, notre vie merveilleuse ensemble.

Je tendis la main et suivis le tracé du tatouage sur son torse épelant le prénom de sa sœur – et maintenant de notre fille – en une magnifique écriture couleur de jade. Et l'autre tatouage, toujours fraîchement marqué. Quelques semaines auparavant, il m'avait fait la surprise. C'était pour l'avoir « au plus près de son cœur », avait-il expliqué. C'était mon nom, *Emilia*.

J'étais le docteur Strong, docteur en médecine pour certains, Mia pour tous les autres, maman pour Sabrina. Mais j'étais – et serais toujours – *son* Emilia.

CHAPITRE
TRENTE-NEUF
DOMINIC

Q U'EST-CE QU'ELLE FICHE ICI ?

Je serre les poings et sens monter la pression sanguine dans mes veines, emplissant mes oreilles avec le bruit du sang qui afflue. Est-ce vraiment elle, ou bien est-ce mon imagination ? C'est impossible. Mais quand je penche la tête pour mieux voir, je reconnais la courbe familière de ses sourcils sombres, le minuscule grain de beauté juste au-dessus de sa lèvre. Mon estomac se noue.

Elle est allongée nue sur un lit de feuilles de bananier et de sushis soigneusement préparés. Ses épais cheveux bruns et brillants sont disposés en éventail autour de sa tête, loin de la nourriture.

Et c'est un sacré tableau. Une déesse sensuelle sans la moindre imperfection.

Et pourtant, je vois rouge et je n'ai que des idées brûlantes qui tournent dans mon esprit comme des particules dans un accélérateur. Les souvenirs, l'humiliation. Je ne crois pas pouvoir un jour oublier ce qu'elle a fait. Ayla Polat, la femme que j'aimerais ne jamais avoir vue, même si elle était autrefois une fille innocente en apparence. Si brillante. Si prometteuse.

La voir là maintenant, rien de plus qu'un plaisir pour les yeux lubriques d'hommes d'affaires inconnus qui parcourent cette étendue de peau lisse et luisante, les seins nus couverts stratégiquement de fleurs roses éclatantes… Elle est tombée bien bas.

À côté de moi, un type en costard chuchote sans trop de discrétion à son ami qu'il a envie de retirer les fleurs avec ses baguettes. L'autre se demande pourquoi il voudrait utiliser les baguettes alors qu'il pourrait se servir de ses dents et d'un coup de langue pour « goûter ça » lui-même. Leur échange devient de plus en plus graveleux à mesure qu'ils avancent vers sa tête. Ils ricanent tous les deux et je suis certain qu'elle peut les entendre, même si elle ne réagit pas et ne bouge pas non plus.

Cela suffit à me retourner l'estomac.

Et soudain, alors que j'avais très envie de manger des sushis d'excellente qualité, les meilleurs que la région a à offrir, je n'ai plus d'appétit.

Malgré tout, j'ai les yeux rivés sur elle. Elle reste allongée en silence, sans bouger. Apparemment, elle a l'habitude. Et elle est douée. Ses yeux marron doré fixent le plafond sans le voir, avec un visage dénué d'expression. Me verra-t-elle si je m'approche ?

Me reconnaîtra-t-elle ? Et en quoi cela m'importe-t-il ?

— Dom ? Ça va ?

Je jette un coup d'œil vers le bout de la table de service. Adam se tient tout près de sa tête. Et il est à peu près le seul ici à ne pas mater son corps. Son corps parfait.

Elle est tellement belle. *Toujours.* Après toutes ces années. Et malgré ces souvenirs sombres, ces pensées furieuses qui rebondissent dans ma tête, je ne peux m'empêcher de le remarquer. Je ne peux m'empêcher de fantasmer à l'idée de poser ma bouche sur ses belles lèvres pleines.

Je cligne des paupières quand Adam répète mon nom, puis j'arrache mon regard à la scène perturbante devant moi.

— Hein ?

Ses yeux ambrés pourraient vous transpercer avec la précision d'un rayon laser. À la place, ils sont ouverts, vides, vers le plafond, entourés d'épais cils sombres qui clignent très peu. À quoi pense-t-elle en entendant tout ce qui se dit autour d'elle ? Est-elle humiliée ? Tant mieux. J'espère qu'elle le ressent chaque seconde qu'elle doit rester allongée là.

Son esprit, qui était plus époustouflant que son corps, vraiment… l'est-il encore ?

Et pourtant mes yeux me trahissent, glissant le long de ses seins parfaits, les courbes de ses hanches, ses longues jambes. J'avale ma salive. Difficilement.

Merde. Qu'elle aille se faire voir.

Je me retourne et décris un grand arc autour de la table pour rejoindre Adam à l'autre bout.

Il fronce les sourcils, inquiet.

— Est-ce que tout va bien ? Tu as semblé un peu effrayé, tout à l'heure.

Je hausse les épaules en secouant la tête. Ça m'aidera peut-être à me débarrasser de cette impression… comme si je venais de voir un fantôme. Mais c'est ridicule. C'est simplement une personne d'un passé lointain. Le passé d'un garçon trop confiant qui n'existe plus. Ce souvenir, cette vision d'Ayla hante ce garçon. Pas moi.

— Cette mannequin ressemble à quelqu'un que je connaissais autrefois, dis-je vite avant de m'avancer vers la table que nous avions choisie avec une assiette à moitié pleine.

Nous nous asseyons et d'une façon ou d'une autre, l'heure suivante finit par passer tandis que je picore mes aliments et que je donne des réponses monosyllabiques à Adam chaque fois qu'il me pose une question. Il voit qu'il se passe quelque chose. Je le sais à la façon dont il dévisage mon assiette intacte sans faire de remarque.

Quelques autres essaient de s'approcher et heureusement, après quelques tentatives pour échanger des coordonnées avec moi, ils abandonnent.

Je ne suis pas d'humeur. Je veux sortir d'ici tout de suite. Et pourtant, pendant tout le temps que je passe assis là, je ressens un désir presque incontrôlable de tourner la tête vers la table de service et de la revoir.

Cependant, je réussis à résister à cette envie. Et une demi-éternité plus tard, nous finissons. La mannequin a été reconduite au fond du restaurant. Bien sûr, je le sais parce que la première chose que je fais en me levant pour fermer ma veste, c'est me tourner pour vérifier.

— Tu es toujours partant pour jouer ? demande Adam.

En réalité, je ne le suis pas. J'aimerais mieux rentrer à la maison et ruminer dans l'obscurité en faisant de mon mieux pour oublier ce que j'ai vu ici.

— Bien sûr, dis-je malgré tout. Attends une minute, tu veux bien ? Je vais juste transmettre mes compliments au chef.

Je tourne le dos à Adam qui fronce les sourcils et je m'avance vers la caissière. Je veux être certain que ceci lui soit donné directement, alors j'explique ma situation. Je veux laisser un pourboire, mais je précise que c'est pour la mannequin des sushis. La caissière m'offre une enveloppe.

J'ouvre mon portefeuille, je sors toutes les espèces disponibles, environ cinq cents dollars, et je les fourre dans l'enveloppe. Je vois les yeux de la caissière sortir de leurs orbites.

Après avoir fermé l'enveloppe, j'écris « mannequin des sushis » à l'avant, puis au dos j'ajoute un joli petit message. J'éprouve une satisfaction agréable à le composer.

Je parcours la salle du regard pour voir si le chef est toujours dans les parages, préférant laisser ceci entre ses mains, étant donné la manière dont la caissière regardait l'argent que j'avais mis dans l'enveloppe. Après avoir posé quelques questions, on m'indique que je peux le trouver en passant la porte de la cuisine, juste de l'autre côté. Il n'y a aucun signe d'*elle*, et c'est un soulagement.

Avec un geste rapide et brusque, je tends l'enveloppe au chef et tourne le dos, repartant sans explication. Il lira probablement le message pour Ayla. Ça m'est égal.

Plus il y a de personnes qui le voient, mieux c'est, afin d'augmenter son humiliation.

Pour Ayla, la mannequin des sushis,

Voici un peu de monnaie. Sors t'acheter une robe. Si tu as l'intention de vendre ton corps nu pour de l'argent, tu gagnerais sans doute beaucoup plus en le faisant dans la rue.

Ce n'est qu'une infime partie de la vengeance qu'elle mérite vraiment, après tout ce qu'elle m'a pris. Ce qui me fait penser… une véritable vengeance est peut-être précisément ce que je dois accomplir.

Et comme elle vient de prouver de façon assez opportune qu'elle pouvait être achetée, c'est encore mieux.

Je me mets à réfléchir… et à formuler un plan. Une vengeance.

REMARQUE DE L'AUTEURE :

TENTER LE COUP est officiellement le dernier livre de la série Déjouer le système, mais ça ne veut pas dire que vous ne verrez plus jamais ces personnages. Beaucoup ont dit leur envie de voir la suite des autres histoires d'amour de la série : Jordan et April, William et Jenna, Lucas et Katya, Jeremy et Michaela, Heath et son homme mystérieux. Vous pourrez lire la suite de leurs histoires quand je les écrirai.

En outre, des personnages de la série vont apparaître dans de toutes nouvelles histoires. Par exemple, Adam et Mia joueront des rôles importants dans le livre de Dominic et Ayla, alors vous aurez des aperçus de leur avenir. Il me tarde de voir où ces histoires vont les conduire. Si vous souhaitez suivre les changements à l'intérieur du Brenna-vers, inscrivez-vous à ma newsletter

AU SUJET DE L'AUTEURE

Brenna Aubrey est une auteure Best sellers USA TODAY d'histoires d'amour contemporaines qui se concentrent sur la culture geek.

Elle a depuis toujours cherché le réconfort dans de bons livres et les longues histoires compliquées qu'elle tisse dans sa tête. Brenna est une fille de la ville avec le cœur d'une amoureuse de la nature. Elle se retrouve donc dans des espaces verts dès qu'elle le peut. Elle est aussi une maman, professeur, fille geek, francophile, une joueuse de jeux vidéo décomplexée et une lectrice compulsive.

Elle réside actuellement sur la côte ouest avec son mari, deux enfants, deux adorables chiots golden retriever, un oiseau et quelques poissons.

Plus d'informations sur le site www.BrennaAubrey.fr